CHV

Klaus Stiller

Weihnachten

Roman

Carl Hanser Verlag

ISBN 3-446-12865-4

Umschlag: Klaus Detjen
Gesamtherstellung: May & Co, Darmstadt
Printed in Germany

Für Vittoria

I

Wir hatten jetzt lange genug gewartet, Tage, Wochen, Monate und Jahre. Weihnachten war längst vorüber, der Winter vorbei, und alle warteten, daß sich mit dem Frühling alles ändern würde.

In letzter Zeit gab es so gut wie keinen Alarm mehr, und wir mußten nicht mehr hinab in den Keller.

»Jetzt werden sie bald da sein«, sagten die Leute, »jetzt dauert es nicht mehr lang.«

Hinter dem Haus gab es eine Sickergrube. Die wurde geleert, wenn sie voll war, und der Odel floß dann zwischen den Beeten den Garten hinab und verlor sich irgendwo am Zaun des Nachbargartens. Die Grube mußte geleert werden, mindestens alle Vierteljahre, und jetzt wurde sie noch rascher voll, weil das Haus voll war mit uns und unsren Verwandten.

Die Grube hätte längst wieder geleert werden müssen, denn wenn sie nicht geleert wurde, sickerte der Odel seitwärts bis in den Keller, drang durch Stein und Mörtelwände, fraß sich zäh durch Ritzen und Ösen und überzog den Zementboden mit einer dampfenden, glitschigen, stickigen Schicht.

Die Grube war zum letzten Mal vor Weihnachten geleert worden, und inzwischen hatten wir April. Der Dreck quoll bereits über den Rand der Grube, im Keller stand nun Odel, und das ganze Haus stank bis unters Dach.

Ein Glück, daß die Fliegeralarme aufgehört hatten. Sonst hätten wir noch einmal in den Keller rennen und bis zu den Knöcheln im eigenen Dreck stehn müssen.

Aber die Fliegerangriffe hatten seit längerem aufgehört, vielleicht seit Weihnachten, und es war klar, daß bald alles vorbei sein würde.

Wir hofften, daß sie jetzt endlich kämen, denn es war höchste Zeit.

Der widerliche Gestank hatte vom ganzen Haus Besitz ergriffen, von den Praxis- und Wohnräumen, von den Vorhängen, vom Holz der Türen und Schränke, von Stühlen, Tischen und Betten. Alles stank nach dem eingesickerten Schlamm aus Kot und Urin. Das ganze Haus und wir selber stanken danach. Inzwischen hatten wir uns schon fast daran gewöhnt und dachten nicht mehr dauernd daran. Aber wir hatten Angst, daß es mit dem Frühling schlimmer würde und daß die aufbrechende Wärme die giftigen Dämpfe noch verstärken könnte und einer von uns oder alle erkranken würden an Ruhr oder Typhus.

Die Sickergrube wurde von uns jetzt nicht geleert, weil es gut war, daß sie gerade in diesen Tagen und Wochen voll war und überquoll und der Dreck durch das Erdreich herübersickerte bis in den Keller. Der Gestank war gräßlich und manchmal schier unerträglich geworden. Aber wir hatten uns vorgenommen, bis zum bitteren Ende durchzuhalten.

Nachdem wir so Woche um Woche gewartet hatten, und Tage, und immer noch einen Tag, und sie nur langsam und sehr allmählich nähergerückt waren, fingen wir an zu zweifeln und uns zu fragen, wo sie steckengeblieben sein konnten zwischen Stuttgart und Ulm, oder ob sie versehentlich um uns herum gefahren wären, weiter nach München. Aber dann hieß es, daß sie schon über Ulm hinaus seien, und das beruhigte uns.

Es war jetzt wirklich allerhöchste Zeit. Wir hielten es

für das beste, wenn sie ein Stück über die Autobahn vorrücken würden, und dachten, daß sie dann längst Günzburg oder Burgau erreicht haben müßten, denn Kämpfe gab es in der ganzen Gegend keine, und die letzten Flaksoldaten hatten sich aus dem Staub gemacht.

Seit Tagen hingen zur Straßen- und Hofseite hin weiße Bettlaken aus den Fenstern. Alle Häuser waren auf diese Weise geschmückt. Die Straßen waren staubig und menschenleer, weil alle möglichst daheim sein wollten.

Doch die, auf die wir warteten, hatten anscheinend überhaupt keine Eile, denn auch dieser Tag verging, und sie waren noch immer nicht da. So verging dieser Tag und der nächste.

Am dritten Tag hieß es, daß sie heute sicher kommen würden. Sie seien bereits in der Gegend von Zusmarshausen.

Wir waren jetzt wirklich sehr aufgeregt, weil sie jeden Moment da sein konnten. Die meiste Zeit standen wir in der Küche im ersten Stock herum, weil man von dort oben aus gut in den Hof hinabsehen konnte, wo sie zuerst erscheinen mußten.

An diesem Tag wurde nicht gekocht. Jeder bekam ein Marmeladebrot. Vormittag und Mittag vergingen, und wir waren sehr gespannt. Aber die Amerikaner zeigten sich nicht. Ein paar Mal glaubten wir, im Westen das Knattern von Maschinengewehren zu hören. Aber es schien uns unmöglich, weil doch niemand jetzt noch kämpfen wollte.

Dann dachten wir plötzlich, daß sie sicher erst morgen kommen würden, oder gar übermorgen, aber es war nun eigentlich ganz egal, denn daß sie irgendwann kommen mußten, stand fest.

Gegen zwei Uhr klingelte das Telefon. Jemand aus Aystetten rief aufgeregt an und sagte, bei ihnen seien sie jetzt angekommen:

»Sie fahren ganz langsam die Hauptstraße hinunter, Panzer, Panzerwagen, kleine und große Autos. Sie fahren fast im Schrittempo, Richtung Hammel.«

»Ich gehe ihnen entgegen«, sagte mein Vater, »ich will sehen, wie weit sie schon sind.«

Wir waren alle dagegen und hatten Angst, daß sie auf ihn schießen würden, weil er nicht schnell genug davonlaufen könnte. Aber er wollte sie unbedingt als erster sehn und vielleicht begrüßen, als habe er es sich längst vorgenommen.

»Ich bitte dich«, sagte meine Mutter, »nimm wenigstens das Fahrrad. So kannst du immer noch rechtzeitig davonfahren.«

Mein Vater zog seine weiße Strickweste an, ließ sich ein weißes Küchenhandtuch geben, das er mit Sicherheitsnadeln an einer Leichtmetallschiene befestigte, setzte seinen weißen Panamahut auf, holte sein altes »Adler« aus der Garage und fuhr in Richtung Lohwald.

Die ganze Zeit hatten wir auf die Amerikaner gewartet, und jetzt – wo sie fast da waren – warteten wir, daß mein Vater zurückkäme, um uns ihre Ankunft zu verkünden. Aber weder er noch sie kamen, und wir wußten nicht, was passiert war.

Dann glaubten wir, Schüsse zu hören, viel näher diesmal, vermutlich im Lohwald, und meine schlesische Großmutter rief vor Entsetzen laut auf »Jesusmaria!«, und alle wußten wir irgendwie, daß in diesem Moment etwas Fürchterliches passiert war.

Ich ging hinüber ins Kinderzimmer. Vor dem Fenster

lagen meine Holzklötze, und ich stellte Personen- und Güterzüge zusammen, die ich in der Wasserrinne des Fensterbretts hin- und herrangierte.

Auf den Gleisen der Bahnlinie links drüben überm Balkon waren in letzter Zeit immer weniger Züge gefahren, aber wenn ein Zug vorbeikam, zog die Lokomotive gleich unzählig viele Waggons, gewiß mehr als hundert.

Es war ein bedeckter Apriltag. Kaum Wind. Die Straßen trocken und staubig, schon faßt wie im Sommer. Weit und breit kein Mensch. Die Häuser lagen wie ausgestorben in den aufgrünenden Gärten, und die weißen Tücher hingen traurig wie Fahnen der Angst aus den obersten Fenstern.

Aus der Küche war nichts zu hören. Vielleicht sagte niemand ein Wort. Es war auch sonst ganz still, stiller als in der Nacht, und ich stand am Fenster, spielte und sah hinaus in die tote Natur.

Ich beförderte noch einen letzten Güterzug auf ein gedachtes Abstellgleis, ließ einen Schnellzug vorüberrauschen und schob eine kaputte Lokomotive quietschend auf ein totes Gleis in den Fensterbrettwinkel.

Mir war, als hörte ich jetzt ein Rasseln und Brummen, und als ich aufsah, fuhr ganz ganz langsam die Lohwaldstraße hinunter bis zur Linde am Heuweg, und von dort in Richtung Bahnunterführung abbiegend eine enorme Kolonne aus Panzern, Panzerwagen und Jeeps.

»Sie sind da! Sie sind da!« rief ich und holte die anderen aus der Küche.

Ein riesiger Panzer führte die Kolonne an. Sein Geschützrohr schwenkte erwartungsvoll in die Runde auf die starr dastehenden Häuser. Die Ketten des Panzers wirbelten Straßenstaub auf und nebelten so die nachfolgenden Panzerwagen und Jeeps ein. Momente schien es, als gäbe es nur noch diesen ungeheuren Panzer, der breit und träge auf das Tunell zukroch, um gleich darin zu verschwinden wie eine Vision.

Wir standen am Balkonfenster und sahen über das freie Feld zwischen Garten und Heuweg hinab. Der Riesenpanzer richtete sein Geschützrohr jetzt direkt auf uns, dann geradeaus ins Tunell, in das er nunmehr behutsam einzutauchen begann. Rohr und Schnauze verschwanden vor unseren Blicken, ein hörbarer Ruck – und der ungeheure Koloß saß fest.

Fest eingeklemmt saß der riesige Panzer zwischen Boden und Dach des Tunells, und wir sahen, wie die Staubwolke sank, Panzerwagen und Jeeps stoppten, Soldaten in Kampfausrüstung von den Fahrzeugen sprangen und aufgeregt die Kolonne zu sichern versuchten.

Wir hatten gedacht, der Krieg sei vorüber und wir wären endlich erobert. Doch jetzt stand da plötzlich ein niedriges Tunell den Siegern im Weg und verzögerte alles.

Nach einiger Zeit fand ein Soldat heraus, weshalb die Kolonne aufgehalten wurde. Mit quäkenden Lauten und lebhaften Gesten lief er bis zu dem festsitzenden Panzer vor und dirigierte die nachfolgenden Fahrzeuge die jeweiligen Abstände zurück. Dann rückte der Panzer aus seiner Klemme heraus und blieb vor der Unterführung stehn. Jetzt öffnete sich die Haube des Turms, und wie aus einem unterirdischen Schacht entstiegen zwei oder drei Insassen ihrem protzigen Spielzeug.

Sie machten sich sofort an die Arbeit, schraubten die Einzelteile des Geschützrohrs ab, und dann sank der Turm sanft ins Panzergehäuse hinab, bis zur Haube des Turms.

Es schien, als hätten die Amerikaner auf einmal vergessen, wo sie sich befanden. Außer ihnen selbst war kein Mensch auf der Straße. Die Häuser standen wie Grabsteine in der Gegend, und wer nichts weiter dachte, hätte leicht annehmen können, allein zu sein auf der Welt. Die Soldaten saßen jetzt wartend auf ihren Jeeps, als gäbe es nichts um sie her, als wären Gartenzäune, Hecken, Bäume und Häuser Attrappen, Kulissen, Verpackungen, Traumbilder einer jenseitigen Gegenwelt, als wäre ein jeder für sich ungesehen vorhanden, als wäre, was immer hier lebte, längst ausgerottet, bevor man höchstselber und persönlich an Ort und Stelle erschien.

Die Insassen des verkleinerten Panzers schlüpften wieder ins Fahrzeuginnere. Der Motor heulte auf, und dann stieß der Panzer rasch ins Tunell.

Wir standen reglos und stumm am Fenster. Wir hatten die Szene in allen Einzelheiten erlebt und sahen nun eine nicht endende Kolonne aus Jeeps, Lastautos, Panzerwagen und Panzern vorüberziehn. Ich wußte nicht, ob die Farbe der Fahrzeuge und Uniformen ein Grün war. Alles war so auffallend unsichtbar grün, daß ich es nicht wußte. Ich sah den weißen Stern auf den Panzern und das rote Kreuz im weißen Kreis auf den Planen einiger Lastautos.

Wir sprachen nichts und hatten eine seltsame Ahnung. Im selben Moment kam aber mein Vater von seiner Erkundungsfahrt zurück. Er machte einen ziemlich niedergeschlagenen Eindruck und sagte kein Wort. Seinen eleganten weißen Panamahut hatte er abgenommen und hielt ihn in der Hand. Der Hut war jetzt nicht mehr so weiß wie zuvor und nicht mehr so elegant.

Wir fragten, was los war, und er zeigte fast vorwurfsvoll seinen Hut.

»Da, seht euch das an!«

Wir sahen, daß der Hut jede Fasson verloren hatte, zerbeult und braun war, als wäre er auf einen Misthaufen gefallen.

»Ach Gott! Der schöne Hut!« sagte meine Mutter, und meine schlesische Großmutter sagte: »Du hattest ihn noch bei Friedmann gekauft, in Breslau.«

Den ganzen Krieg über hatte mein Vater seinen weißen Hut bestens in Ordnung gehalten. Nur an Fronleichnam und Pfingsten oder an sommerlichen Sonntagen hatte er ihn der großen schwarzen Hutschachtel entnommen und aufgesetzt. Beim letzten Umzug hatte er persönlich die schwarze Hutschachtel getragen, damit dieser Hut nicht verloren ginge im allgemeinen großen Durcheinander. Sogar als im Nachbargarten eine Bombe niedergegangen war und auch bei uns durch den Luftdruck das Dach abgedeckt wurde, die Fensterscheiben zersplitterten, und wir im Notburgaheim evakuiert waren, bis der Schaden behoben wurde, brachte er seine schwarze Schachtel in Sicherheit, als wäre der weiße Hut darin Schirm und Schutz für uns alle.

Sonst war mein Vater eigentlich nicht abergläubisch, und jetzt hatte er sich gefreut, daß er seinen weißen Hut so gut über den Krieg herübergerettet hatte.

Aber der heutige Tag war ein besonderer Tag, und so hatte er seinen Panamahut aufgesetzt, um den Amerikanern entgegenzuradeln. Er war ihnen entgegengeradelt, weder aus Ehrgeiz noch aus Unterwürfigkeit. Er hatte bloß schauen wollen, wie weit die Sieger schon wären, um der ängstlich wartenden Familie ihre baldige Ankunft frisch zu verkünden. Auch hatte er beweisen wollen, daß er allein den Mut besaß, waffenlos einer fetten Armee entgegenzuschreiten, und keinen Feind fürchtete, wenn er mit seinem weißen Hut daherkäme in friedlicher Absicht.

So war er an den Haselnußsträuchern der Einfahrt vorbei in die Lessingstraße und von da rechts in die Lohwaldstraße eingebogen, hatte die vermutete Richtung eingeschlagen, den Lohwald erreicht, die beiden letzten Häuser der Ortschaft hinter sich gelassen und befand sich nun – links Wald, rechts frisch gepflügte Äcker – mutterseelenallein auf dem einzigen Weg nach Lohwald, wollte vor den Gleisen der Weldener Bahn, wo die Straße ein winziges Waldeck abteilte, links abbiegen, als er Schüsse hörte, ganz nah aus dem Wald, als schösse da jemand aus Übermut und zum Spaß.

Er hielt an, stieg vom Rad und blieb am Straßenrand stehn. In diesem Moment hörte er Metall- und Motorengeräusche, und ehe er noch seine in den Gepäckständer geklemmte Behelfsfahne ergreifen konnte, war in der Waldschneise ein riesengroßer Panzer aufgetaucht, so breit wie die Straße, und dieser Panzer wälzte sich auf ihn zu, drehte kurz vor ihm ab, die Lohwaldstraße hinauf.

Erst jetzt zog mein Vater die Metallschiene mit dem weißen Tuch vom Gepäckständer und winkte den vorüberrollenden Kolonnenfahrzeugen aus einer alles umhüllenden Staubwolke zu, doch schien es, als hätten die Amerikaner seine Anwesenheit noch nicht bemerkt.

So stand er also am Straßenrand, hielt sein Fähnlein weiß in den Wind und wollte das Kolonnenende abwarten, um dann seelenruhig hinter den Siegern nach Haus zu fahren, als er hörte, wie ihm ein Soldat auf einem Jeep etwas zurief. Es klang wie *Uoh juju uahn*.

Er überlegte, was das heißen könnte und winkte unterdessen mit seinem weißen Fähnlein der Kolonne zu, aber der Soldat drohte wild mit der Faust, rief *Gah demm*!, griff in eine Tasche seines Kampfanzugs, zog etwas heraus und warf es ohne Zögern gegen den Kopf meines Vaters.

Mein Vater duckte sich unwillkürlich und spürte, noch bevor er die ganze Gefährlichkeit des Wurfgeschosses einschätzen konnte, wie sein Hut wie von einem schweren Stein voll getroffen vom Kopf gerissen wurde und in den frisch gepflügten Acker sauste. Da ließ mein Vater vor Schreck sein Fahrrad fallen und sprang mit einem großen Satz hinter dem Hut her, der jetzt wie eine lädierte Briefmarke an einer Bodenscholle klebte. Er wollte sich bücken, um den Hut aufzuheben. Da hörte er, wie die Soldaten über ihn lachten, und spürte im selben Moment, wie ein wahrer Hagelschauer ähnlicher Wurfgeschosse auf ihn herniederprasselte.

Der Hut lag zerbeult am Boden, braun wie die Erde des Ackers. Und als sich mein Vater bückte, um ihn aufzuheben, sah er das größte der Wurfgeschosse daneben liegen. Er sah es schwer in der Ackerfurche stecken, und es war eine große, schöne, rohe Kartoffel.

Die große, schöne, rohe Kartoffel lag auf der guten Ackererde, und im Umkreis lagen etwas kleinere, schöne, rohe Kartoffeln, und mein Vater empfand in diesem Augenblick Verachtung für diese Art Sieger.

Er verachtete sie, weil sie auf diese Weise seinen Hut kaputt gemacht hatten, und er verachtete sie noch mehr, weil sie keine Achtung besaßen vor den guten Kartoffeln.

Sein Hut schien ihm wertlos geworden, aber die Kartoffeln konnte man brauchen. So stand mein Vater im Acker: den bombardierten Hut und das weiße Fähnlein in Händen. So stand er da und wartete, daß die Kolonne an ihm vorüberzöge, aber die Kolonne war lang und zog langsam vorbei, und die Soldaten nahmen von ihm nun so wenig Notiz wie von einer Vogelscheuche.

Da bückte er sich nach den Kartoffeln, trug sie zu einem kleinen Haufen zusammen, breitete das weiße Tuch auf die Erde und legte die Kartoffeln hinein. Dann band er das Tuch an den Ecken zusammen, klemmte das Bündel in den Gepäckträger des Fahrrads, stülpte den Hut über die Lampe und fuhr ungestört neben der Kolonne her.

Als sie ins Stocken geriet und schließlich stoppte, fuhr mein Vater ruhig die Lohwaldstraße weiter. Unterwegs überholte er die Kartoffelschützen. Sie pfiffen und grölten vor Freude. Mein Vater setzte seinen Weg unbeirrt fort, bog in die Lessingstraße ein und erzählte uns daheim sein Erlebnis. Wir freuten uns sehr über die mitgebrachten Kartoffeln.

Die Kolonne fuhr jetzt ohne weitere Schwierigkeiten durchs Bahntunell in Richtung Kobel. Es kamen noch viele Panzer nach, aber keiner war so groß wie der Leitpanzer, und so gab es keine Stockungen mehr.

Wir warteten noch immer, daß die Amerikaner endlich die Seitenstraßen besetzen würden, aber vielleicht wollten sie erst den Kobel erobern, bevor sie sich in die Häuser wagten.

Wir hatten die Kellertür einen Spalt aufgelassen, und es stank ganz widerlich durchs Treppenhaus herauf. Wir wünschten alle, daß dieser Gestank allmählich aufhören würde. Es stank noch gräßlicher als sonst, denn bis jetzt hatten wir wenigstens ab und zu Türen und Fenster aufgerissen, um zu lüften. Seit ein paar Stunden aber blieben Türen und Fenster geschlossen, und wir befanden uns nun voll im eignen Gestank.

Wir waren alle im Balkonzimmer versammelt und beobachteten, wie die Kolonne die Lohwaldstraße herabfuhr, bei Kraft und Küng vorbei bis zur Linde, um da links abzubiegen in Richtung Tunell.

In diesem Moment aber hatten wir etwas gehört und rannten in die Küche. Wir schauten hinaus und sahen im Hof einen Jeep, von dem zwei Amerikaner heruntersprangen, die gestikulierten und aufgeregt miteinander sprachen.

Sie deuteten aufs Haus und zum Fenster herauf, wo wir standen. Sie hatten unsre Gesichter entdeckt, und wir wichen ängstlich zurück, um nicht gesehen zu werden.

Die beiden Soldaten gingen auf die Haustür zu. Mein Vater und seine jüngere Schwester Hilla liefen die Treppe hinunter, und wir hörten die Soldaten mit ihren Stiefeln gegen die Haustür schlagen. Die Tür war aber nicht zugeriegelt, und als die Amerikaner an der Tür rüttelten, sprang sie von selber auf.

Mein Vater konnte nur ein paar Brocken Englisch und hatte seine Schwester mitgenommen, die es auf der Schule gelernt hatte. Aber sie kamen nicht zum Sprechen.

Als nämlich der erste Soldat in den Flur trat, entfuhr ihm ein lautes, schreckliches Grunzen. Er hielt sich die Hand vors Gesicht und sagte etwas zu seinem Kameraden. Der blieb daraufhin draußen.

Unbeeindruckt von der Abscheu des Amerikaners sagte mein Vater: »Komm in! – Komm in, Ai äm a Doktor!« und er führte ihn an der Kellertür vorbei zum Sprechzimmer, wo sich der allgemeine Gestank des Hauses den speziellen Gerüchen der Praxis beimischte.

Im Sprechzimmer roch es jetzt noch fürchterlicher als sonst. Die Dünste von Äther, Benzin, Jod und Desinfektionsmitteln vermengten sich magisch mit den aufgestiegenen Dämpfen aus Odel und Kot zu einer Atmosphäre aus Ehrfurcht und Angst vor Vergiftung.

Der Amerikaner sagte kein einziges Wort. Er war groß und blond und blaß. Sein Gesicht war jetzt so blaß und weiß wie Papier. Er hielt sich noch immer die Hand vor Nase und Mund. Er blickte zur Sprechzimmertür und sah die Einrichtung des Raums, und mein Vater sagte wieder und wieder »Ai äm a Doktor! Ai äm a Doktor!« und wie zum Beweis öffnete er die Tür des Instrumentenschranks und nahm eine Pinzette heraus.

Der Amerikaner sagte nichts. Er blickte fast hilfesuchend auf Hilla, dann sah er hinauf zur Lampe, verdrehte die Augen, nahm die Hand vom Gesicht und kotzte mitten ins Zimmer.

Mein Vater und Hilla sprangen ihm bei. Er aber nahm nichts mehr wahr. Er sackte ohnmächtig in die Knie. Sie hoben ihn hoch und schleppten ihn auf die Pritsche.

Jetzt öffneten sie das Fenster. Hilla hielt ihm ein Fläschchen Kölnisch Wasser unter die Nase. Als er wenig später wieder zu sich kam, sah er in Hillas Augen, und Hilla traf seinen Blick, und er tat ihr so leid.

»Thank you!« sagte der Amerikaner, »thank you very much!«

Sie begleiteten ihn bis vors Haus. Im Hinausgehn fragte der Amerikaner Hilla nach ihrem Namen, und als er ihn erfahren hatte, sagte er: »My name ist Jacky!«

»End mai nehm is Joseph«, sagte mein Vater, »end Ai äm a Doktor.«

Im Hof stand noch immer der Jeep, und am Steuer saß der andere Amerikaner und kaute. Scheggi sagte etwas zu ihm, und der andere Amerikaner holte ein großes weißes

Pappschild mit schwarzen Großbuchstaben vom Rücksitz. Scheggi nahm es, lief zum Haus zurück, zog aus seinen tiefen Uniformtaschen ein paar Nägel und ein winziges Hämmerchen und befestigte das Pappschild an unserer Haustür.

Er sagte jetzt nichts weiter. Wir standen oben am Küchenfenster und sahen, wie er zum Jeep zurückging. Mein Vater und Hilla waren mit in den Hof gekommen.

Scheggi machte es sich auf dem Beifahrersitz bequem und setzte seinen rechten Fuß auf die Seitenkante der Karosserie. Dann zündete er sich eine Zigarette an. Der Motor des Jeeps war die ganze Zeit über weitergelaufen, und der Fahrer wendete das Auto jetzt mit heftigen Ruckbewegungen. Beim Wegfahren machte Scheggi eine leichte Geste mit der Hand und ließ dabei seine Zigarette lässig auf den Kies fallen.

Mein Vater und Hilla winkten dem Jeep nach. Als er aus der Toreinfahrt in die Lessingstraße eingebogen war, hob mein Vater die Kippe auf und schnelzte mit dem Daumen die Glut ab. Die Kippe war ungewöhnlich lang, länger als eine normale Zigarette, und ich sah, wie sie sich über das Beutestück freuten.

Wir hatten jetzt vielleicht fünf Uhr Nachmittag. Die Sonne stand noch hoch über dem Horizont im Westen. Da meinte meine Mutter, wir könnten eigentlich schon mal mit dem Leeren der Sickergrube beginnen.

Als es dunkel wurde, hatten wir schon mehrere Meter geschafft. Wir hatten alle Fenster und Türen geöffnet. Nur die Kellertür machten wir zu.

Ich hatte das Gefühl, daß es jetzt vom Garten hereinstank ins Haus.

II

In den nächsten Tagen kamen noch mehr Amerikaner in unsere Gegend. Sie besichtigten sämtliche Seitenstraßen, und wenn sie in einem Haus eine Badewanne entdeckten, wurden die Bewohner ganz einfach evakuiert und das Haus ganz einfach beschlagnahmt.

Unsere Badewanne stand in der Toilette im Parterre. Aber das Haus, wo wir wohnten, wurde nicht beschlagnahmt, weil Scheggi an unsrer Haustür das Pappschild angenagelt hatte. Sobald ein Amerikaner das Pappschild erblickte, zog er sich stillschweigend zurück, und wir blieben unter uns und badeten jeden Samstag.

Immerhin waren wir jetzt zu zwölft, und ich sah kommen, daß wir noch mehr würden.

Die Amerikaner wollten ganz unter sich bleiben. Sie hatten eine Heidenangst vor Ansteckungen. Aber in unserer Gegend gab es genug Badewannen, und so mußten sie nicht so viel Angst haben. Sogar das Wasser war sauberes, klares Quellwasser von den höchsten Gipfeln der Alpen.

Reinstes Trinkwasser floß aus der Leitung. Aber die Amerikaner fürchteten, daß es schmutzig sein könnte.

Fast in jeder Straße hatten sie ein paar Häuser beschlagnahmt und die Bewohner in die restlichen Häuser verbannt. Sie hatten die Häuser einfachheitshalber gleich möbliert übernommen, mitsamt dem Hausrat und den Hausgeistern. Wenn es Abend wurde, fürchteten sie sich sehr vor den alten, ungewohnten Möbeln. Das Holz der Möbel knarrte und knackste, und die Holzwürmer fraßen sich nachts durch die Schränke. Um Mitternacht kamen aus Kellern und durch Kamine die Hausgeister und polterten in den leeren Zimmern umeinander, und jedes Mal, wenn die Amerikaner die verdächtigen Räume stürmten, um die Hausgeister gefangenzunehmen, waren diese entwischt und hatten sich wie von selber verflüchtigt. Um ganz sicherzugehn, ließen die Amerikaner Tag und Nacht das Hauslicht brennen und postierten an jeder Straßenecke Wachsoldaten. Wir hielten das für eine maßlose Verschwendung und wären gern hingegangen, um selber die Lichter auszuknipsen, aber die Amerikaner hatten Angst, wir könnten sie anstecken, und so lebten sie lieber für sich.

Sie lebten für sich, und wir bewohnten zu zwölft jenes Haus in der Lessingstraße, wo die Amerikaner nicht reindurften. Tagsüber rissen wir noch immer die Fenster auf. Vielleicht würde es noch etliche Wochen oder gar Monate dauern, bis sich unser Gestank völlig verflüchtigt hätte, aber das Haus stand in einem großen Garten, und vielleicht würden wir schon bald im Freien sitzen unter den blühenden Bäumen.

Der Keller war zwar noch glitschig und feucht, aber wir brauchten ihn nicht mehr als Luftschutzkeller. Die Holzverschläge der Notausgänge vor den Kellerfenstern bauten wir ab und lagerten die Bretter und Balken hinter der Garage. Der Wald von Stützbalken und Baumstämmen in den Kellerräumen konnte vorerst stehn bleiben. Wir stießen uns nicht daran.

Noch immer kamen neue Kolonnen durchs Dorf. Wenn es Mittag war, fuhren die Jeeps in die Seitenstraßen, die Soldaten sprangen herunter, nahmen das Eßgeschirr vom Koppel, schöpften Suppe und Fleisch und legten sich zum Essen unter Bäume und Hecken. Öfters lagerten sie in der Lessingstraße, direkt vor unserer Einfahrt. Dann gingen mein Bruder Johannes und ich hinaus, um zuzusehen, wie es ihnen schmeckte, und um die Düfte von Erbsensuppe mit Speck oder amerikanischer Nudelsuppe zu inhalieren.

Alle Kinder aus der Umgebung kamen in die Lessingstraße und umstanden die essenden Soldaten, und wenn die Soldaten genug hatten, schütteten sie den Rest Suppe einfach ins Gras. Hernach aßen sie gern ein ganz kleines dünnes Täfelchen Libby's-Schokolade, aber jedes war viel zu dünn und zu klein, als daß es ein Soldat allein nicht geschafft hätte. Nach dem Essen tranken sie süßduftenden Bohnenkaffee mit gelber Kondensmilch und kauten dann wieder ihre Kaugummis oder rauchten ihre langen Pall Mall, Camel und Chesterfield. Jetzt hielten wir es nicht länger aus und riefen im Chor: »Blies, blies, gib mr an Tschuinggamm!« Da bekamen wir manchmal ein Stückchen geschenkt und teilten es unter Freunden auf.

Die Soldaten warfen ihre langen Amikippen vor uns ins Gras, aber wenn wir sie aufheben wollten, fluchten sie wild auf Amerikanisch, drohten mit wütend erhobener Faust und zertraten die Kippen mit den geschnürten Stiefeln. Das nächste Mal warteten wir, bis die Kolonne aufbrach und wir die Kippen in Ruhe einsammeln konnten für unsere Eltern und Verwandten. Manchmal jedoch war noch Glut an einer Kippe. Wir rauchten sie dann zu Ende und fühlten uns so groß und stark wie Amerikaner.

Die Posten an allen Straßenecken trugen weite amerikanische Arbeitsanzüge. Der Stoff dieser Anzüge war von derselben undefinierbar grünen Farbe wie alles Amerikanische. Wenn die Posten untereinander sprachen, verstanden wir so wenig wie bei den Amis. Die Posten waren keine Amis, und obwohl wir sie nicht verstanden, konnten wir sie gut einschätzen. Sie waren gutmütig und verscheuchten uns nicht. Und so hatten wir keine Angst und stellten uns in ihre Nähe. Auch die Posten rauchten jede Menge Amizigaretten, doch gingen sie damit weniger verschwenderisch um und rauchten sie bis zum Ansatz der Fingernägel.

Hier konnten wir höchstens auf Kaugummi hoffen, und wenn die Posten welchen dabei hatten, gaben sie ihn uns, und so waren sie unsere Freunde. Wenn unsre Freunde einen guten Tag hatten, waren sie besonders spendabel und zogen aus den tiefen Taschen des Arbeitsanzugs eine Handvoll bunter Sprengnieten hervor, die sie uns schenkten und die wir zu Hause mit dem Hammer zerschlugen, daß es im Treppenhaus krachte und widerhallte im Flur.

Die Amis saßen in ihren offenen Jeeps und fuhren fidel durch die Gegend. Erspähten wir einen einzelnen Jeep, rannten wir in Rudeln nebenher oder hinterdrein und riefen: »Schockläd blies, Schockläd! Schockläd!« Oft sprangen wir von hinten auf den Jeep. Die Soldaten stießen uns dann vom schneller fahrenden Wagen, und wir fielen in den Staub der Straße. Aus Rache riefen wir ihnen etwas nach, was sie ärgern würde, und jedesmal, wenn wir schrien »Sánnofa Bitsch!« ärgerten sie sich wirklich und brüllten »Gah demm!«.

Manchmal taten sie, als wollten sie uns erwischen. Aber wir liefen davon, krochen durch lose Zaunlatten in Gärten und versteckten uns in Hecken und Häusern.

Das große Off-Limits-Schild an unserer Haustür hielt jeden Amerikaner fern. Verirrte sich doch einmal einer zu uns in den Hof, machte er gleich wieder kehrt und ließ sich so schnell nicht wieder blicken.

Der Gestank im Haus nahm allmählich ab. Wir ließen die Fenster weiterhin offen, und der Duft der blühenden Obstbäume strömte herein und lockte uns hinaus in den Garten.

Vor dem Haus war ein kleiner, mit Kieselsteinen bedeckter Vorplatz. Wir nannten ihn Hof. Am Rand des Hofs, links neben der Einfahrt, befand sich die Autogarage. Vom Vorplatz leicht ansteigend erstreckte sich der Vorgarten bis hinauf zum Bahngelände, getrennt durch einen Lattenzaun, einem dahinter vorbeiführenden Trampelpfad und einem tiefen Graben, von dem aus der Bahndamm steil aufstieg. Links oben im Garten, in Verlängerung der Garagenlinie, stand eine Holzhütte, die wir ›Sommerhaus‹ nannten. Es war eine alte Hütte, die eigentlich nur aus einem einzigen größeren Zimmer und einem schmalen, überdachten, dreiseitig offenen Vorraum bestand.

Mitten im Zimmer befand sich eine Falltür, die zu einem winzigen Kellerraum führte, einem Verlies fast, wo vor vielen Sommern sicher einmal kühler Rheinwein gelagert war, Rhein- oder Moselwein, an den nunmehr nur tausend leere Flaschen erinnerten, die wie ein grün schillerndes, gläsernes Meer den Kellerboden bedeckten und zwischen deren Hälsen und Bäuchen die Kellertreppe versank.

Der Vorraum, eine Art Balkon, stand auf zwei Zementsockeln. Eine dreistufige Stiege führte zum Vorraum hinauf, und von dort ging die einzige Tür in das Zimmer, wo man an schönen Sommertagen gemütlich hätte sitzen können und vielleicht früher einmal, als alles noch stimmte, friedlich dagesessen war.

Bretter, Fahrradschläuche und -felgen, mottenzerfressene Kleiderreste, Stapel Zeitungen, abgesägte Ampullenhülsen, vergilbte Karteikarten, leere Blumentöpfe, verrostetes Werkzeug, Steingut mit eingetrockneter Sole, dies alles und mehr lag oder stand da neben- und übereinander von Wand zu Wand und erhob sich vom Boden bis unter die Decke. Lediglich ein schmaler Gang, ja Pfad war zwischen all dem Gerümpel freigelassen, und dieser Pfad endigte genau über der Falltür.

Doch auch der Pfad mußte schon länger nicht mehr benützt worden sein, denn über dem freigelassenen Gang bis zur Falltür hingen wahre Vorhänge aus Spinnweben, der Eisenring der Falltür war rostig und klemmte in seiner Holzmulde und selbst die Kellertreppe schien von Spinnennetzen und Schimmel schier überwachsen. Und darunter, am Boden des Kellerverlieses, lagerten die tausend leeren Weinflaschen, als würden sie jemand gehören, der darauf spekulierte, in späteren, glasknappen Zeiten dafür einmal batziges Pfand zu kassieren.

Am Zaun entlang, gegen die Bahnlinie und das freie Feld hin, standen einige hohe Bäume: Fichten, Birken, blühende Kirsch- und Weichselbäume. Mitten in der Wiese waren kleine runde Metallbecher eingelassen, an denen je eine Kette mit Verschlußklappe hing. Die Verschlußklappen waren als Schutz gegen Schnee- und Regenwasser gedacht, lagen aber – langsam verrostend – neben dem Metallbecher im Gras, so daß das abgestandene Wasser aus dem Metallbecher spritzte, wenn die eisernen, dunkelgrünen Wäschestangen hineingesteckt wurden.

Ein paar Schritte vor dem Sommerhaus befand sich ein Frühbeet mit ersten zarten Kopfsalatstauden. Es wurde nachts noch immer mit einer Binsenmatte abgedeckt, vormittags aufgeklappt und mit Hilfe einer kleinen, eingekerbten Holzstelze dem jeweiligen Sonnenstand angepaßt.

Zehn oder zwölf Solnhofener Steinplatten deuteten auf der Wiese einen Weg an, der von Sommerhaus und Frühbeet zum Kieshof zurückführte, vorbei an der Sonnenseite der Garage, wo unterm Dachvorsprung gestapeltes Kleinholz zum Trocknen lagerte. Kieshof und Wiese waren mit senkreckt gestellten Steinplatten säuberlich gegeneinander abgegrenzt, bis auf die Mitte der Abgrenzung, wo sich der Kiesbereich in den Garten hinein zu einem Rondell ausbuchtete, einem kreisförmigen Weg, der ein Rundbeet umschloß und selber von einem ebenso breiten Beet umfaßt war. Den Eingang zum Rondell bildete ein rechtwinkliges Laubengittertor aus feinen Holzleisten. Von beiden Seiten rankten knospende Rosensträucher am Laubengitter empor und trafen sich – ineinanderwachsend – hochoben auf dem luftigen Gestell.

Die Beete waren schon umgegraben, die Erde dampfte, und wir spürten, wie sich die letzten Reste des Winters auflösten.

Zwischen Kiesweg und Beeten, zwischen Wiese und Hof, überall verliefen jene ordentlichst in den Boden gesteckten Reihen steinerner Platten und Klötze, geradeso als habe der Erfinder dieses Gartens den unberechenbaren Käfern und Ameisen die künftige Laufbahn vorschreiben wollen. In der Nähe des Zauns, der den Garten zum freien Feld hinab abschloß, befand sich im Winkel des Kieshofs ein Sandkasten, und über dem Sandkasten stieg gegen die Wiese ein kleiner Steingarten an, wo vom März bis zum Oktober verschiedene Blumen blühten und im Hochsommer grüne Eidechsen in der Sonne lagen.

Wir waren jetzt immer häufiger drunten im Hof oder liefen hinauf in den Garten oder saßen manchmal zu Mittag unten auf der Terrasse. Sie lag direkt vor dem Sprechzimmerfenster und war vom Hof über drei Stufen und vom unbewohnten Wohnzimmer aus durch eine Doppeltür zu erreichen. Sie bildete einen rechtwinkligen Einschnitt ins Hochparterre des Hauses und war gegen den Hof und zum freien Feld hin offen. Auf dem etwa vier Meter breiten Gartenstück zwischen Terrasse und Feld standen ein Mirabellen- und zwei Pflaumenbäume und zwischen der Aussicht zum Hof beziehungsweise zum freien Feld eine vierkantige Säule, die den Balkon trug. Zur Südseite, also zum freien Feld hin, war in den Terrassenboden noch ein schmales Blumenbeet in den Stein eingelassen, und in dem Beet wuchsen ein paar wilde Steinplanzen, die über den Terrassenrand hinabquollen, über die rauhe Wand bis hinunter zur Erde.

Wir hatten tagsüber nicht nur die Fenster der Zimmer, sondern nach dem Abbau der Holzverschläge auch die Kellerluken geöffnet. So merkten wir, wie der Gestank Tag für Tag mehr und mehr entwich, und manchmal stiegen wir schon in den Keller hinab.

Die Kellerwände waren bereits ziemlich trocken. Nur an der Mauer und den hölzernen Stützpfeilern hatte sich ein weißlichgrauer Schimmelrand gebildet. Wir konnten daran den eingetrockneten Höchststand der abgesickerten Brühe ablesen.

Wir beabsichtigten, den Wald aus Stützpfeilern nun zu beseitigen, um den Luftschutzkeller in einen gewöhnlichen Keller zurückzuverwandeln. In zwei Kellerräumen wollten wir große Gestelle errichten mit kleinen Luken als Ausgängen zum Garten hin. Das Holz für die Gestelle hatten wir. Dazu mußten wir nur die Stützbalken zu Brettern und Leisten zersägen und zurechtschneiden und dann von einem Handwerker zusammenbasteln lassen zu richtigen Ställen für Hühner, Enten und Gänse.

Woher wir das Geflügel bekommen würden, stand noch nicht fest. Immerhin aber war es beruhigend, im Keller schon einmal Ställe zu haben.

Wir hatten genug Holz und dachten, daß der Luftschutzkeller vielleicht gehalten hätte, wenn das Haus von einer Bombe getroffen worden wäre. Mit dem Holz hätten wir sicher ein Dutzend Hühnerställe errichten können.

Ein arbeitsloser Kriegsheimkehrer, gelernter Schreiner, wurde mit dem Bau der Ställe beauftragt, und da er schon mal daran war, durfte er auch noch gleich fünf Hasenställe an die Garagenrückwand bauen. Als er damit fertig war, fiel uns – da das Holz noch reichte – ein, daß die Hühner, Enten und Gänse, die wir haben würden, einen richtigen Auslauf bräuchten, und so errichtete der Kriegsheimkehrer neben und hinter dem Haus ein dichtes, hohes Holzgatter mit zwei Zugängen für die vorgesehenen Fütterungen.

Der Auslauf für die erträumte Federviehhaltung umgab die gesamte Rückfront des Hauses sowie die halbe Südseite. Wenn wir auf der Terrasse saßen, sahen wir rechts in Verlängerung der Wohnzimmerwand eine Begrenzung des Laufgatters. Wir stellten uns vor, daß darin schon bald die allerschönsten Hennen und Göckel umherspazieren würden und quakende Enten und Gänse, und daß wir uns zu hohen Festtagen ein besonders fettes Tier herausgreifen könnten, um es zu schlachten und feierlich zu verzehren.

In diesen Tagen achteten wir sehr darauf, daß die

Sickergrube hinter dem Haus nicht wieder zu voll würde. Wir schöpften täglich dieselbe Menge ab, die frisch dazukam. Die Sickergrube befand sich genau unterhalb der anderen Begrenzung des Laufgatters, ein paar Schritte neben dem Nachbargarten. Wir durften nicht zu viel auf einmal schöpfen, weil sonst zu viel Odel den Garten hinunterfloß, sich staute und, wenn die Erde erst satt war, in Brauns Garten eindrang. Bei unserer großen Entleerungsaktion waren größere Mengen abgeflossen, und ein Nebenarm hatte sich zu den Brauns hinüber ergossen. Also hatten wir versprechen müssen, daß so etwas nicht mehr vorkommen würde. Den Brauns wäre es eigentlich egal gewesen, wenn Sylvia, ihre einzige, artige Tochter, nicht ausgerechnet auf dieser Seite des Gartens ihre Schiffschaukel gehabt hätte. Aber so mußten sie es uns leider sagen.

Seit Errichtung des Laufgatters konnten wir den Garten hinter dem Haus nur noch von hier aus betreten. Wir liefen also zwischen Hauswand einerseits und Abfallgrube und Komposthaufen andererseits bis zum Ende des Hühnergatters und dort, kurz vor der etwas tiefer liegenden Sickergrube, nach links, um einen kleinen verwachsenen Weg zu erreichen, der diesen Teil des Gartens genau halbierte und zu dem man über vier oder fünf Stufen hinabstieg. Der Weg durchschnitt den Garten und führte zu einem Türchen im Zaun, das stets abgeschlossen blieb. Es blieb abgeschlossen, obwohl wir von hier aus am bequemsten die Lohwaldstraße und das Dorf erreicht hätten. Es blieb aber zu, weil man auf diesem Weg auch uns am schnellsten erreicht hätte. Also machten wir lieber den Umweg durch die Lessingstraße und um Brauns Garten herum.

Zum Einkaufen brauchten wir Lebensmittelkarten. Wir hatten sie schon gehabt, bevor die Amerikaner kamen, und jetzt, wo die Amerikaner da waren, hatten wir diese Lebensmittelkarten noch immer. Die Lebensmittelkarten waren einfach übernommen worden, und übernommen worden war das alte Geld. Es gab Geld, aber es gab für dieses Geld nichts zu kaufen. Da waren keine Waren. Da hatte Geld keinen Wert. Das Geld war aus Papier und altem Eisen, und darauf stand »Deutsches Reich«. Auf der Rückseite befand sich ein Adler, der ein kleines Hakenkreuz umkrallt hielt. Das also war unser Geld gewesen, und das war jetzt noch immer unser Geld.

Die Waren waren schon vorher ausgegangen. Deshalb hatten sich die klugen Amerikaner ihre Lebensmittel gleich selber mitgebracht. Sie schlugen sich die Bäuche voll, und was sie nicht mehr essen konnten, weil es zu viel war, warfen sie einfach weg.

Als erstes hatten sie vor die beschlagnahmten Häuser riesige Abfalltonnen gestellt. In diese Tonnen schmissen sie, was sie zu viel mitgebracht hatten. Der wunderbare Duft amerikanischer Essensreste wehte süß durch die Straßen herüber zu uns, und wir aßen mit unseren Nasen die neuen Gerüche.

Den Amerikanern war unser Geld egal, und egal war ihnen, was auf diesem Geld stand. Unsere Lebensmittel waren rationiert, und rationiert waren die Lebensmittelkarten. Ohne Lebensmittelkarte keine Lebensmittel. Was wir hatten, aßen wir restlos auf. Wir warfen nichts weg. Alles konnten wir brauchen.

Die Amerikaner aber dachten nicht daran, uns von ihren Überresten ein bißchen abzugeben. Waren sie satt, warfen sie ihre Reste in die Abfalltonnen. Platzen wollten sie nicht.

Des Nachts streunten reudige Köter, Katzen und Ratten durch die Straßen. Sie sprangen auf die Mülltonnen und fischten sich die duftenden Überreste heraus. Wir aber konnten in jene Straße nicht hinein, weil an den Straßenecken die Posten standen. Die Amerikaner hatten es sich nämlich in den Kopf gesetzt, uns zu beweisen, daß auch wir Menschen seien.

Sie waren so großzügig, uns unser altes Geld zu belassen. Und es war weiterhin frei im Umlauf. Es war vergriffen und schlecht, denn zu kaufen gab es dafür fast nichts. »Deutsches Reich« hieß der Aufdruck, und ein Adler hielt weiter ein Hakenkreuzlein, als wäre inzwischen nichts passiert.

Für uns freilich war der Krieg aus. Vielleicht ging er etwas östlich noch ein paar Tage weiter, aber für uns war er aus. Er war aus, seit sie über die Lohwaldstraße angerollt kamen, seit der mächtige Leitpanzer im Tunell steckenblieb, seit Scheggi in Ohnmacht fiel und seit an unserer Haustür das Schild »Off limits« hing.

Als wäre ihnen egal, was auf Scheinen und Münzen stand, ließen uns die Amerikaner weiter unser mieses Geld. Hätten sie uns jetzt neues Geld mitgebracht, wäre es *ihr* Geld gewesen. Also hätten sie sich blamiert, wenn es auch für *ihr* Geld nichts zu kaufen gegeben hätte. Da war es schon einfacher, uns unser altes Geld zu belassen. Ihrem Geld zuliebe hätten sie uns am Ende noch Waren mitbringen müssen. Doch wozu? Und wofür?

In Hülle und Fülle hatten sie Waren herbeigeschleppt. Doch brauchten sie alles für sich. Und was sie nicht verbrauchen konnten, warfen sie weg. Sie wollten unserem Geld beweisen, wie windig es war, und uns, daß wir es noch immer hatten.

Zum Ausgleich durften wir des Abfalls süße Gerüche genießen und einatmen der Überreste Duft. Sie wollten uns nicht mit ihren Speisen überrumpeln und nicht unsre Mägen verderben mit farbigen Eßwaren. Sie wünschten nicht, daß wir an Freßlust krepierten und wegstürben vor der Zeit. Sie waren auch christlich und wußten, daß der Mensch nicht vom Brot allein lebe, sondern von den Worten der Wahrheit zunächst.

Uns aber hatte es bislang an beidem gefehlt, an Brot und an Wahrheit, und als die Amerikaner ankamen, hofften wir, sie hätten beides für uns mit im Gepäck.

Tatsächlich brachten sie Schokolade mit, braune und weiße für Weiße und Braune. Sie hatten sogar flüssige Schokolade in Dosen, und gern hätten wir davon gekostet, aber anscheinend war nicht genug Schokolade da, für uns alle. Da war es nur logisch, daß sie sich vorher selber bedienten, weil sich jeder der Nächste ist.

So geschah es, daß sie nicht so viel für uns übrig hatten, wie wir erhofft. Allerdings brachten sie uns die ganze Wahrheit mit, abgepackt in kleine und kleinste Portionen. An Wahrheit hatten sie wahren Überfluß und sie waren mit dieser Ware nicht geizig. Weltweit hatten sie Wahrheit geschürft und gepflückt, und es lohnte sich nicht, den Riesenüberschuß zu vernichten.

Sie gaben uns davon ab, so viel wir wollten, und wir griffen gierig zu. Die Wahrheit war neu und stand in der Zeitung. Die Zeitung hieß einfach *Neue Zeitung* und war billig. Sie war sogar sehr billig und kostete zehn oder zwanzig Pfennig. Fast geschenkt war die Wahrheit, denn wir konnten sie mit *unserem* alten Geld kaufen. Niemand stieß sich daran. Auf den kleinen Eisenmünzen stand noch immer »Reichspfennig« und »Deutsches Reich« und auf der Rückseite wurde der Reichsadler mit seinen spitzen Krallen noch immer starr von den glatten Kanten eines winzigen Hakenkreuzes getragen.

III

Der Krieg war aus, und die geschlagenen Krieger wären gerne nach Hause gezogen, wenn zu Hause noch ein Haus gewesen wäre für sie. Wohin aber sollten sie heimkehren, da sie in ihrer Heimat nimmer daheim waren? In der Fremde hatten sie gehaust, als wüßten sie nicht, was es heißt, Heimat zu haben, als wären sie selber nirgends daheim. Zu Haus aber waren sie Fremde geworden. Auf der Suche nach fremden Heimaten hatten sie ihre kleine Heimat eingebüßt, und wenn sie nunmehr dorthin zurückzufinden suchten, von wo sie ausgezogen waren, so irrten sie durch die veränderte Gegend wie Blinde im Schnee.

Die halbe Welt hatten sie johlend durchstreift auf der Flucht vor sich selbst. Heimisch waren sie nirgends geworden. Die Heimkehrer hatten Heimat nicht mehr.

Und so mußten sie jetzt nach Resten von Zuflucht hasten, als verkröchen sie sich nunmehr tief vor sich selbst. Ganze Länder hatten sie spielend besessen, nun aber gehörte ihnen nicht einmal mehr ihr eigenes Bett. Wild hatten sie fremde Länder, blind vor den Menschen, die darin lebten, durchstürmt. Nun aber sahen sie ängstlich zu, ob es nicht irgendwo Menschen gäbe, zu denen man fliehen könnte, das nackte Leben zu retten.

Zwei dieser traurigen Krieger waren vermutlich in Anmarsch. Und wir fühlten, daß sie unaufhaltsam näherzogen, näher zu uns. Sie gaben keine Nachricht. Wir hofften, sie würden noch leben. Doch wünschten wir auch heimlich, sie sollten, wenn sie schon ankommen müßten, bei anderen Leuten anklopfen und sagen: »Da sind wir! Was sagt ihr? Wie geht es? Wir leben!«

Mein Vater hatte alles kommen sehn, wie es kam, bloß nicht die eigne Verwandtschaft. Gegen Ende des Kriegs, an einem bitterkalten Februarabend waren seine Mutter, seine beiden Schwestern Hilla und Hedwig samt Hedwigs Kindern Horst und Helga draußen vor unserer Haustür. Sie standen vermummt im eisigen Ostwind. Hedwig hielt ihr Baby Helga im Arm. Horst war etwa fünf Jahre alt, und meine Großmutter hatte ihn meinem Bruder und mir vorstellen wollen mit den Worten: »Das ist Horst, euer Cousin. Er ist in eurem Alter und ihr könnt schön miteinander spielen.«

Unser Cousin blickte mit blaßblauen Augen unter seiner Pelzmütze hervor und starrte uns ängstlich und mißtrauisch an, und wir wußten sofort, daß wir keine Lust hatten, mit ihm viel zu spielen.

Ohne Ankündigung waren unsre Verwandten damals zu uns gekommen. Sie hatten fast nichts bei sich, nur ihre Winterkleidung am Leib, und ich dachte: ›Was wollen diese fremdartigen Menschen bei uns?‹ Aus einem anderen Land schienen sie zu kommen und warteten drunten in der Kälte wie auf ein erlösendes Wort.

Da trat meine Mutter aus der Tür, ging die Stufen hinab, umarmte alle und sagte: »Kommt schnell herein, es ist kalt!«

Seither wohnten die fünf schlesischen Verwandten bei uns im Haus. Der Krieg war zu Ende gegangen, und wir hatten Frühling.

Da befürchtete mein Vater, daß noch mehr schlesische Verwandte uns aufsuchen würden, denn wo sollten sie bleiben, wenn nicht bei uns? Doch unser Haus war voll, und andere Häuser waren vielleicht noch voller, und mein Vater wünschte sich, das Off-limits-Schild an der Haustür würde für alle Neuankömmlinge gelten.

Eines Nachmittags fuhr im Hof wiederum ein Jeep vor. Ich blickte hinab uns sah zwei Amisoldaten. Am Steuer saß ein kleiner pausbäckiger Kerl. Er schien sich wie wahnsinnig zu amüsieren, denn er klatschte sich unentwegt auf die Schenkel und lachte so laut, daß ich sein Gelächter durch das geschlossene Fenster hindurch hörte. Der andere war vom Jeep auf den Kies gesprungen und blickte verlegen an der Hauswand empor, als hätte er etwas zu fürchten. Er war mager, blond, blaß und riesengroß, an die zwei Meter, und seine Bewegungen bekamen durch die Größe etwas Ungeschickliches. Und dieser weiße Riese aus Amerika lächelte verlegen, als hätte er Angst vor seinem eigenen Mut.

Ich rief Hilla, die hinter mir am Spülbecken stand und ein paar Teller und Gläser abtrocknete.

»Kennst du den?« fragte ich.

Sie erkannte ihn sofort, ließ Teller und Gläser vor Schreck stehn und flüchtete auf den Dachboden.

Scheggi stand noch immer verlegen drunten im Hof, und sein Kamerad machte sich weiter über ihn lustig. Doch plötzlich fuhr Wut in den weißen, amerikanischen Riesen, denn er fluchte, drohte dem dicken Chauffeur mit der Faust und spuckte seinen Kaugummi in den Jeep hinein. Dann wurde er wieder gutmütig wie zuvor und blickte durch seine randlose Brille zum Küchenfenster herauf.

Als er mich sah, gab er mir einen Wink, in den Hof zu kommen, und lud dann zwei grüne amerikanische Benzinkanister vom Jeep, die er bis zur Garage trug und dort abstellte.

Mein Vater hatte in diesem Augenblick seine Nachmittagssprechstunde begonnen, und meine Mutter holte ihn aus dem Sprechzimmer, damit er mit dem Amerikaner spräche. Er ging also vors Haus in den Hof und erkannte Scheggi gleich wieder.

»Du ju rimember? Ai äm sä Doktor!« sagte mein Vater.

»You are a good doctor«, sagte Scheggi lachend und zeigte auf die beiden Benzinkanister. »It's for you, because you are a very good doctor!«

»Senk ju«, sagte mein Vater.

»Where is Hilla?« fragte nun Scheggi.

»Ai du not nau«, sagte mein Vater, »Ai sink sett schi is in sä Moment not in sä Haus!«

»Okay«, sagte Scheggi, »I'll see her tomorrow.«

Dann bestieg er rasch den Jeep, die beiden Amerikaner fuhren davon, und mein Vater kehrte ins Sprechzimmer zu seinen Patienten zurück. Die Praxis meines Vaters hatte sich in diesen Monaten nicht verändert. Zweimal pro Tag fanden Sprechstunden statt und jeden Freitagnachmittag eine Mütterberatung. Bekam mein Vater eine Benzinzuteilung, fuhr er mit dem Wagen über Land in die Dörfer, um Schwerkranke zu besuchen, doch die Rationen waren nach wie vor klein, und die Patienten mußten sich oftmals gedulden. War das Benzin ganz ausgegangen und ließ sich ein Besuch überhaupt nicht aufschieben, mußte ein Bauer mit dem Pferdefuhrwerk vorfahren und meinen Vater abholen. Während der Sperrstunden nachts war es gefährlich, so allein über Land zu fahren, denn überall standen Wachposten und kontrollierten die Ein- und Ausfahrten der Orte.

Die zwei Amikanister mit dem guten Benzin waren ein nützliches Geschenk, weil mein Vater nun mehrere große

Touren fahren konnte bis Hirblingen, Gailenbach, Horgau, Döpshofen und Deubach.

Das Benzin in den beiden Kanistern war eine amerikanische Spezialität. Es roch besser und schimmerte rötlich. Wir kannten nur gelbes Benzin und wunderten uns, daß die Amis sogar ein anderes Benzin hatten als wir. Wir fragten uns, wie sie es schafften, dieses rötlich schimmernde Benzin herzustellen, und was sie beimischten, daß es so angenehm duftete. Zweifellos kam es aus den unerschöpflichen Ölfeldern von Texas und war stärker als der blasse Treibstoff Europas.

Auch die Kanister machten einen stabileren Eindruck als unsre gewöhnlichen Blechbehälter. Außen hatten sie dieselbe mattgrüne Tarnfarbe wie die amerikanischen Jeeps, Panzer, Zeltplanen und Uniformen, und im Inneren waren sie rotbraun wie gestocktes Stierblut. Auch mußten sie nicht langwierig aufgeschraubt werden, sondern ließen sich fast so leicht öffnen wie unsere Bierflaschen, ja die Verschlußklappe war nach einer ähnlichen Mechanik gebaut.

In den nächsten Tagen besuchte mein Vater Patienten in weitest entfernten Dörfern seines Praxisbereichs. In jedem Dorf fragte er nach Wohnraum für seine Schwester Hedwig und ihre zwei Kinder, doch überall war schon alles überfüllt mit Flüchtlingen, Ausgebombten und Evakuierten.

Das Problem der Wohnraumbeschaffung für die Verwandtschaft wurde eines Abends noch dringender. Mein Vater hatte seine Nachmittagssprechstunde beendet, und da die Luft mild war, saßen wir allesamt auf der Terrasse, aßen Tomatensuppe und blickten hinüber auf das freie Feld vor unsrem Garten.

Wehmut beschlich meine Eltern, als sie das schöne freie Feld nun betrachteten. Vor ein paar Jahren hatten sie es nämlich für fünftausend R-Mark von einem Westheimer Bauern gekauft, um später einmal, wenn der Krieg vorbei sein würde, vielleicht ein eigenes Haus auf dem Grundstück zu bauen. Aber das Feld hatte uns nur ein paar Monate gehört, weil die Nazis ausgerechnet hier einen kleinen Exerzierplatz anlegen wollten. Also wurde das Grundstück kurzerhand enteignet, und meine Eltern erhielten als Entschädigung Hasen-Bräu-Aktien im Wert von fünftausend R-Mark. Zwar war der Krieg nun vorüber, und die Nazis hatten zuletzt keine Zeit mehr gehabt, ihren Exerzierplatz anzulegen, doch die Enteignung war gültig, und das freie Feld gehörte einem Staat, den es nicht mehr gab. Meine Eltern hätten die Hasen-Bräu-Aktien am liebsten wieder für das Grundstück zurückgegeben, denn von den Aktien sahen sie nur das bedruckte Papier, das freie Feld hingegen hatten sie tagtäglich vor Augen und hätten es gern mit dem stolzen Bewußtsein betreten: Es gehört uns allein und keinem Menschen sonst auf der Erde. Doch an wen hätten sie sich mit ihrem Wunsch wenden sollen? Wer war jetzt zuständig? Wer würde jetzt für eine neue Gerechtigkeit sorgen, nachdem die Richter hierzulande jahrelang Unrecht im Namen des Volkes gesprochen hatten?

Während meine Eltern solchermaßen sinnierten und dem kaum je besessenen Eigentum nachtrauerten, sahen wir, wie ein fremder Mann ebendieses freie Feld überquerte. Er kam von der Linde her direkt auf uns zu. Er schien es nicht eilig zu haben oder war müde. Jedenfalls ging er langsamen Schritts den leichten Abhang hinauf, genau in Richtung Garten und Haus.

»Waldemar!« rief plötzlich Tante Hedwig und sprang auf. »Waldemar! Waldemar! Es ist Waldemar!« Es war ihr Mann, der da gerade aus Kriegsgefangenschaft kam, wie ein Bauer, der abends müde von der Feldarbeit nach Hause trottet.

Er trug noch immer seine abgewetzte Uniform, doch ohne Schulterstücke, Orden und Hoheitszeichen. Die Uniformhose hatte keinen Gürtel mehr und war mit einer Schnur zusammengehalten. Sobald Waldemar uns alle auf der Terrasse sitzen sah, riß er seine Schirmmütze vom Kopf und schwenkte sie freudig winkend durch die Luft. Wir sahen jetzt, daß unser neuer Onkel eine Glatze hatte, und ich dachte, daß ihm wahrscheinlich vom jahrelangen Stahlhelmtragen die Haare ausgefallen wären, da die Kopfhaut nicht atmen konnte und die Haarwurzeln infolge andauernder Lichtlosigkeit verdorrten. Es hätte auch so sein können, daß zu wenig Saft ins Hirn hinaufgestiegen war, da der Kopf während der jahrelangen Militärzeit quasi außer Betrieb war und von oben her abzusterben begann. Wie viele Heimkehrer hatte auch Waldemar eine runde Nickelbrille, die er freilich sofort abnahm, sobald er auf der Terrasse stand und alle, außer meinem Vater, vor Rührung in Tränen ausbrachen.

»Willst du einen Teller Tomatensuppe essen?« fragte meine Mutter, und Waldemar nickte.

»Die Hände kannst du dir gleich nebenan im Sprechzimmer waschen«, sagte mein Vater. »Am Waschbeckenrand liegt ein halbes Stück Kernseife.«

Hilla holte inzwischen einen tiefen Teller, einen Eßlöffel und eine dünne Scheibe Brot, und als Waldemar mit gewaschenen Händen zurückkam, setzte er sich zu uns an den Tisch.

Noch am selben Abend ging mein Vater zum Bürgermeister, um für die nun vollzählige Familie seiner Schwester wenigstens eine Notunterkunft organisieren zu lassen. Der Bürgermeister war zwar nicht mehr Bürgermeister, aber mit seinen ehemaligen Gemeinderäten noch immer im Amt. Dort erhielt er Befehle und Anweisungen der Amerikaner, die er mit Hilfe seiner Mitarbeiter auszuführen hatte. Sie sorgten weiterhin für die ordnungsgemäße Verteilung der Lebensmittelkarten und hatten eine Kommission gebildet, die alle von den Amerikanern nicht beschlagnahmten Häuser nach zusätzlichem Wohnraum durchforschte, jede brauchbare Kammer in Beschlag nahm und darin Flüchtlingsfamilien oder Zwangsevakuierte einquartierte.

Mein Vater rechnete nicht damit, für unsre Verwandten sofort eine neue Unterkunft zu erhalten, aber die Kommission für Wohnraumbeschaffung sollte den Fall bevorzugt behandeln und möglichst bald lösen. Schließlich sei es ihm als Arzt, der seine Praxis im Haus habe, kaum zumutbar, auf engstem Raum mit so vielen Personen hausen zu müssen, ganz abgesehen davon, daß die für jede Praxis erforderliche Mindestnorm an Hygiene kaum mehr gewährleistet sei, wenn so viele Menschen zusammengepfercht lebten. So viel könne er im Interesse seiner Patienten verlangen, und für einen Arzthaushalt hätten andere Maßstäbe zu gelten als beispielsweise auf einem Bauernhof.

Zur Überraschung meines Vaters konnte der Bürgermeister sogleich eine Zusage machen.

Gegenüber dem Bahnhof an der Hindenburgstraße befanden sich die Bahnhofswirtschaft und dahinter der Biergarten mit großen Kastanienbäumen. Wenn wallfahrende

Pilger und Bäuerinnen vom Kobel kamen, setzten sie sich gern in den Biergarten und verzehrten den mitgebrachten Proviant.

In den letzten Wochen waren unter den Kastanienbäumen oft Holzfäller gesessen, die ihren Tagelohn, wenn es Dünnbier gab, hier vertranken. Der Weg zum Kobel führte am Biergarten vorbei und war auf der anderen Seite von einer kleinen Reihe gestutzter Erlen begrenzt. Hinter dieser Erlenreihe breitete sich eine Wiese aus, und über der Wiese begann der Kobelwald mit seinen mächtigen Kiefern, Fichten, Birken und Eichen.

Gegen Ende des Kriegs war der Wald immer mehr vernachlässigt worden: Die Förster und Holzfäller waren woanders im Einsatz. Dafür war jetzt der halbe Kobelwald von Borkenkäfern zernagt und die schönen alten Bäume starben nach und nach ab. Rasch mußten die Bäume gefällt werden, bevor sich der Borkenkäfer durch den ganzen Wald hindurchfraß. Also wurden sudetendeutsche Flüchtlinge als Holzfäller eingesetzt, und sie fällten in wenigen Wochen den halben Kobelwald, zersägten die uralten Stämme und machten Kleinholz daraus.

Sie hausten in einem seltsamen Holzgebäude, halb Baracke, halb Blockhaus, das auf einer Wiese über dem Biergarten stand und so schräg gegen den Abhang gebaut war, daß das Schindeldach in die Luft ragte wie der Tisch einer Sprungschanze.

Dieses Gebäude war erst vor einem Jahr errichtet worden und sollte einen geplanten Kindergarten beherbergen, doch im allgemeinen Wirrwarr gegen Kriegsende wurde dieser Plan aufgegeben. Vorübergehend diente es den Holzfällern als Unterkunft. Doch jetzt waren sie mit der Abholzung fertig, und am Waldrand standen noch fünf Bäume: zwei Kiefern, zwei Birken und eine alte Eiche.

Die Holzfäller zogen weiter. Am Samstagabend war im Biergarten fast nichts mehr los, und die Blockhaus-Baracke mit dem Sprungschanzendach wurde frei und stand zur Verfügung.

Also wies die Wohnraum-Kommission Tante Hedwig, Onkel Waldemar und den beiden Kindern die notdürftige Behausung zu.

»Bist du nun zufrieden?« fragte mein Vater stolz seine Schwester.

»Zufrieden? Was fragst du mich? Ein Palast ist es ja bei Gott nicht!«

»Was hast du dir denn erwartet?«

»Du hast gut lachen!« antwortete Tante Hedwig.

»Ach, weißt du«, sagte darauf meine Großmutter zu ihrer Tochter, »aller Anfang ist schwer!«

Und meine Mutter fügte hinzu: »Eigner Herd ist Goldes wert! Und besser ein Spatz in der Hand als eine Taube auf dem Dach!«

»Wenn wir wenigstens einen richtigen Herd hätten, um darin eine Taube zu braten«, sagte Tante Hedwig bitter, »aber mit einem Spirituskocher –«

»Kommt Zeit, kommt Rat!« sagte wiederum meine Großmutter. Nur Onkel Waldemar stand dabei und sagte nichts.

Meine Mutter hatte es mit ihrer Schwägerin gut gemeint und ihr beim Einzug allerlei Küchen- und Hausgeräte geschenkt, doch Tante Hedwig sagte: »Jetzt wirst du froh sein, das viele alte Zeug endlich los zu sein!«

Einen Moment schwiegen wir. Dann verabschiedeten wir uns, und fast schon im Gehn fiel meiner Mutter noch etwas ein: »Übrigens, was ich noch sagen wollte. Ihr könnt natürlich einmal in der Woche zu uns herüberkommen, um zu baden!«

»Ach!« sagte Tante Hedwig, »wir möchten euch nicht im Weg sein. Vielleicht ist es besser, ihr habt eure Wanne für euch ganz allein.«

Wir gingen jetzt wirklich, und als wir zu Hause waren, schürte meine Mutter den Badeofen an, und nacheinander badeten wir den ganzen Abend.

IV

Oben im Garten, schräg überm Sommerhaus, gab es eine kleine Gartentür, die wir selten abschlossen und durch die ganz selten jemand zu uns hereinkam. Sie ging auf einen schmalen Pfad hinaus, der drunten am Tunell begann und zwischen dem freien Feld und dem Bahndamm steil zu uns herauf- und dann am Rand des Gartens entlangführte. Wir benützten diese kleine Tür, wenn wir sonntags zur Messe auf den Kobel hinaufpilgerten, und manchmal unter der Woche, wenn es im Dorf etwas zu kaufen gab.

Ein tiefer Graben trennte Pfad und Bahngelände, und ich stand oft vor dem Garten am Grabenrand und beobachtete die vorbeifahrenden Züge. Die Güterzüge waren jetzt unendlich lang und hatten unzählig viele Waggons. Personenzüge fuhren selten oder überhaupt nicht mehr, und die meisten Menschen wurden in Güterzügen transportiert. Immer mehr Flüchtlingszüge fuhren vorüber: Frauen, Kinder und Alte, die zwischen Kartons, Koffern und Rucksäcken in den Güterwägen saßen oder standen. Manchmal blieb einer dieser Züge vor dem Signal stehn. Dann sprangen die Leute auf den Bahndamm heraus und pißten und kackten, gleich neben den Zug.

Die Frauen hoben ihre weiten Röcke hoch, gingen in die Hocke, spreizten die Beine und zeigten ihre breiten, bleichen Arschbacken, und wenn sie fertig waren, wischten sie sich mit dem Gras des Bahndamms ab. Dies sah ich und fand es fast alltäglich.

Mir war, als hätte ich im Sommer davor einen ähnlichen Güterzug vor den Signalen halten sehn, einen Zug voll verängstigter Menschen, und als hätte dieser Zug genau über unserem Garten gehalten, und die vielen vielen Menschen, große und kleine, tauchten mit kahlgeschorenen Köpfen über den Rändern der Viehwaggons auf und sprangen während des kurzen Aufenthalts aus den Güterwägen heraus auf den Bahndamm, um hastig zu pissen oder zu kacken. Mir ist, als wäre ich damals in den Garten zu meinem Bruder und zu meinen Eltern gerannt, denn ich glaube mich zu erinnern, daß sie, als sie uns sahen, »Wasser! Wasser!« riefen. Sie riefen, schrien, bettelten, flehten um Wasser, und meine Mutter, die in jenem Augenblick vor dem Sommerhaus auf einem Gartenstuhl saß und meine kleine Schwester Christine stillte, nahm das Kind von der Brust und legte es vor sich ins Gras, und allesamt eilten wir in den Garten und brachten Eimer und Kannen voll Wasser zum Bahndamm hinaus. Und jetzt kamen aus allen Gärten die Nachbarn und erschraken angesichts der vielen kahlgeschorenen Menschen. Wir sahen viele arme alte Leute und weinende Kinder, die hilflos da draußen im freien Sonnenlicht standen und jammerten vor Hunger und Durst. Ich entsinne mich, wie wir und die Nachbarn zusammen das Wasser hinausschleppten, und wie die Frauen in die Küchen rannten, um aus dem Schrank alles Brot zu holen, das sie zu Hause hatten, und wie sie endlich mit den Brotlaibern zurückkamen, als die armen kahlgeschorenen Menschen bereits von fluchenden Uniformierten in die offenen Viehwaggons zurückgetrieben wurden.

Ich sehe jene Menschen noch vor mir, und wie sie die Hände wie Ertrinkende über dem Rand der Viehwaggons recken und wie die kahlen Schädel von Uniformierten mit Gewehrkolbenhieben niedergeprügelt werden. Ich höre die schrillen Pfiffe der Lokomotive. Das Signal steht offen. Durch den Zug geht ein Ruck. Und wieder und wieder strecken die Menschen im Zug ihre Hände himmelwärts über den Rand der Güterwaggons, und wir stürmen ein letztes Mal den Bahndamm hinauf und werfen die letzten Brote zwischen die Köpfe der eingepferchten Menschen. Ich habe noch ihre Schreie im Ohr und das kehlige Wutgebrüll der Uniformierten und das metallene Schlagen der rollenden Räder auf den glühend heißen Schienen im Sommer vor einem Jahr. Als aber der Zug in der Kurve hinter dem Stellwerk bei Neusäß in Richtung München verschwand, gingen wir alle still in unsere kühlen Gärten zurück.

Diese Bilder kamen aus meinem Gedächtnis herauf, als nun wiederum Güterzüge über unserem Garten hielten und, wie im Sommer zuvor, alte und junge Frauen mit ihren Kindern auf den Bahndamm sprangen, um hier zu pissen und zu kacken. In immer neuen Schüben wurden Ostflüchtlinge antransportiert, an fremden Zielbahnhöfen ausgeladen, übers enger gewordene Land gleichmäßig verteilt und endlich irgendwo einquartiert als ungerufene Fremde.

Die meisten Züge fuhren vorbei. Manche Güterzüge waren zu Lazarettzügen umgewandelt, und von Dächern und Seitentüren der ehemaligen Viehwägen leuchtete das Rote Kreuz aus weißem Kreis. Wenn diese Notlazarettzüge vor dem Signal hielten, hörten wir die rohen Rufe der Kriegsversehrten. Durch die Luftspalte zu uns ins Freie heraus drangen dann die Flüche und Schmerzensschreie unbrauchbar gewordener Soldaten. Wir sahen die notdürftig verbundenen Schwerversehrten auf Bretterpritschen flacken und wie eitriges Blut durch Uniformreste und Papierbinden sickerte. Ich habe noch das Stöhnen der sterbenden Heimkehrer im Ohr und sehe vor meinen Augen die leblosen Fleischbündel der auf dem Heimweg Verreckten.

Es waren die ersten Heimkehrerzüge, die ich sah. Diese Heimkehrer taugten nicht einmal mehr als Kriegsgefangene, und so ging es in holprigen Viehwaggons heimwärts. Wer noch ein Heimatdorf hatte, wurde ausgeladen, doch viele hatten kein Glück und fuhren einem zufälligen Ziel entgegen, um irgendwo zu sein. Manche aber blieben, wo doch schon alles vorbei schien, trostlos und mutterseelenallein auf der Strecke.

So sah ich vom Pfad zwischen Garten und Graben jene Flüchtlingszüge und beobachtete die Notlazarettzüge mit den Schwerbeschädigten. Wenn Züge ohne Menschen vorüberfuhren, zählte ich die Waggons, und wenn ich Menschen sah, winkte ich ihnen zu.

Aber ich sah auch Eil- und Schnellzüge, die schon einen neuen Anstrich bekommen hatten. Sie waren jetzt mattgrün wie alles Amerikanische, und an den Fenstern standen Amisoldaten im Fahrtwind.

Es war Sommer, und der Sommer war trocken und heiß.

Die Amis hatten die Fenster der Eil- und Schnellzüge ganz heruntergekurbelt. Aus den Fenstern hingen die Vorhänge und wurden an die Wagenwände gewirbelt. Die umrahmten Amigesichter blickten in die hügelige Landschaft, und Wälder, Wiesen, Häuser, Gärten, Menschen und Tiere flogen wie im Kino an ihren Augen vorbei.

Ich aber stand oben am Pfad und winkte dem fremden Zug zu, der so rasch vorüberraste, daß ich mich nicht mehr entsinne, ob er voller Amisoldaten war oder halbleer. Ich weiß nur noch ein einziges Gesicht, das aus einem der Fenster herüberglänzte, ein rundes breites Negergesicht mit lachenden Augen und weißen Zähnen. Ich winkte, und der breite lächelnde Kopf wich einen Sekundenbruchteil zurück, und dann sah ich, wie sich der halbe Körper blitzschnell aus dem Zugfenster bog und etwas ins Gras warf, einen Ball, der auf die Grasnarbe fiel und sodann den Bahndamm hinab in den Graben rollte. Ich lief rasch hin und sah einen goldgelben Ball. Dann sprang ich in den Graben und hob den Ball auf. Es war ein seltsamer Ball. Nie zuvor hatte ich einen solchen gesehen. Er war goldgelb und weich, seine Haut porös, und an einem Punkt hatte er eine Narbe, die fast wie ein Nabel aussah oder ein Auge. Ich hob den Ball auf, drehte ihn zwischen den Händen, warf ihn kurz in die Luft, aber als ich aufblickte, war der Zug schon weit fort.

Nun wollte ich den Ball springen lassen. Doch als ich ihn auf den Boden warf, blieb er auf der Erde liegen. Also hob ich ihn wiederum auf und ging damit in den Garten. Dann lief ich ins Haus, um ihn allen zu zeigen.

»Schaut her!« sagte ich, »was für einen seltsamen Ball ich habe. So muß die goldene Kugel im Märchen ausgesehen haben. Diese leuchtende Farbe! Und wie er duftet! Aber wenn ich ihn fallen lasse, springt er nicht auf.«

Auch mein Bruder hatte noch nie in seinem Leben einen solchen Ball gesehen. Doch unsre Eltern lachten, und ich erzählte, wie ich ihn bekommen hatte. Dann sagten sie, daß es kein wirklicher Ball sei, sondern eine Apfelsine, aber wir wußten nicht, was Apfelsinen sind, und meine Mutter erzählte, daß es früher – vor dem Krieg – auch bei uns manchmal noch Apfelsinen gegeben habe.

»Als Kind in deinem Alter«, sagte mein Vater, »haben wir zu Weihnachten oft Apfelsinen bekommen. Später, in der Inflationszeit, wurden Südfrüchte immer seltener. Damals wünschte ich mir, wenn ich einmal groß sein und mein erstes Geld verdienen würde, so viele Apfelsinen zu essen, wie mein Magen vertrüge. Doch als ich endlich groß war, herrschten andere Zeiten. Wenn ich aber irgendwo welche entdeckte, kaufte ich mir immer ein paar.«

»Wie schmecken diese Apfelsinen?« fragte mein Bruder.

»Unbeschreiblich!« sagte mein Vater, »wer noch keine Apfelsine gegessen hat, kann nicht mitreden.«

»Aber jetzt haben wir doch diese Apfelsine«, sagte ich.

»Gut«, sagte mein Vater, »dann laß sie uns schlachten.«

Meine Mutter holte ein Küchenmesser, und mein Vater zeigte uns, wie man eine Apfelsine richtig schält; über Kreuz, der Länge nach, mit vier die ganze Frucht umlaufenden Schnitten. Die obere Kuppe mit dem Nabel in der Mitte hatte er wie eine Kappe flach durchschnitten und abgehoben und die einzelnen Schnitze der Schale entweder aufgeklappt oder an der Frucht belassen, so daß die Apfelsine für diesen Moment wie ein aufplatzender Blütenkelch aussah. Aber wir wollten sie endlich essen. Also schälte mein Vater zu Ende und gab jedem ein Stück. Wir kauten es ganz bedächtig, fast andächtig, und obwohl wir mitten im Sommer waren, überkam uns ein Gefühl wie an Weihnachten.

Da sagte mein Vater: »Wenn wir irgendwann bessere Zeiten bekommen und es vielleicht wieder einmal Apfelsinen gibt, dann fahren wir in die Stadt, gehn auf den Markt, und ich kaufe uns zu Weihnachten eine große Kiste mit sizilianischen Apfelsinen.«

»Sind die sizilianischen noch anders?«

»Sie haben ein blutrotes Fruchtfleisch. Deswegen heißen sie Blutorangen. Sie sind noch süßer und saftiger als gewöhnliche Apfelsinen. Aber besser, wir reden jetzt nicht davon.«

Nach dem Apfelsinenessen ging ich noch einmal hinaus auf den Pfad vor dem Garten. Es kam jedoch kein weiterer Amizug vorbei, und das Wunder blieb aus. Also lief ich den Pfad hinab, ging durchs Tunell auf die andere Seite der Bahnlinie, stieg den Bahndamm zum Güterbahnhof hinauf, wanderte daran vorbei, erreichte die hier einmündende Straße und lief, links der Bahnkörper, rechts eine Reihe alter Lagerschuppen, in Richtung Stellwerk, vorbei am Holztankwerk, und dann weiter zur Gleisgabelung, wo das Gleis nach Oberhausen abbog und die Strecke um Neusäß und Bärenkeller verkürzte.

Auf jenem Gleis waren während der Luftangriffe lange Öltankzüge abgestellt, aber die Flieger hatten es nicht geahnt und warfen ihre Bomben auf die Wohnhäuser der Stadt. Jetzt standen auf demselben Gleis an die hundert ausrangierte, kaputte Dampfloks in Wind und Wetter, und außer uns kümmerte sich niemand um diese schwarzen Kolosse.

Ich war schon einmal mit meinem Bruder und den anderen Mitgliedern unserer Bande zu den kaputten Lokomotiven gegangen. Wir waren ins Führerhaus geklettert, um zu wissen, wie es ist, Lokomotivführer zu sein und rund um die Welt zu fahren, nach Afrika, Asien, Australien oder sogar bis nach Amerika. Einige von uns hatten sich vom Armaturenbrett Uhren, Tachometer, Wasserstandszähler und alle möglichen sonstigen Meßgeräte abgeschraubt, aber an jenem Tag hatte ich mein Taschenmesser vergessen und war leer ausgegangen.

Heute aber lief ich allein zu den kaputten Dampfloks, um vielleicht eine noch funktionierende Apparatur zu finden und auszubauen, oder, wenn ich mehr finden würde, eine Uhrensammlung anzulegen.

Also bestieg ich das Führerhaus einer Lokomotive und drehte an Hebeln und Knöpfen herum. Dann stellte ich mir vor, was ich tun müßte, wenn sich die Lok plötzlich in Bewegung setzen würde. Aber zum Glück standen noch zig andere kaputte Dampfloks zwischen meiner Lokomotive und der Eisenbahn-Hauptstrecke, und die Gefahr, auf der vielbefahrenen Strecke zwischen München und Stuttgart ohne Bremsmöglichkeit Amok zu fahren, bestand gottseidank nicht. Die Lok blieb, wo sie stand, und ich war darüber sehr froh. Allerdings wünschte ich mir, daß sie wenigstens ein Geräusch von sich gäbe, daß dem Tender ein Zischen entführe oder daß ein Läuten, Tuten und Pfeifen losbräche, ein lautes Getös und Getön. Also kletterte ich kreuz und quer in der Lokomotive umeinander, drehte an allen Uhrwerken, drückte an sämtlichen Knöpfen, und als ich schon aufgeben wollte und einen letzten schweren Hebel herabzog, gab es einen maßlosen Knall, plötzlich, wie von einer Explosion.

Ein Schwall geschwefelter Kohle umnebelte mich. Grelles, hellblaues Licht blitzte auf. Geballter Lärm aller Dampfloks entlud sich. Mir war, als bräche in diesem Moment der Tender, als zerbräche die Lok in tausend Splitter, als hievte der Druck mich selber in hohem Bogen hinaus und hinein ins freie Feld neben dem Bahngleis.

Ein schweres Gewitter hatte sich über dem Kobel zusammengezogen. Der erste Blitz hatte in der Nähe eingeschlagen, hier direkt neben mir, und noch immer war die

Luft voll elektrischer Spannung, die sich in immer neuen Blitzen und Donnerschlägen entlud.

Beim Blitzeinschlag war ich vor Schreck vom Armaturenbrett herabgefallen. Als ich aufstand, sah ich, was für ein mächtiger Sturm um mich her tobte. Ein Wolkenbruch mit Hagelschauern und Regengüssen schlug nieder und näßte die staubige Erde. Wasser und Hagelkörner wehten durch die offenen Luken des Führerhauses zu mir herein, und es gab kein Versteck.

Ich wischte das herabrinnende Wasser von meinem Gesicht und trocknete meine Hände an Hose und Hemd. Um mich zu beschäftigen, versuchte ich, die Abstände zwischen Blitz und Donner zu messen und zählte laut. Aber in den meisten Fällen kam ich auf kaum eine Sekunde. Also wußte ich, daß das Gewitter noch immer festsaß und jeden Augenblick ein neuer Einschlag passieren konnte. Manchmal schien es sich leicht zu bewegen, dann kam es mit demselben Schlenker zurück, und ich wußte stets die genaue Entfernung, weil ich die Abstände maß. Ich wußte auch sein jeweiliges Zentrum, verfolgte seine Wanderung und merkte, daß es die ganze Zeit hartnäckig um den Kobel herumkreiste: vom Schmuttertal nach Steppach hinüber und dann zur Stadtseite hin, von wo aus es jeweils bis hierher wischte, wie versehentlich, aber genau bis hierher zu mir, exakt bis zum alten Eisenbahngleis mit den hundert kaputten Lokomotiven.

Das Gewitter dauerte vielleicht anderthalb Stunden. In dieser Zeit gingen immer wieder schwere Hagel- und Regenschauer nieder. Der Sturm trieb die Nässe herein, und ich gab es auf, mein Gesicht abzutrocknen. Das Wasser lief mir vom Kopf, und weil mein Gesicht und meine Hände von Ruß und Kohlenstaub geschwärzt waren, floß die dreckige Brühe über Hemd und Hose bis zu den Füßen hinab.

Es tat mir etwas für meine Mutter leid. Sie hatte sich nämlich angestrengt, aus alten Laken für meinen Bruder und mich eine Art Sonntagskleidung zu schneidern. Trotzdem freute mich das Gefühl, daß Hemd und Hose mir erst jetzt richtig paßten und keine Kostümierung mehr waren. Nach einem oder zwei Jahren würde ich sowieso die Sachen meines Bruders bekommen, der sie immer so schonte, daß sie noch wie neu aussahen, wenn er ihnen selbst längst entwachsen war. Sobald ich sie jedoch übertragen bekam, benützte ich sich achtlos und nützte sie rasch ab, und je länger ich sie anhatte und je abgewetzter sie waren, desto mehr gehörten sie mir in ihrer Verschlamptheit, gleich einer eigenen Haut voller Schrammen und Narben.

Als das Unwetter endlich nachließ, stieg ich aus der Lok. Der Schotter unter den Schienen dampfte, und die scharfen Kanten der Schottersteine taten weh, denn ich war barfuß. Das Getreidefeld neben dem Bahngleis schien wie von einem Panzer niedergewalzt. Die Halme lagen abgeknickt in den braunen Wasserlachen, die infolge des Wolkenbruchs auf den Feldern standen und sehr langsam in die klobige Erde einsickerten. Ich sprang in das Feld, denn die Ernte war hier vernichtet. Ich wadete in den Wasserlachen, planschte mit Händen und Füßen in winzigen Sumpfseen und pißte in eine Pfütze. Dann wanderte ich neben dem Schottergestein in Richtung Westheim zurück, und wo die kaputten Lokomotiven aufhörten, stieg ich zwischen die Schienen und schritt ruhig von Schwelle zu Schwelle.

Beim Stellwerk, wo das Gleis in die Hauptstrecke einmündete, wollte ich die Gleisanlagen überqueren, um mir den Umweg durchs Tunell zu ersparen. Doch mußte ich aufpassen, vom Stellwerker nicht gesehen zu werden. Außerdem mußte ich mich vor Schnellzügen in acht nehmen, die hier mit großer Geschwindigkeit vorbeirasten.

Von Diedorf und Vogelsang her hätte ich das Rauschen der das Schmuttertal durchschneidenden Züge rechtzeitig gehört, aber aus der Gegenrichtung kamen sie lautlos, weil jedes Geräusch von den freien Feldern zwischen Hirblingen und Täfertingen geschluckt wurde. Also schossen die Schnellzüge aus der Neusäßer Kurve auf die lange Gerade bis Gessertshausen, und es war lebensgefährlich, hier über die Gleise zu gehen.

Nachdem ich mich vergewissert hatte, daß der Stellwerker nicht schaute, betrat ich die Gleisanlagen. Der Regen hatte ganz aufgehört. Die Luft war klar und still. Aus dem Schmuttertal war nichts zu hören. So überschritt ich gefahrlos das erste Gleis. Auf halbem Weg hörte ich Schreie und Pfiffe vom Stellwerk her. Ich blickte mich um und sah den Stellwerker oben am Fenster. Er fluchte und schrie und drohte mit den Fäusten, doch verstand ich seine Worte nicht. Rasch rannte ich über das letzte Gleis und spang in den Graben. In derselben Sekunde raste ein Schnellzug hinter mir vorbei. Als der Zug längst fort war, erschrak ich über die Gefahr, in der ich mich befunden hatte, ohne es zu wissen. Dann lief ich ein Stückweit im Graben zwischen Böschung und Pfad, um von dem Stellwerker nicht gesehen zu werden. In einiger Entfernung bestieg ich den Pfad und ging allmählich zu unserem Garten vor.

An einigen Stellen des Zauns war das Holz morsch. Viele Nägel waren verrostet und steckten nur locker im Quergestänge des Zauns. Wenn wir von dieser Seite her kamen, mußten wir nicht bis zur Gartentür vorgehen, sondern konnten die morschen Latten aufklappen und uns einfach einen geheimen Noteingang schaffen. Durch einen solchen Spalt schlüpfte ich jetzt wieder in unseren Garten und ging auf das Haus zu.

Als ich vor der Garage auf dem Kies der Hofeinfahrt stand, glaubte ich mich von irgendwoher beobachtet. Ich blickte mich um und sah jemand durch die kleine Pforte in unseren Garten treten. Im ersten Augenblick meinte ich, es sei mein Vater, der vielleicht in die Nachbarschaft zu einem dringenden Krankenbesuch gerufen worden wäre und jetzt zufällig zurückkam. Ich wollte ihm schon zuwinken und ihn begrüßen. Doch dann merkte ich, daß er einen anderen Gang hatte. Auch schien dieser Mann etwas kleiner als mein Vater. Ansonsten aber war die Ähnlichkeit verblüffend.

Es könnte ja auch ein Patient sein, dachte ich nun, ein neuer Patient, der noch nicht wußte, von welcher Seite man das Grundstück zu betreten hatte, wenn man in die Praxis gehn wollte. Also lief ich zum Haus, stieg die Stufen zur Haustür empor und blieb dort stehn, um den neuen Patienten mit ins Haus zu lassen. Er aber schritt nicht auf das Haus zu, sondern ging quer durch den vorderen Garten an der Garage vorbei durch die Toreinfahrt zur Lessingstraße hinaus.

Ich empfand es als frech und anmaßend, daß jemand, der überhaupt nicht zu uns wollte, hier – ohne um Erlaubnis zu fragen – durch unseren Garten marschierte, als wäre dies *sein* Garten oder sogar ein öffentlicher Weg. Deshalb rannte ich ins Haus, um diesen ungemeinen Vorgang sofort meinen Eltern zu melden. Doch sie hatten den fremden Herrn nicht bemerkt und nahmen die Sache offenbar weniger ernst als ich selbst.

Während des Unwetters hatte sich meine Mutter große Sorgen um mich gemacht. Jetzt erschrak sie ziemlich über mein Aussehn und fragte: »Kind, wie siehst du aus?«

»Ich fühle mich wohl, und es geht mir gut« antwortete ich.

Aber mein Vater blickte streng auf mich herab und fragte: »Ist das die weiße Hose, die du zu Fronleichnam neu bekamst?«

»Ja.«

»Hast du dich schon im Spiegel betrachtet?«

»Nein.«

Es war eigentlich eine dumme Frage, denn in der Nähe gab es keinen Spiegel. Mir war jedoch klar, was mein Vater meinte.

Weißt du, was aus deinem weißen Hemd und deiner weißen Hose geworden ist?«

»Sie sind schwarz geworden«, sagte ich.

»Nimm dir ein Beispiel an Johannes. Er weiß seine Sachen zu schonen!«

»Es tut mir leid«, sagte ich. Dann ging ich ins Badezimmer hinunter, zog mich aus und stellte mich unter die Brause. Das Wasser war kalt, weil wir heute nicht Badetag hatten und der Badeofen nur samstags für alle geheizt wurde. Ich wusch mich von Kopf bis Fuß mit einer Kernseife, die am Wannenrand lag, und es war ein angenehmes Gefühl, zu sehen, wie der schwarze Dreck von Haut und Haar herunterrann und im Abfluß versickerte.

Als ich am nächsten Morgen zufällig aus dem Küchenfenster in den Hof hinabblickte, sah ich den fremden Mann von gestern wiederum durch unseren Garten stolzieren. Ich erkannte ihn auf den ersten Blick wieder. Sein Hut, sein Anzug, vor allem aber sein Gesicht erinnerten sehr an meinen Vater, nur die Gangart war anders. Mein Vater ging meist wie ein Sonntagsspaziergänger, und selbst wenn er es eilig gehabt hätte, wäre es niemand aufgefallen. Dieser fremde Mensch aber schritt, ja marschierte fast über unsere Wiese, stolzierte selbstsicher zwischen Frühbeet und Kirschbaum in Richtung Gartenpforte und stach mit der Spitze seines zusammengefalteten Regenschirms, den er momentan als Spazierstock benutzte, zwischen jeder Bodenberührung so wohlgezielt in die Luft, als wolle er dort eine Motte oder einen Nachtfalter aufspießen.

Heute hatte er von der Lessingstraße her unseren Garten betreten, aber, noch bevor ich meine Mutter rufen konnte, bereits wieder verlassen. Diesmal hatte er die kleine Gartenpforte in umgekehrter Richtung durchschritten, um auf dem Pfad neben dem Graben zur Bahnunterführung hinunterzulaufen. Vielleicht ging er zu Fuß in die Stadt.

Meine Eltern nahmen die Sache wieder nicht ernst, und so stellte ich mich den ganzen Nachmittag auf den Balkon und blickte über das freie Feld zum Tunell hinab, um den Unbekannten, sobald er wieder auftauchte, so früh wie möglich zu erspähn.

Öfters kamen Personen den Bahnpfad herauf. Die meisten erkannte ich schon von weitem. Ich wußte, daß sie oben am Garten vorbeigehen würden, weil sie in einem der nächsten Häuser wohnten. Stundenlang wartete ich so und wollte eigentlich schon aufgeben, als gegen Abend tatsächlich ein Mensch mit Hut und Regenschirm den Pfad heraufkam.

»Er kommt! Er kommt!« rief ich, und wir stellten uns hinter das Küchenfenster.

»Seht euch den frechen Kerl an!« rief ich, »wir müssen es ihm untersagen.«

Doch meine Eltern lächelten nur und blieben ganz unaufgeregt. Dann sagten sie, als würde dies etwas erklären:

»Weißt du, das ist Herr Deutscher.«

»Herr Deutscher?«

»Ja.«

»Kennt ihr ihn denn?«

»Es ist unser Nachbar.«

»Komisch. Seit wann?«

»Schon immer. Jedenfalls wohnte er schon drüben in dem Haus, als wir hier einzogen.«

»Wo drüben?«

»In dem Haus direkt vor unserer Toreinfahrt.«

»Aber warum habe ich ihn noch nie gesehn?«

»Er hat die ganzen Jahre sehr zurückgezogen gelebt.«

»War er krank?«

»Nein, eigentlich nicht. Du mußt wissen: Herr Deutscher ist Jude.«

Ich fragte an diesem Tag nicht weiter, und meine Eltern erklärten mir auch nichts sonst. Also nahm ich an, daß Herr Deutscher besondere Vorrechte besaß, die ich jedoch nicht verstehen konnte, da ich noch zu klein war und fast nichts wußte von den Dingen der Welt.

In der Folgezeit durchmaß Herr Deutscher noch oft mit abgezirkeltem Schritt unsren Garten, und da meine Eltern es duldeten, hatte auch ich nichts mehr dagegen.

Spielte ich zufällig im Hof und kam Herr Deutscher mit Hut und Schirm durch den Garten, dann grüßte ich freundlich und sagte nach unsrem Brauch: »Grüß Gott, Herr Deutscher!«

Dann zog Herr Deutscher im Weitergehen den Hut und sagte, ohne den Kopf zu wenden, kurz und knapp: »Guten Tag!«

Niemals sah ich ihn lächeln.

V

Wir spielten weiter Soldaten, obwohl der Krieg aus war. Wir durchstrichen alle Wälder ringsum und suchten weggeworfenes Kriegsmaterial. Wir fanden alte Munition, Patronen, Patronenhülsen, Granatsplitter, Stahlhelme, Gürtel und Koppeln. Das alles konnten wir gut brauchen, und je mehr einer fand, desto besser war es für ihn als Soldat. Noch immer hingen im Unterholz die Lamettastreifen der Fliegerabwehr. Bis Kriegsende war es strengstens verboten, diese Lamettastreifen zu entfernen, denn damit sollten feindliche Bomber abgelenkt werden, um ihre Bombenladungen in die Wälder zu werfen statt auf die Wohngebiete der Stadt.

Wenn wir Lamettastreifen fanden, dachten wir jedoch nicht an die Bomber mit ihren Bomben und nicht an die Menschen in der Stadt, auf die jene Bomben gefallen waren. Für uns waren die Lamettastreifen lange Metallbänder, die wir brauchen konnten und unbedingt haben mußten und deswegen sammelten. Vielleicht waren deswegen mehr Bomber über die Stadt geflogen, und vielleicht hatten die Bomberpiloten noch mehr Bomben auf die Bevölkerung geworfen, und vielleicht war der Krieg deswegen früher zu Ende gegangen oder hatte länger gedauert. Jetzt aber war der Krieg aus, und von Westen flogen keine Fliegenden Festungen mehr über uns. Wir holten die letzten Lamettastreifen aus dem Unterholz der Wälder. Manchmal fanden wir einen Wehrmachtshelm und setzten ihn beim Soldatenspielen auf. Die alten Wehrmachtshelme hatten jetzt höchstens noch Schrottwert, denn niemals mehr würde es bei uns richtige Soldaten geben, außer Amisoldaten. Amihelme besaßen wir nicht. Sie lagen auch nicht in den Wäldern herum. Ich hätte gern einen Amihelm gehabt, möglichst einen, auf dem MP stand.

Aber ein Freund von uns besaß einen richtigen Amihelm. Der Vater unsres Freundes war bis Kriegsende Berufssoldat gewesen und hatte es in der Wehrmacht zuletzt bis zum Major gebracht. Eigentlich wäre er jetzt arbeitslos gewesen, aber die Amerikaner hatten Verwendung für ihn, und so arbeitete er im Magazin der früheren Flakkaserne in Kriegshaber. In der Stadt waren die meisten Häuser und viele Kirchen zerstört, und sogar auf die Krankenhäuser mit dem Roten Kreuz auf dem Dach hatte es Bomben geregnet, denn es hieß, daß auch Munitionsfabriken mit dem Roten Kreuz getarnt waren. Also war es logisch, wenn die Amis am Ende Brandbomben auf Krankenhäuser warfen. Wie sollten sie wissen, daß sich unter dem Dach mit dem Roten Kreuz wirklich ein Krankenhaus befand und keine Munitionsfabrik?

Die Dächer von Kirchen und Kasernen waren jedoch nicht mit dem Rotkreuz-Zeichen versehen. Der liebe Gott wollte aber, daß die Bomben auf Wohnhäuser, Krankenhäuser und Kirchen fielen. Nur die Vorstadtvillen und Kasernen blieben wie durch ein Wunder verschont. Die Kasernen waren jetzt voller Amisoldaten, und am Fahnenmast wehte das Sternenbanner. Wenn es dunkel wurde, versammelten sich unterm Sternenbanner deutsche Fräuleins, deren Verlobte gefallen oder noch in Gefangenschaft waren. Sie warteten geduldig auf ihre neuen Freunde, von denen sie alles bekamen, was ihr Herz begehrte. Das Herz der deutschen Fräuleins war groß und bescheiden zugleich, und die Amifreunde schenkten den süßen Fräuleins oft noch mehr als ihr Herz begehrt hatte. Also hielten sie es miteinander und blieben bis zum Zapfenstreich beisammen.

Die Flakkaserne hieß nunmehr Sheridan-Kaserne, und Herr Fahl, der ehemalige Major, marschierte jeden Morgen von Westheim nach Kriegshaber hinüber, durchschritt mit einem Sonderausweis das Kasernentor, kehrte gegen Abend zu seiner Familie zurück und brachte wundervolle Dinge mit nach Haus: Erbsen- und Nudelsuppenpulver, Blockschokolade, Kaugummis und Drops, Riesenstangen Chesterfield-Zigaretten, Bohnenkaffee, Whisky, Bier in Dosen, Kakao, Milchpulver und Kondensmilch.

»Jörg«, fragten wir unseren Freund, »hat dein Vater wieder was mitgebracht?«

»Jede Menge«, sagte Jörg.

»Zum Beispiel?« wollte Teilhart Kraft wissen.

»Kuhwarme Geißenmilch, frisch von der Sau!«

»Arschloch!«

»Das wirst du noch büßen!« sagte Jörg Fahl.

Teilhart Kraft war unser Anführer. Er hatte meistens recht und immer das letzte Wort.

»Was willst du uns büßen lassen, du Angeber?« fragte er.

»Das wirst du bald sehen!« sagte Jörg.

»Los! Schwing dich! Geh heim zu deiner Mama! Gou houm!« rief unser Anführer. Und Jörg Fahl lächelte verlegen und lief tatsächlich sofort hinüber in die Goethestraße, wo er in einem nicht-beschlagnahmten Haus wohnte. Aber schon nach zehn Minuten kam er wieder zurück. Auf dem Kopf hatte er einen richtigen Amihelm, und auf der Stirnseite des Helms standen die Großbuchstaben MP. Wir beneideten ihn sofort, aber keiner gab es zu.

»Schaut mal den an«, rief unser Anführer, »der hat einen Topf auf dem Kopf!«

Wir lachten alle über den lustigen Vergleich. Doch Jörg Fahl sagte stolz: »Ihr seid ja bloß neidisch!«

»Neidisch, worauf?« fragte mein Bruder.

»Weil ihr selber keinen Amihelm habt!«

»So einen Amihelm möchte ich nicht einmal geschenkt«, sagte Dietger Küng.

»Und MP? Was soll das überhaupt heißen?« fragte Teilhart.

»Das heißt, daß ich Em-Pi bin!«

»Em-Pi?«

»Du sagst es.«

»Und was soll der Mist heißen?«

»Daß ich amerikanische Militärpolizei bin.«

Wie um Jörg Fahl etwas zu beweisen, holten wir die alten Wehrmachtshelme, die wir im Wald gefunden hatten, und setzten sie auf. Sie waren entweder zu weit für unsere Schädel, oder unsere Schädel waren noch zu klein für die Helme. Sie hingen uns über die Stirn und verdeckten den Blick. Aber auch der Amihelm war zu groß für Jörg Fahl.

»Wie willst du den Feind erkennen, wenn dir der Helm über die Augen hängt?« fragte Teilhart.

»Dafür ist mein Helm bequemer. Er ist innen bestens gefüttert.«

»Das glaub' ich nicht«, sagte unser Anführer.

»Dann prüf doch selber nach«, sagte Jörg Fahl.

Teilhart Kraft durfte den Amihelm aufsetzen. Er ging ein paar Schritte hin und her. Dann sprach er:

»Dieser Helm da ist zwar nicht schlecht und sogar unheimlich bequem, aber es ist kein richtiger Helm für einen echten Soldaten. Ein echter Soldat muß etwas aushalten können und darf kein Waschlappen sein. Wenn er seinen Helm trägt, muß er ihn auf dem Schädel spüren und darf nicht denken, es wäre ein Strohhut. Deswegen ist dieser Amihelm da kein richtiger Helm, sondern nur ein Spielhelm für Kaugummisoldaten. Du kannst ihn behalten.«

In der Hoffnung, daß jemand anderer Meinung sein könnte, ließ Jörg Fahl nun jeden einzelnen den Amihelm probieren. Eigentlich fand jeder von uns diesen Helm sehr bequem und leicht. Aber unser Anführer hatte schon erklärt, warum er den Amihelm für unbrauchbar hielt, und so hatte der Helm für uns alle keinen Nährwert.

Damals führten wir täglich Kriege und fühlten uns wie echte Soldaten. Zwar hatte der wirkliche Krieg aufgehört, und die Soldaten, deren Helme wir besaßen, lebten nicht mehr oder waren keine Soldaten mehr, aber unsere Bande kämpfte gegen andere Banden, um Kriegsmaterial zu erbeuten.

Wir kämpften gegen die Banden vom Bahnhofsviertel oder vom Schmutterhaus, und manchmal erstreckte sich unser totaler Krieg über die Ortsgrenzen hinaus: bis Ottmarshausen, Steppach, Vogelsang und Neusäß. Unsere Schlachtfelder waren der Kobel, der Lohwald und die Schmutterwiesen, doch manchmal kam es zu kleineren Gefechten auf Straßen und Feldwegen, in Toreinfahrten und Gärten. Unser Hauptquartier befand sich meistens in Krafts Garten, wurde aber manchmal in andere Gärten verlegt, um unsre Gegner irrezuführen. Waren sie zu feige, schmiedeten wir neue Angriffspläne oder besprachen Verteidigungstaktiken für den Ernstfall. Bei schönem Wetter schlugen wir kleine Zelte auf, die aus Tarnfarb-Dreieckszeltplanen oder alten Bügeldecken bestanden. Gern hätten wir ein paar Amizeltplanen gehabt, weil sie riesig waren und aus bestem Stoff. Bei Regenwetter versammelten wir uns in Krafts Garage oder unter dem Vordach unseres Sommerhauses. Teilhart, unser Anführer, mußte stets seine jüngere Schwester Iris mitschleppen. Lieber hätte er seinen älteren Bruder Erik dabei gehabt. Doch Erik hatte sich in einem Zeltlager vor einem halben Jahr eine schwere Krankheit zugezogen und konnte seither nicht mehr richtig laufen. Wenn die Sonne schien, trugen ihn seine Eltern vor die Haustür. Dann saß Erik in Decken gehüllt in einem Schaukelstuhl und sah uns zu, wie wir spielten. Erik war sehr sanfmütig und gut, und wir mochten ihn alle sehr. Wenn wir in der Nähe spielten, winkte er uns freundlich zu oder lächelte wie von weither, und manchmal winkte er uns für einen Augenblick herbei, damit wir ihm von unseren neuesten Abenteuern erzählten, von unseren Kriegen und Siegen. Wir hatten es aber meistens sehr eilig und blieben kaum einen Moment in der Nähe des Kranken, denn unser Krieg ging immer weiter, und Frieden war keiner in Aussicht.

Gegen die Bande vom Bahnhofsviertel kämpften wir lieber als gegen die Schmutterhäusler, denn drunten im Dorf gab es viele Bauern, die ihre Söhne mit Fleisch und Schinkenspeck fütterten, so daß sie es mit jedem aufnehmen konnten. Also waren wir den Schmutterhäuslern gegenüber vorsichtig und wagten uns nicht über die Grenze bei der Nudelfabrik hinaus.

Die Bahnhöfler schickten oft Späher durchs Tunell zu uns ins Lohwaldviertel herab. Wenn wir sie erblickten, vertrieben wir sie aus unserem Bereich, und wenn einer nicht schnell genug flüchtete, nahmen wir ihn gefangen.

»Ich bin Generalfeldmarschall Rommel, der Wüstenfuchs«, sagte unser Anführer.

»Und wer sind wir?«

»Ihr zwei«, sagte er zu Dietger Küng und meinem Bruder, »seid meine ranghöchsten Offiziere. Ich ernenne euch außerdem zu meinen Stellvertretern für den Fall meiner Abwesenheit.«

»Und wer ist dein erster Stellvertreter?« fragte Dietger Küng.

»Ihr wechselt euch täglich ab«, sagte Teilhart, »und Johannes fängt an.«

Der Generalfeldmarschall hatte alle Dienstgrade im Kopf, und weil von uns keiner so viel militärische Kenntnisse besaß, war es für Teilhart Kraft leicht, der Wüstenfuchs Rommel zu sein.

Auch ich wollte an der Lagebesprechung im Hauptquartier teilnehmen, doch der Generalfeldmarschall behauptete, ich sei noch zu jung, und schickte mich als Wachposten in die Tujahecke neben die Toreinfahrt: »Sobald du verdächtige Geräusche hörst oder Bewegungen wahrnimmst, die auf Feindangriff schließen lassen, so erstatte uns Meldung!«

Aber der Wüstenfuchs hatte nicht nur alle Dienstgrade im Kopf, sondern kannte auch alle strategischen Einzelheiten modernster Kriegsführung. Er wußte zum Beispiel, daß die Bahnhöfler niemals bei Regenwetter angreifen würden, weil sie befürchteten, bei den Raufereien im Gras ihre Kleidung zu verschmutzen, wofür sie sich mit Sicherheit eine Tracht Prügel von ihren Eltern einheimsen würden. Die Schmutterhäusler hingegen wären gerade bei Regenwetter am gefährlichsten, weil sie bei Sonnenschein auf den Schmutterwiesen die Kühe ihrer Väter hüten müßten. Hingegen hätten sie ein ganz natürliches Verhältnis zu Schmutz und Scheiße und ekelten sich nicht einmal vor Kuhdreck. Die Bauern merkten es überhaupt nicht, wenn ihre Söhne am Abend heimkämen und selber aussähen wie Säue. Deswegen müßten wir diesen Burschen bei Sauwetter aus dem Weg gehn.

Bei der Rangverteilung gab es Protest. Jörg Fahl, der Sohn des einstigen Wehrmachtmajors, wollte kein einfacher Rekrut sein und sagte:

»Ich bin Major der US-Army.«

»Ein Hosenscheißer und Bettseucher bist du!« sagte der Wüstenfuchs, »außerdem heißt es auf amerikanisch nicht Major, sondern Meidscher, merk dir das!«

»Gut«, rief Jörg Fahl, »dann bin ich eben Meidscher der US-Army!«

»Wiederhol das!« befahl der Wüstenfuchs, »wir wollen es noch einmal hören.«

»Ich bin Meidscher von der Em-Pi!«

»Habt ihr das gehört?«

Wir hatten es alle genau gehört.

»Du bist also ein amerikanischer Meidscher«, wiederholte der Wüstenfuchs. Und der Meidscher antwortete selbstwußt: »Yes!«

»So, ihr könnt es bezeugen«, rief unser Anführer jetzt, »wir haben einen Amisoldaten in unseren Reihen, und er leugnet es nicht einmal. Im Gegenteil! Er ist noch stolz auf seinen Rang. Sein Pech! Er hat sich zu weit in Feindesland vorgewagt und seine Einheit verlassen. Nun hat er's davon. Er befindet sich in Feindeshand, und ich erkläre ihn hiermit feierlich zu unserem Kriegsgefangenen.«

»Das kannst du nicht tun«, rief der Meidscher, »ich bin doch Em-Pi!«

»Umso schlimmer«, sagte der Wüstenfuchs, »du hast versucht, als feindlicher Spion hinter die Front zu gelangen. Aber du hast dich selber verraten, und wir haben dich auf der Stelle enttarnt. Folglich mußt du in den sauren Apfel beißen und den steinigen Weg in die Kriegsgefangenschaft antreten. Los, nehmt dem Amispion den Helm ab!«

Der Meidscher wollte sich zunächst wehren und dann fliehn. Doch wir verstellten ihm den Weg. Unser Anführer drehte ihm mit einem Polizeigriff einen Arm auf den Rücken, und die beiden Stellvertreter des Generalfeldmarschalls rissen ihm den Helm vom Kopf.

Jörg Fahl schlug und spuckte wild um sich, hatte jedoch keine Chance. Wir führten ihn hinter Krafts Haus, um ihn in die Waschküche zu sperren. Aber die Waschküchentür war inzwischen von innen abgeschlossen. Der Wüstenfuchs hatte jetzt keine Lust, das Haus zu betreten, weil er befürchtete, seiner Mutter zu begegnen, die vielleicht noch alles gemerkt hätte. Also mußten wir für den Meidscher ein anderes Gefängnis finden.

Am Ende des Gartens befand sich ein in den Boden versenkter, steinerner Wassertrog Er war länglich, mit Brettern abgedeckt und einigermaßen trocken. Dorthinein zwangen wir unseren Kriegsgefangenen. Um seine Flucht zu verhindern, legten wir die Bretter über den Trog und beschwerten sie mit großen Steinbrocken, die wir aus Krafts Steingarten heranschleppten. Wir wußten, daß selbst Feindspione in Kriegsgefangenschaft ein gewisses Anrecht auf menschenwürdige Behandlung besitzen. Deshalb ließen wir zwischen den Brettern einige

Ritzen frei, damit der Meidscher genug Atemluft bekäme und etwas Tageslicht in sein Verlies hinabdringe.

»Gefangener!« sprach nun der Wüstenfuchs, »Gefangener, kannst du mich hören?«

Aber der Meidscher schwieg.

Da rief unser Anführer: »Höre, Gefangener! Wir geben dir eine echte Bewährungschance.«

»Laßt mich raus! Laßt mich sofort hier heraus!« schrie der Meidscher jetzt sehr laut, aber der Generalfeldmarschall ließ sich nicht aus der Ruhe bringen und sprach: »Bedenk, daß du dich in Kriegsgefangenschaft befindest! Also benimmt dich gefälligst wie ein wahrer Soldat und sei keine Memme! Aber hör mir gut zu! Wir geben dir eine letzte Chance. Doch warne ich dich. Versuch nicht zu fliehen! Wir lassen dich jetzt für genau fünf Minuten allein. In dieser Zeit überlassen wir dich deinem Schicksal. Wenn wir nach fünf Minuten zurückkommen und dich noch antreffen, lassen wir dich sofort frei. Aber wehe, du fliehst! Dann kannst du deinen Amihelm vergessen!«

Wir zogen uns auf die andere Seite des Hauses zurück und berieten, was wir mit der feindlichen Beute machen sollten. Ich schlug vor, den Helm auf irgendeiner Lichtung im Lohwald zu vergraben. So würden wir verhindern, daß der Meidscher nach seiner vorzeitigen Entlassung aus der Kriegsgefangenschaft auf die Schnapsidee käme, als Partisan aufzutauchen und seinen Helm einfach zu rauben. Oder, was noch schlimmer wäre, es seinem Vater zu sagen, der vielleicht am Ende mit einem seiner neuen Freunde, einem Ami, daherkäme, der dann, wenn er den Helm tatsächlich fände, vielleicht sogar Teilharts Vater zur Verantwortung ziehen würde, mit allen sich daraus ergebenden Konsequenzen.

Der Wüstenfuchs fand meinen Vorschlag eigentlich nicht schlecht, aber gefährlich. Der Amihelm würde nämlich in der feuchten Walderde ziemlich rasch verrosten, da er ja nicht aus Krupp-Stahl sei, und wenn sich der Meidscher eines Tages geläutert hätte und wir ihm seinen Helm wegen guter Führung zurückerstatten wollten, wäre es saublöd, ihm quasi einen verrosteten Nachthafen in die Hand zu drücken.

Wir mußten über den ›verrosteten Nachthafen‹ lachen, und dies brachte Teilhart Kraft auf den Gedanken, den Amihelm unter dem Bett seiner Großmutter aufzubewahren, weil er dort weder Regen oder Schnee, noch Hitze und Wurmfraß ausgesetzt sei, und weil die Amis, falls sie ihren Helm überhaupt suchten, ihn zu allerletzt unterm Bett seiner Großmutter vermuten würden.

Dann rannte unser Anführer ins Haus seiner Eltern und versteckte das wertvolle Beutestück am besagten Ort. Um ganz sicherzugehn, daß seine Mutter beim Aufräumen oder Aufwischen des Zimmers nichts merkte, band er den Helm mittels des Kinnriemens um eine Sprungfeder der Matratze. Wir warteten vor der Haustür und sprachen in der Zwischenzeit mit Erik, der dort in der Sonne saß. Er sah sehr blaß aus und sprach wenig. Wir erzählten ihm die Geschichte mit dem Meidscher und dessen Helm, damit er Bescheid wüßte und uns nicht versehentlich verriet.

Als Teilhart zurückkam, hörten wir die schrille Stimme des Meidschers. Wir befürchteten, es wäre ihm etwas passiert, vielleicht ein Brett auf den Kopf gefallen oder gar ein Steinbrocken, und rannten flink hinter das Haus. Inzwischen waren die fünf Probeminuten vergangen.

Tatsächlich lagen die Steine nicht mehr so auf dem

Trog wie zuvor, und auch einige Bretter waren heruntergestoßen. Eigentlich hätten wir unserem Kriegsgefangenen seine Freiheit zurückgeben müssen.

Aber es war jetzt unmöglich, denn er hatte unser Vertrauen mißbraucht, hatte Bretter und Steine beiseitegestemmt, war über Krafts Gartenzaun geklettert und stand auf dem angrenzenden Wiesengrundstück. Er hatte einen sicheren Abstand und schrie so laut er konnte:

»Ich will meinen Helm! Ich will meinen Helm! Ich will sofort meinen Helm!«

»Feigling!« rief Dietger Küng zurück, »hol ihn dir doch, wenn du dich traust!«

Der Meidscher schrie: »Meinen Helm! Meinen Helm!«

Und wir riefen zurück: »Vergiß deinen Helm! Verräter! Feigling!«

»Das werdet ihr noch büßen!« drohte der Meidscher und kletterte dann über den Zaun zu seinem Haus.

Nach einer Viertelstunde kam er mit seiner Mutter zurück. Sie schritten schweigend an uns vorbei und betraten Krafts Haus. Nach etwa fünf Minuten kam Frau Kraft zornig heraus, gab ihrem Sohn eine Ohrfeige und fragte: »Wo ist Jörgs Helm?«

Teilhart schwieg vor Schreck oder Verstocktheit, worauf seine Mutter ihm eine zweite Ohrfeige verpaßte und die Frage wiederholte. Der Generalfeldmarschall zuckte nur verlegen mit den Schultern, wie um uns allen seinen Mut zu beweisen.

»Hol sofort den Helm, der dir nicht gehört!« befahl nun Frau Kraft ihrem Sohn. Jeder von uns wäre nach diesen Worten gesprungen und hätte auf der Stelle gehorcht. Der Wüstenfuchs aber blieb standhaft und rührte sich nicht.

»Na, Bürschchen, warte! Wenn Papa heut abend heimkommt, werd' ich ihm alles berichten!«

Mit vorbildlichster Selbstlosigkeit hatte Teilhart Kraft jedem Druck und jeder Drohung widerstanden. Wir dachten, daß er, wenn er groß sein würde, das Zeug zu einem richtigen Oberbefehlshaber hätte. Doch genau jetzt verließ ihn sein Mut. Es war in jener halben Sekunde, als seine Mutter das Zauberwort »Papa« aussprach. Sein Blick erstarrte, sein Gesicht wurde bleich, er zappelte mit Händen und Füßen, und sein Körper zuckte und zitterte ununterbrochen.

»Nein, Mama, nein!« rief er voller Angst, »nichts sagen! Nichts dem Papa sagen! Bitte, sag es ihm nicht!«

»Hol jetzt Jörgs Helm!«

»Aber du sagst Papa nichts.«

»Hol den Helm!«

Unser Anführer hörte nun auf zu flehen. Er rannte geschwind ins Haus und holte den Helm. Dann übergab er ihn dem Meidscher ohne ein Wort.

»Und jetzt entschuldigst du dich bei deinem Spielkameraden!« befahl Frau Kraft ihrem Sohn, doch Teilhart weigerte sich und lief hinaus auf die Straße.

Am nächsten Tag fiel der Krieg aus. Unser Anführer hatte keine Lust.

»Hat dich dein Vater verprügelt?« fragten wir ihn.

»Eine kleine Abreibung«, sagte er.

»Tut es noch weh?« fragte ich.

»Pah. Was heißt ›wehtun‹?« antwortete er, »ich bin doch kein Schwächling.«

Als wir merkten, daß er auf seinen Vater nichts kommen ließ, stellten wir keine weiteren Fragen. Nach einer kleinen Pause sagte er plötzlich: »Mein Vater ist stärker als eure Väter zusammengenommen. Er nimmt es mit jedem auf und wird allen Herr.«

Wir wußten, daß Teilhart manchmal von seinem Vater mit einem Rohrstock verprügelt wurde. Der Rohrstock hatte eine Schlaufe und hing an einem Haken hinter dem Toilettenspiegel im Schlafzimmer von Teilharts Eltern. Teilhart hatte das Versteck selber entdeckt und uns den Rohrstock einmal gezeigt, als seine Eltern ausgegangen waren.

Mein Bruder schlug vor, Teilhart sollte den Rohrstock einfach wegnehmen und verstecken oder, noch besser, einfach wegwerfen, aber Teilhart fand diesen Vorschlag geradezu lächerlich und bezeichnete es als seine persönliche Ehrensache, diesen Rohrstock immer zu respektieren.

»Verprügelt dich dein Vater denn nie?« fragte er dann meinen Bruder.

»Mein Vater ist prinzipiell gegen das Schlagen. Ich glaube, er will seine Hände schonen.«

»Das ist unlogisch«, erwiderte Teilhart, »er könnte doch einen Rohrstock benützen wie mein Vater.«

Da schämte sich mein Bruder, und er sagte: »Von meiner Mutter bekomme ich öfters Ohrfeigen. Manchmal gibt sie mir eins mit dem Teppichklopfer und einmal hat sie sogar einen Kochlöffel an mir zerbrochen.«

»Siehst du«, sagte Teilhart, »so ist es recht!«

Und mein Bruder freute sich, denn die Ehre unsrer Familie schien nun gerettet.

Weder an diesem Tag noch am nächsten spielten wir Soldaten. Seit der Meidscher einen Amihelm hatte, gefielen uns die Wehrmachtshelme weniger. Wir wären jetzt selber gern Kaugummisoldaten gewesen, um so viele Kaugummis zu bekommen, wie wir uns wünschten. In der Sheridan-Kaserne, dachten wir, gäbe es einen riesigen Saal voller

Kaugummis für die vielen Amisoldaten, die ununterbrochen kauten, wie die Kühe auf der Wiese. Kaufen konnten wir Kaugummis nicht. Nirgendwo gab es ein Geschäft für so etwas. Genausowenig wie es Schokolade gab, oder Drops, oder Betterfinger. Und so wünschten wir uns von Tag zu Tag mehr, Amerikaner zu sein.

Eines Nachmittags setzte ein sommerlicher Landregen ein mit schweren, blasenbildenden Tropfen, und der Regen dauerte eine ganze Woche. Als wir mit unseren Freunden wieder zusammentrafen, sahen wir vor Krafts Haustür, droben im Windfang, Erik. Er saß dort, wie früher oft, in seinem tiefen Schaukelstuhl, doch schien er zu frieren, denn er war bis zum Hals eingehüllt in schwere Mäntel und Decken. Und wie immer lächelte er uns zu. Seine Augen waren gütig und sein Gesicht voller Freundlichkeit. Wir wünschten ihm, daß er im nächsten Sommer wieder ganz gesund wäre und mitspielen könnte.

Dann kamen die Hundstage, und Menschen wie Hunde badeten im lehmigen algigen Wasser der Schmutter. Und je länger der Sommer dauerte, desto besser gefielen uns wieder unsere Kämpfe und Kriege. Wir spielten, was wir gesehen hatten und kannten, und es schien uns, als würden wir immer so weiterspielen und siegen, als hörte dieser lange heiße Sommer nie auf.

Eines Morgens wollten wir Teilhart abholen, doch alle Fensterläden von Krafts Haus waren zu, und niemand machte uns auf. Später erfuhren wir, was mit Erik passiert war, und daß wir ihn niemals mehr sehen würden, weil er jetzt tot war. Und es schien mir plötzlich, als hätte es ihn nie gegeben, als hätte er uns nie zugewinkt, wenn wir vor seinen Augen spielten und unsere Kriege führten und an nichts weiter dachten.

VI

Seit mehr als vier Monaten hing an unserer Haustür das ›Off-limits‹-Schild. Kein Ami wagte es, unser Haus zu betreten. Keiner, außer Scheggi, der es selber angenagelt hatte.

Er kam manchmal, um Hilla zu sehen. Und wenn er kam, brachte er immer etwas mit: kreisrunde, durchlöcherte, bunte Drops, Kaugummis in weißen, gelben oder grünen Packungen und an besonderen Tagen eine Konservendose mit süßer, dickflüssiger Schokolade. Meine Eltern bekamen manchmal eine lange Amizigarette geschenkt und meine Großmutter eine Büchse Kondensmilch.

In der Goethestraße hausten viele amerikanische Offiziersfamilien. Bei Westwind wehten die süßesten Düfte aus den großen amerikanischen Abfalltonnen bis zu uns in die Lessingstraße herüber. Der Geruch amerikanischer Essensreste stieg uns durch die Nase ins Hirn. Also fragten wir Scheggi, was das für wundervolle Speisen seien, wenn sogar der Abfall so herrlich roch.

Da lächelte Scheggi, öffnete das Fenster zum Garten und hielt seinen Kopf schnüffelnd hinaus. Doch obwohl auch heute, wie so oft, wieder Westwind wehte, roch er nichts von den süßen Düften des amerikanischen Abfalls. Gleichwohl fühlte er sich durch unsre Sehnsucht persönlich geehrt und versprach, bei Gelegenheit ein paar Kostproben amerikanischer Kochkunst mitzubringen.

Das nächste Mal trug er einen großen, bunten Pappkarton in unser Haus und stellte ihn auf den Eßzimmertisch.

Und als wir uns dann alle um den Tisch versammelt hatten, fischte er allerlei Köstlichkeiten aus dem Karton: verschiedene Suppenpulver in Glanzpapier-Packungen, Schmelzkäse in geblümten Trinkgläsern, einen goldgelben Schnittkäse in Silberpapier, mit Cellophan umwickeltes, weiches Weißbrot, ein winziges Glas in Essig eingelegter Gemüsefrüchte, eine fast rechtwinklige Dose mit Fleischwurst und mehrere rotlackierte Konservenbüchsen mit geschwungener silberner Aufschrift.

Wir staunten. Wir befanden uns mitten im Sommer, doch es war die reinste Weihnachtsbescherung.

Scheggi ergriff nun eine der roten Dosen, warf sie kurz in die Luft, fing sie mit der anderen Hand wieder auf, zog dann einen im Dosendeckel befestigten Blechring hoch, und schon im selben Moment spritzte Saft aus der aufgerissenen Öffnung. Es zischte und schäumte, und ein blitzschneller Strahl schoß über uns hinweg und traf das holzgeschnitzte Kruzifix in der Ecke.

»Um Gottes willen, unser Kruzifix!« rief meine Mutter erschrocken.

Scheggi jedoch lachte wie verrückt und freute sich wie ein Kind. Auch mein Bruder und ich mußten lachen, doch mein Vater blickte so ernst und streng, als wäre soeben etwas Ungeheuerliches passiert. Meine Großmutter bekreuzigte sich, und Hilla blickte zum Fenster, als hätte sie nicht gesehen, was gerade geschehen war.

Bloß Scheggi lachte voll Übermut weiter, rief sodann auf deutsch mehrmals ›Prosit! Prosit!‹ und trank das immer noch schäumende Gesöff direkt aus der Dose.

»Warte doch!« rief meine Mutter, »ich hol' dir ein Glas.«

Aber Scheggi verstand sie nicht, rief noch einmal ›Prosit!‹ und hielt die Blechdose meinem Vater vors Gesicht, damit auch er den amerikanischen Wundertrunk kostete. Mein Vater blickte jedoch vielsagend zum entweihten Holzkreuz hinauf und wandte sich dann seiner Schwester zu.

»Hilla!« sagte er, »Hilla, sag ihm, daß uns das Kruzifix sehr viel bedeutet, daß es uns teuer und wertvoll ist und daß es viel gekostet hat! Sag ihm, daß es sich um ein echtes, handgeschnitztes Kunstwerk aus Oberammergau handelt. Und sag ihm gefälligst, daß es aus der weltberühmten Werkstatt von Lang stammt! Sag ihm das bitte!«

Hilla sagte etwas auf englisch, aber Scheggi freute sich weiter und rief: »Fein, fein, Oberämmergau, fein, fein, prosit!«

Inzwischen war meine Mutter mit einem sauberen Glas aus der Küche gekommen,und Scheggi goß den restlichen Doseninhalt ein. Mein Vater wunderte sich etwas über Scheggis Humor und wollte von seiner Schwester wissen, ob sie auch wirklich alles genau übersetzt habe, und als Hilla es ihm bestätigte, betrachtete er die schönen Kostbarkeiten auf dem Tisch, vergaß das Malheur und trank das süße, sprudelnde, braune Gesöff. Und plötzlich hellte sich sein Gesicht auf, und er sagte zu Scheggi: »Fein, fein, werri fein!«

Dieser öffnete nach und nach die übrigen Blechdosen, allerdings so vorsichtig, daß es nur einen kurzen, dumpfen Knall und ein leichtes Zischen gab und von dem Gesöff nichts verloren ging. Inzwischen hatte meine Mutter mehrere Wermutgläschen auf den Tisch gestellt. Scheggi schenkte ein, und wir durften alle versuchen. Er wollte unbedingt anstoßen, und meine Eltern versuchten, ihm mit Hilfe von Hilla klarzumachen, daß es üblich sei, nur mit alkoholischen Getränken anzustoßen. Doch Scheggi wollte von derlei Kleinlichkeiten nichts wissen, rief immer wieder »Prosit! Prosit!« und begleitete, seit er das Wort ›Oberammergau‹ gehört hatte, jede Dosenöffnung mit einem lauten Jodler, dem sogleich sein eignes Gelächter folgte, in das wir höflich einstimmten, weil es uns erheiterte, wie frei er lachte und sich seines Lebens erfreute.

Er war glücklich, daß uns das amerikanische Gesöff auf Anhieb so gut schmeckte, und wollte uns nunmehr auch noch die anderen Leckerbissen vorführen.

Also nahm er weiches, vierkantiges Weißbrot aus dem Cellophanpapier, und wir staunten, daß es bereits in gleichbreite, feine Scheiben aufgeschnitten war. Inzwischen hatte Hilla Teller und Bestecke aus der Küche geholt. Jeder durfte eine dieser süß duftenden Weißbrotscheiben auf seinen Teller legen. Wir berührten das Brot vorsichtig, so als sei es nicht zum Verzehr gebacken. Allerdings hatte es den großen Defekt, schon in Portionen zerteilt zu sein. Wir aber betrachteten jeden Brotlaib als etwas Heiliges und schnitten ihn erst an, nachdem wir auf seine Unterseite drei kleine Kreuze mit der Messerspitze geritzt hatten. Somit wurde uns jedes Mal von neuem bewußt, daß unser Brot eine Gabe Gottes war, um das wir täglich beteten. Dieses amerikanische Brot hingegen ließ sich im ganzen nicht mehr segnen, und so waren wir anfangs sehr vorsichtig und rochen nur den süßen, von den Schnittflächen aufsteigenden Duft.

Meiner Mutter kamen die Tränen, denn angesichts des amerikanischen Brots mußte sie plötzlich an ihre Verwandten in Kanada denken, ausgewanderte Stiefbrüder ihres toten Vaters, die in Amerika große Getreidemühlen besaßen und wahrscheinlich das feine, schneeweiße Mehl mahlten, aus dem dieses Brot gebacken war. Sie weinte in Erinnerung an ihren Vater, der selber hatte auswandern wollen, aber vorher erkrankte und starb. Und jedes Mal, wenn sie an ihren Vater zurückdachte, flossen ihr Tränen über die Wangen, und sie mußte ihre Brille abnehmen, um die Tränen zu trocknen.

Wir aber hielten ihre Traurigkeit nicht länger aus und fingen an, zu lachen und zu spotten, damit sie, von unsrem Lachen angesteckt, fröhlich würde und ihre Wehmut vergäße. Es war ein wirksames Heilmittel. Denn oft setzte sich meine Mutter sofort ans Klavier und spielte und sang, und meistens stellten wir uns dazu und sangen mit.

Heute aber hatten wir keine Zeit zum Singen, weil Scheggi da war. Er hatte inzwischen den Deckel der Fleischdose mit einem winzigen Schlüsselchen aufgedreht. Das Schlüsselchen war auf den Dosendeckel gelötet, so daß jeder Dosenbesitzer nicht extra einen Dosenöffner brauchte. Dies mußte besonders für Bergsteiger, Polarforscher und Sahara- oder Amazonas-Expeditionen praktisch sein, die vor lauter Kälte oder Hitze nur unter Mühen in ihrem Gepäck nach einem Dosenöffner hätten suchen können. Ich ließ Scheggi durch Hilla fragen, ob ich es behalten dürfe, aber er lachte nur unverständig und sagte, es sei eigentlich zum Wegwerfen gemacht. Er konnte sich nicht vorstellen, daß wir *alles* brauchen konnten und *nichts* wegwarfen, weder leere Flaschen und Blechdosen, noch Essensreste, weder Bilder und Bücher, noch die eigene Erinnerung.

Wir probierten nun allesamt das Fleisch aus der Dose. Es war rosarot wie gekochter Schinken, aber viel weicher als Wurst und schmeckte süßlich und sehr amerikanisch. Obwohl es fast so weich war wie das weiche Amibrot, ließ es sich bestens aufschneiden, und wir bekamen zehn oder zwölf dünne Scheiben heraus. Dann aß jeder eine Scheibe Amibrot mit einem Scheibchen Amifleisch, und wir hielten jeden Bissen so lange im Mund, bis sich Brot und Fleisch fast aufgelöst hatten. Noch nie hatten wir ein so raffiniertes Fleisch gegessen. Es schmeckte gleichzeitig nach Wurst, Kochschinken und Fleisch und trotzdem nach all diesem nicht, kurzum, es war amerikanisches Büchsenfleisch und deshalb so wundervoll.

»Wie kommt es, daß amerikanisches Fleisch so wundervoll schmeckt?« fragte ich, »so weich und saftig und süßlich?«

Da lachten alle, und meine Großmutter sagte:

»Du mußt wissen: Es stammt von ganz besonderen Tieren.«

Ich konnte mir darunter nichts vorstellen, und sie fügte leise hinzu: »Es ist Eselsfleisch!«

»Eselsfleisch?«

»Ja, bestes saftiges Fleisch von amerikanischen Prärieeseln!«

»Aber Eselsfleisch kann man doch nicht essen –«

»Doch, du hast es eben selber getan«, sagte meine Großmutter, und alle lachten und klatschten vor Freude und Übermut in die Hände. Ich lachte nicht mit, denn mir ging plötzlich ein Licht auf, und ich verstand auf einmal, weshalb das Amifleisch so weich und rosarot war und so seltsam süßlich schmeckte. Am liebsten hätte ich das Eselsfleisch sofort wieder herausgekotzt, aber wie sehr ich mich auch bemühte und wie viel ich würgte, es war schon verdaut.

»Da, trink noch ein Schlückchen!« sagte nun Hilla freundlich und gab mir den Rest des braunen Gesöffs, das sie noch im Glas hatte. Ich trank es aus, und es wirkte Wunder, denn sofort fühlte ich mich gesund.

Auf dem Tisch lagen noch immer die anderen amerikanischen Delikatessen, und von dem vierkantigen Brotlaib in Scheiben hatten wir erst die Hälfte verzehrt. Die verschiedenen Suppenpulver wollten wir für die nächsten Sonntage aufsparen, doch gab es noch Käse, das ockerfarbige Stück im Block und mehrere Gläschen mit Sternblütenmuster.

Da sagte meine Großmutter: »Hört mal, Kinder! Wollen wir nicht auch noch zur Feier des Tages ein klein wenig von dem guten amerikanischen Eselskäse versuchen?«

Sie sagte es so ernst, daß ich sofort wußte: Sie wollte mich warnen. Ich erschrak, denn ich hätte gerne etwas Käse probiert, doch weil wiederum alle lachten, kamen mir Zweifel, und ich sagte: »Das kann ja gar nicht sein. Esel haben doch überhaupt keine Milch!«

»Wie?« rief da meine Großmutter, »keine Milch? Hast du noch nie was von Eselsmilch gehört?«

»Nein!« rief ich, »wo käme die Milch denn her? Esel haben doch kein Euter!«

»Aus dem Schwanz!« rief meine Großmutter. »Man muß nur dran ziehn.«

Diese Idee schien jedoch meinen Eltern nicht zu gefallen, und sie mahnten meine Großmutter, mir keinen Bären aufzubinden. Statt dessen versuchten sie, mich zu beruhigen, indem sie behaupteten, es sei ganz normaler Käse aus gewöhnlicher Kuhmilch. Ich wußte jedoch sofort, daß sie es nur sagten, damit ich etwas Nahrhaftes und Gesundes zu mir nähme, und zweifelte nicht an der Ehrlichkeit meiner Großmutter.

Außer mir aßen nun alle von dem Kochkäse, der in den kleinen Gläsern mit dem Sternblütenmuster war. Ich aß weder an diesem Tag noch später davon, wenn Scheggi mit amerikanischen Leckerbissen ankam. Ich wollte nur eins dieser wunderbaren Gläser haben und suchte mir das mit den roten Sternchen heraus.

Hilla und Scheggi trafen sich nun immer öfter. Bei schönem Wetter samstag- oder sonntagnachmittags setzten wir uns alle unter einen schattigen Mirabellenbaum, der vor der Terrasse im Garten stand. An den Bäumen reifte das Obst. Meistens brachte Scheggi aus dem amerikanischen PX-Laden Mehl, Milch, Zucker und Eipulver mit, Hilla knetete einen gelben Teig, legte ein oder zwei Kuchenbleche damit aus und belegte den Teig mit frischen Zwetschgen oder Mirabellen aus unserem Garten. Die Erwachsenen tranken Nescafé mit dicker Kondensmilch, wir Kinder einen mit Milchpulver angerührten Kakao.

Wir durften den blonden amerikanischen Riesen nunmehr Onkel Scheggi nennen. Er war unser guter Onkel aus Amerika, von dem wir uns stets ein paar Mitbringsel erwarteten. Mein Vater wünschte sich die grellgelbe amerikanische Suppe mit winzigen Nudeln darin, die so dünn waren wie Spulwürmer. Meine Mutter bekam echten Bohnenkaffee, meine Großmutter ihren Prärieeselskäse. Für meinen Bruder und mich hatte Scheggi meist Drops oder Kaugummis dabei, und manchmal sogar eine Tafel Blockschokolade. Unsre kleine Schwester Christine war noch zu jung, um besondere Wünsche zu haben. Also bekam meine Mutter etwas Trockenmilch, um ihr davon einen nahrhaften Haferflocken- oder Griesbrei zu rühren. Hilla endlich erhielt jedes Mal ein neues Paar durchsichtiger Nylonstrümpfe, die sie auf Scheggis Wunsch auf der Stelle anprobieren mußte. Also zog Hilla langsam und vorsichtig die Strümpfe die Beine empor und befestigte sie schamhaft an den Strapsen hoch unterm Rock. Manchmal gab es schon beim ersten Anziehn eine Laufmasche. Dann zeigte sich Hilla äußerst bestürzt.

»Throw it away! Throw it away!« schrie Scheggi belustigt.

»O God, never!« rief Hilla entsetzt.

Bei alledem war unser guter Onkel Scheggi nicht selbstlos. Er spürte das Verlangen, Hilla möglichst allein zu sehn. Wir aber tanzten, sobald er unser Haus betrat, um ihn herum wie um einen Goldenen Ochsen. Also suchte er nach Wegen, Hilla in der Stadt zu treffen, auch abends und über Nacht.

Meine Großmutter fing an zu zweifeln, denn ihre Tochter war katholisch, und Scheggi gehörte einer der tausend amerikanischen Sekten an, von denen wir nicht einmal wußten, ob sie wenigstens evangelisch wären.

»Wollt ihr denn heiraten?« fragte sie die beiden.

»Ja«, sagte Hilla.

»Aber Scheggi ist ja nicht mal katholisch!«

»Er hat mir versprochen, katholisch zu heiraten.«

»Will er denn katholisch werden?«

»Vorerst noch nicht.«

»Und wie wollt ihr eure Kinder erziehen?«

»Katholisch natürlich!«

Unter dieser Bedingung wollte meine Großmutter schon erlauben, daß Hilla mit ihrem Verlobten eine ganze Nacht außer Haus bleiben dürfte, doch meine Mutter, die von der Küche aus jedes Wort mitangehört hatte, rannte aufgeregt ins Zimmer und rief: »Nein! Absolut nein! Nie und nimmer bei uns! Ich dulde es nicht. Schließlich wohnt Hilla mit uns unter einem Dach. Wir haben euch alle herzlich aufgenommen, als ihr in jener bitterkalten Februarnacht über Dresden im Güterzug bei uns eingetroffen seid. Aber ich verlange, daß jeder im Haus unsre Lebensgewohnheiten respektiert. Und unsere Hausordnung gilt auch für meine Schwägerin Hilla.«

Heiliger Zorn hatte meine Mutter übermannt. Rot angelaufen war ihr Gesicht und wild blitzten ihre Augen hinter den Gläsern ihrer Brille. Wie eine Wagner-Sängerin hatte sie gebrüllt, und es schien mir, als wackelten die Wände unter der Wucht ihrer Wahrheit weisenden Worte.

Der bleiche, blonde amerikanische Riese erblaßte und schien noch bleicher als sonst. In der dem Donnerwetter folgenden Stille glaubte ich zu erkennen, wie er wuchs und wuchs und zwei Meter überstieg. Blaß stand er im Raum, blaß vor Wut. Wie ein gigantischer Sieger.

»Goddamn!« schrie Scheggi, »she must come with me! Nobody is allowed to command her!«

Bei diesen Worten erblaßte auch Hilla, denn sie mußte alles verdeutschen. Während sie übersetzte, zerrte Scheggi ungeduldig an ihrem Arm und rief ständig »come on, come on!«, während meine Großmutter anfing, leise in sich hineinzuwimmern.

»Come on, come on!« schrie Scheggi unentwegt weiter und fuchtelte mit der Faust wild in der Luft herum, wie um meiner Mutter Angst einzujagen.

Diese aber schritt auf den blonden Riesen zu, blickte streng und scharf auf seine rechte Hand, die Hillas linkes Handgelenk noch immer umkrampft hielt, deutete auf den festen Griff und befahl: »Du, laß sofort Hillas Hand los!«

Scheggi verstand die deutschen Worte nicht, erriet aber sofort deren Sinn und ließ los. Gleichzeitig löste sich die geballte Faust, und seine linke Hand sank friedfertig in die Ausgangsstellung zurück.

»So, mein Lieber!« setzte meine Mutter nun wiederum an. »Jetzt laß dir ein- für allemal etwas sagen, denn ich will ein ernstes Wörtlein mit dir reden. Wer, glaubst du eigentlich, zu sein! Wo, glaubst du, dich zu befinden! Wer hat dir erlaubt, dich hier bei uns so schlecht, schamlos und unverschämt zu benehmen! Wer gibt dir das Recht, in diesem Haus hier den hohen Herren zu spielen! Meinst du vielleicht, du könntest – nur weil du Amerikaner bist – die einfachsten Regeln des Anstandes verletzen! Oder denkst du etwa, alle menschlichen Umgangsformen seien in dieser Zeit außer Kraft! Bildest du dir am Ende ein, etwas Besseres zu sein als wir hier alle zusammen! Wie konntest du es nur wagen, gegen mich, eine wehrlose Frau, drohend die Faust zu erheben! Schäm dich! Oder bist du so verstiegen anzunehmen, mit so unbeherrschten Gesten und einem so unflätigen Benehmen deiner Heimat Amerika zum Ruhm zu gereichen! – Drum laß dir nur so viel gesagt sein: Du bist hier noch immer unser Gast und als solcher willkommen. Aber Frechheiten dulden wir nicht. Du hast vor einem halben Jahr selber das Off-limits-Plakat an der Haustüre drunten befestigt. Also weißt du so gut wie wir alle, daß du eigentlich weder in Uniform noch in Zivil deinen Fuß über die Eingangsschwelle des Hauses setzen dürftest. Wir haben es – dir und Hilla zuliebe – gestattet, obwohl auch wir uns strafbar machen, wenn es herauskommt. Verhalt dich also entsprechend! Und noch eins: Merk dir, Hilla ist ein anständiges Mädchen aus einer guten, ehrlichen Familie. Sie ist kein Flittchen und folglich auch kein Freiwild für hergelaufne Soldaten!«

Es war unmöglich, die Strafpredigt meiner Mutter Wort für Wort zu übersetzen. Also zog Hilla es vor, zunächst zu schweigen und erst einmal zu warten.

»Mein Herz, mein schwaches Herz!« rief da meine Großmutter, »ich fühle Stiche im Herz. Ach Gott, warum strafst du mich so, daß ich noch so viel Unfrieden erleben muß in meinem Alter! Gibt es kein Mitleid mehr auf dieser Welt! Denkt keiner an mich, an eine arme Witwe, die schon so viel hat durchmachen müssen! Hilla, wie kannst du nur mir, deiner Mutter, dies antun! Bitte, sag doch Scheggi ein Wort! O Jesusmariaundjoseph, heiliger Antonius, erhört mich! Ich würde ja selbst mit Scheggi sprechen, doch kann ich leider kein Englisch, nur bißchen Wasserpolnisch. Sag ihm schon endlich, er soll sich entschuldigen, und alles ist gut.«

Hilla sprach nun mit ernstem Gesicht auf Scheggi ein, und im Nu war er wie verwandelt. Seine Riesenwut war zusammengeschrumpft, seine Arme und Hände hingen schlapp und traurig von den Schultern herab, und während Hilla weiter englisch auf ihn einredete, traten auch ihm Tränen in die wasserblauen Augen, und er trat auf meine Mutter zu, stammelte etwas und bat um Verzeihung.

Und als hätte meine Mutter nur auf diese Gelegenheit gewartet, wollte auch sie zu Tränen ansetzen, doch aus dem Nebenzimmer schallte Geschrei herüber. Meine kleine Schwester war aufgewacht und wollte geholt werden. Die Frauen rannten sogleich hinüber, brachten Christine umgehend mit, und die Beschäftigung mit dem kleinen Mädchen half allen über die letzten Gefühlsaufwallungen hinweg.

Scheggi sagte nun etwas zu Hilla, die daraufhin in den Hof hinablief und aus dem dort stehenden Jeep eine Flasche Whisky holte. »Prosit! Prosit!« rief Scheggi und hielt die Whiskyflasche hoch in die Luft. Dann drehte er den Verschluß auf und setzte zum Trinken an, doch Hilla hinderte ihn im letzten Moment und holte erst ein paar Schnapsgläser. Dann stießen sie an. Hilla und meine Großmutter tranken je ein Glas, Scheggi und meine Mutter – zur Versöhnung – vier oder fünf.

Danach war Scheggi mit einem Schlag sehr müde und legte sich ohne Vorankündigung auf die Eckbank unters Oberammergauer Kruzifix. Seine Beine waren aber für die Bank viel zu lang. Also schob er sich für den linken Fuß noch einen Stuhl heran und legte den rechten auf die Tischplatte.

Als meine Mutter sah, wie Scheggi es sich da bequem machte, hätte sie ihn am liebsten ein bißchen erzogen, aber so kurz nach der Aussöhnung wollte sie nicht gleich wieder anfangen. Wir ließen also Scheggi schlafen und gingen hinab in den Garten.

Im Auf- und Abgehn sagte meine Mutter zu Hilla, sie müßte Scheggi unbedingt sagen, daß es bei uns in Deutschland nicht üblich sei, die Füße auf den Tisch zu legen.

»Ich habe es ihm schon oft gesagt«, antwortete Hilla, »aber in Amerika ist es so Brauch.«

»Das kann ich mir nicht vorstellen«, sagte daraufhin meine Großmutter, »nein, erzähl mir keine Märchen, das glaube ich nicht. Du wirst mir doch nicht im Ernst weismachen wollen, daß ein gebildeter Amerikaner seine Straßenschuhe auf den Tisch legt, wo er anschließend mit seiner Familie sein Abendbrot ißt.«

»Doch«, sagte Hilla, »in Amerika ist das allgemein üblich. Ich habe es kürzlich selber erlebt, als Scheggi mich in den amerikanischen Club mitgenommen hatte. Da hatten fast alle ihre Füße auf den Tischen, sogar die Frauen.«

»Und du?«

»Ich auch.«

»Um Gottes willen, aber doch nicht etwa mitsamt den Schuhen! Die hattest du doch sicher ausgezogen?«

»Ich ja. Aber viele ließen sie einfach an. Ein jeder, wie es ihm momentan Spaß macht. Jeder, wie er will. Nach Lust und Laune. Da gibt es keine Vorschriften. Wenn einer die Schuhe ausziehn will, zieht er sie eben aus. Und wenn er sie anbehalten will, behält er sie an. Niemand stört sich daran. Und wenn einer seine Schuhe anbehält, könnte er ja auch seine guten Gründe haben.«

»Wie meinst du das?«

»Ich meine, es könnte ja sein, daß jemand ein Loch im Strumpf oder Angst hat, seine Füße würden stinken. Da ist es wohl besser, er behält die Schuhe vorsichtshalber an.«

»Aber seine eingewickelten Schweißfüße legt er trotzdem auf den Tisch und stellt sie zur Schau?«

»Nun, siehst du«, sagte Hilla, »die Amerikaner haben halt ein ganz anderes Lebensgefühl als wir. Jeder macht, was ihm paßt. Jeder will seine Freiheit.«

»Das ist mir eine saubere Freiheit!« sagte meine Großmutter.

VII

Die Großen Ferien gingen zu Ende. Es waren die längsten Großen Ferien gewesen, die es je gegeben hatte. Im letzten Schuljahr war der Unterricht wegen des Krieges fast immer ausgefallen. Viele Lehrer und ältere Oberschüler waren zum Schluß noch eingezogen worden, und selbst die Lehrerinnen waren in Lazaretten oder Krankenhäusern im Einsatz. Nur noch gelegentlich hatte ein Notunterricht stattgefunden, und die Volksschüler konnten sich freuen, denn sie hatten nun den ganzen Tag Zeit für ihre Soldatenspiele.

Als gegen Ende April endlich die Amerikaner ankamen, war es für das Schuljahr sowieso zu spät oder zu früh. Außerdem hatten die Amis ihr neues Unterrichtsprogramm noch nicht ganz ausgearbeitet. So fiel das restliche Schuljahr einfach aus, und die Kinder bekamen die längsten Großen Ferien ihres Lebens und spielten weiter ihre Spiele in den Sommer hinein.

Am 1. September aber begann das neue Schuljahr. Für die Erstenbätzler hatte es bei dieser Gelegenheit früher eine riesige Schultüte mit Süßigkeiten gegeben. Aber heuer gab es weder Bonbons noch Schokolade, weil wir Kinder den Krieg verloren hatten.

Ein paar Erstkläßler hätten zwar die alte Schultüte ihrer älteren Geschwister nehmen können, aber sie ließen es lieber sein, weil sie schlecht mit einer leeren Schultüte ankommen konnten. Wir überlegten, ob meine Mutter für meinen Bruder eine Schultüte basteln sollte. Und sogar ein paar Süßigkeiten hätte Hilla von Scheggi besorgen können. Aber meine Eltern dachten, es wäre für die Erziehung schlecht, wenn einer es besser hätte als seine Kameraden. Also hatte in jenem Jahr kein Westheimer Erstenbätzler eine Schultüte.

Die Volksschule lag drunten im Dorf am Hainhofer Weg. Es gab drei Klaßräume für acht Klassen. Im Klaßraum gegenüber dem Lehrerzimmer, im Parterre, wurden vormittags die Erstenbätzler und nachmittags die Zweitkläßler unterrichtet, im ersten Stock die übrigen Klassen. Trotz dem Schichtunterricht mußten manchmal zwei Klassen zusammengelegt werden, weil ein Klaßraum fehlte. Auch früher waren Klassen zusammengelegt worden, wenn die Klassenstärke zu gering war. Aber jetzt gab es dreimal mehr Kinder als vor dem Krieg, denn alle Ausgebombten, Evakuierten und Flüchtlinge waren natürlich mit Kind und Kegel angekommen, und in der Stadt gab es keine freie Behausung mehr.

In der Klasse meines Bruders saßen achtundfünfzig Erstenbätzler. Alle freuten sich auf die Schule und wollten etwas lernen. So wenig wußten sie noch. Also freuten sie sich am ersten Schultag sehr, da sie große Hoffnungen mitbrachten und noch nicht ahnten, was sie in der Schule alles würden lernen müssen.

Jedes Kind trug seinen Schulranzen wie eine Last auf dem Rücken. Im Schulranzen befanden sich ein Holzkästchen für die Schiefergriffel und eine holzumrahmte Schiefertafel. Durch den Rahmen war ein Loch gebohrt für zwei dort verknotete Schnüre. Diese Schnüre hingen unter dem Deckel des Schulranzens heraus, und am Ende der Schnüre baumelten Schwamm und Lappen gegen die Seitenwand des Schulranzens. Es gab keine Schulhefte, weil Papier sehr knapp war. Die Schiefertafeln genügten allerdings und waren äußerst praktisch. Die Vorderseite der Tafel war liniiert, die Rückseite in kleine Quadrate eingeteilt. So lernten die Erstenbätzler auf derselben Tafel Schreiben und Rechnen. Machte einer einen Fehler, brauchte er keinen Radiergummi. Er mußte bloß mit dem Finger ein bißchen Spucke von der Zunge zu holen oder auf den Zeigefinger zu spucken, und schon konnte er jeden Fehler auswischen und verbessern.

Der Rechenunterricht war gleich geblieben. Aber geschrieben wurde jetzt anders. Die Amerikaner hatten die deutsche Schrift verboten. Sie meinten, die deutsche Schrift würde die Kinderhirne verderben. Dies wollten sie um jeden Preis vermeiden. Wenigstens die Kinder sollten von allem Anfang an in die richtige Richtung denken. Mit der lateinischen Schrift, dachten die Amerikaner, würden sie ihr Ziel leichter erreichen. Also verordneten sie den Lehrern, künftig einzig und allein die lateinische Schrift zu lehren.

Die deutsche Schrift war viel zu zackig und fahrig und spitzig. Die lateinische Schrift hingegen war schön rund und weich, und so friedlich und sanft. Und die bösen Kinder sollten, wenn sie einmal erwachsen wären, schön lieb und heiter und frei sein, und nicht bissig, hitzig, widerborstig und bös.

Die Erwachsenen aber schrieben noch immer ihre Briefe in jener spitzigen, giftigen, bissigen Schrift, die sie einstmals, als sie zur Schule gegangen, hatten lernen müssen. Doch die Erstenbätzler durften ab sofort die gute, warme lateinische Schrift erlernen. Und wenn eine Oma von nun an ihrem Enkelkind zu Weihnachten oder zum Geburtstag Grüße oder Wünsche schreiben wollte, würden die Kinder zu ihren Eltern gehn und sie bitten müssen, ihnen die Geheimschrift der eigenen Oma zu entziffern.

In dieser Zeit kam mein Bruder in die Schule und lernte gut rechnen und schrieb schön die lateinische Schrift. Mit dem Schiefergriffel ritzte er endlose Reihen fast senkrechter Striche auf die Zeilen seiner kleinen Schiefertafel und malte hundert winzige Spazierstöcke zwischen die Linien. Entweder sollten die runden Griffe der Spazierstöcke ans obere Zeilenende stoßen oder mit der Rundung nach unten zeigen, als liefe der gedachte Spaziergänger auf dem Kopf. Um Mittag kam mein Bruder von der Schule nach Haus. Er hatte den ganzen Vormittag Spazierstöcke auf seine Schiefertafel kritzeln müssen, und als Hausaufgabe sollte er Ostereier zwischen die Zeilen malen.

Nach dem Essen setzte er sich in eine Ecke und malte dreihundertsechzig Ostereier auf die Tafel. Viele gelangen ihm und sahen aus wie wirkliche Eier, manche aber waren rund wie Sonne und Mond, andere hatten die Form von Pflaumen, Äpfeln oder Birnen, und einige waren gumpig wie Kaulquappen oder hupfig wie arme Seelen im Fegefeuer.

In der freien Natur draußen ging der Sommer allmählich in den Altweibersommer über. Alle Menschen wollten den Sommer verlängern, und wir Kinder liefen noch barfuß über die abgeernteten Stoppelfelder.

Damals fingen wir an, Fußball zu spielen. Einen richtigen Fußball hatten wir noch nie gesehen, aber wir konnten uns ungefähr denken, wie er aussehen würde. Wir spielten mit einem kleinen Tennisball, den wir im Lohwald gefunden hatten. Zwischen dem Waldrand und dem ›Café Lohwald‹ gab es einen Tennisplatz. Die Amerikaner hatten das Café und den Tennisplatz beschlagnahmt, und spielten, solange es hell war, mit den Fräuleins Einzelpaarungen oder Gemischte Doppel. Wenn sie nicht aufpaßten, flog der Ball hoch über das Gitter der Umzäunung, und wenn einer von uns in der Nähe war, nahm er sich den Ball und rannte damit fort.

Wenn ein Tennisball kaputt war und wir keinen neuen ergatterten, spielten wir mit kleinen, harten Gummibällen, die wir selber herstellten.

Unser Nachbar, Herr Distel, reparierte Fahrräder und hatte jede Menge alter Fahrradschläuche, die neben seinem Werkzeugschuppen vor unserem Gartenzaun hingen. Er brauchte diese alten Schläuche zum Flicken der noch brauchbaren, und so schnitt er immer ein Stück Gummi aus und klebte es auf die schadhafte Stelle. Manche dieser alten Schläuche waren selber schon so oft geflickt, daß sie sogar als Flickmaterial kaum mehr etwas taugten.

Wir konnten aber auch die unbrauchbaren Altschläuche brauchen, weil wir daraus kleine Hartgummibälle machten. Die Schläuche wurden zu Gummiringen zerschnitten, zusammengeknäult und dann so übereinandergespannt, daß die äußersten Gummiringe so straff übereinander und umeinander herumliefen, daß sie den Gummiknäuel im Inneren der Kugel zusammenhielten und zugleich davon auf deren Oberfläche gehalten wurden. So sahen unsere ersten Fußbälle aus. Sie waren so hart wie grüne, unreife Äpfel. Aber wir spielten barfuß damit, bis uns die Zehen und die Knochenhaut wehtaten. Mit unsren Hartgummibällen veranstalteten wir manchmal auch Meisterschaften im Köpfeln, doch meistens spielten wir Fußball. Als Tore hatten wir wirkliche Tore, nämlich das Garagentor und die Toreinfahrt zu Krafts Garten.

Drunten im Dorf wurde mit Schweinsblasen Fußball gespielt. Die Bauernbuben bekamen die Schweinsblasen vom Metzger geschenkt oder auch von ihrem Vater, wenn schwarz geschlachtet worden war.

Eines Tages überraschte uns der Meidscher mit einer amerikanischen Wunderlichkeit.

»Schaut her! So sieht ein amerikanischer Fußball aus!«

»Du spinnst, das ist nie und nimmer ein Ball.«

»Doch. Er hüpft, wenn ich ihn auf den Boden schmeiße.«

Der Meidscher ließ den Ball fallen, um ihn sofort wieder aufzufangen, doch das Unding sprang seitwärts weg wie ein aufgeschreckter Feldhase.

»Das ist kein Ball, sondern eine Gurke«, sagte Teilhart Kraft, und wir lachten über den Vergleich.

Das Unding war aus bestem hellbraunen Leder, elastisch, weich und widerstandsfähig. Es war wie ein richtiger, schön genähter Ball und wäre tatsächlich ein Ball gewesen, hätte ihm nicht die wichtigste Eigenschaft eines wirklichen Balls gefehlt: die Rundheit. So aber sah es aus wie eine aufgeblähte Eierhandgranate oder zusammengeschrumpfte Brandbombe, und leider konnten wir mit dieser Mißgeburt eines Balls nichts anfangen. So etwas brauchten wir nicht. Da war selbst der unbequeme Hartgummiball besser für unseren Zweck.

Einmal kam Dietger Küng mit einem wirklichen Fußballschlauch an. Er behauptete, sein Vater hätte ihn aus Frankreich bekommen. Wir glaubten es nicht, denn es gab keine Franzosen bei uns. Wie sollte Herr Küng da zu einem französischen Fußballschlauch kommen! Trotzdem fragten wir uns, woher Dietger den Fußballschlauch hätte. Bei uns gab es weder Lederhüllen noch Gummiblasen, also überhaupt keine Fußbälle, und daß einer einen Fußballschlauch auftreiben konnte, grenzte schon an ein Wunder.

Trotzdem nannten wir die Gummiblase einfach den »französischen Fußball«. Tagelang spielten wir damit, bis er riß. Dann ließen wir ihn uns von Herrn Distel flicken und spielten weiter, bis er wieder riß, ließen ihn immer wieder flicken, bis er endgültig kaputt war, und wir ihn zusammenknäulten und als Inhalt für einen unserer selbstgemachten Hartgummibälle verwendeten.

An einem frühen Nachmittag fuhr Scheggi mit seinem Jeep in unserem Hof vor. Er hatte neben und hinter sich mehrere große Kartons geladen, und meine Eltern dachten schon, er würde uns ein kleines Vorratslager mit amerikanischen Leckerbissen einrichten.

Da ließ Scheggi über Hilla meinen Bruder fragen, wieviele Freunde wir hätten.

»Vielleicht zehn oder zwanzig«, sagte mein Bruder.

Das war zu wenig.

»Es können auch dreißig oder vierzig sein«, sagte mein Bruder, »ich hab' sie noch nie so genau gezählt.«

Aber Scheggi wollte, daß wir mindestens fünfzig Freunde auf die Beine brächten, und Hilla, die schon wußte wozu, sagte, wir sollten uns alle miteinander um halb Vier vor dem ›Tirolerhaus‹ einfinden, weil Scheggi für alle eine amerikanische Überraschung habe.

Das ›Tirolerhaus‹ war früher ein Wirtshaus gewesen. Es lag zwischen Hindenburgstraße und Bahngelände. In den letzten Kriegsjahren war der Betrieb der Wirtschaft eingestellt, und als dann die Flüchtlinge ankamen, wurden viele Familien in dem Hauptgebäude und dem angrenzenden ›Sallettle‹ einquartiert.

Das ›Sallettle‹ grenzte direkt an die Hindenburgstraße und stand im rechten Winkel zum Hauptgebäude, das hofeinwärts den Blick zur Bahnlinie verdeckte. Gegenüber dem ›Sallettle‹, ebenfalls im rechten Winkel zum ›Tirolerhaus‹, befand sich ein schmaler überdachter Wirtshausgarten, eine Laube mit wilden Weinstöcken und verwilderten Rosensträuchern. Dazwischen lag der zur Hindenburgstraße hin offene Hof.

Bis um Drei trommelten wir alle unsre Freunde zusammen, und als wir nachzählten, waren wir genau fünfzig Kinder aus dem Lohwaldviertel. Also zogen wir singend und johlend durchs Tunell am Bahnhof vorbei bis zum ›Tirolerhaus‹. Aus allen Fenstern streckten die Leute ihre Köpfe heraus und fragten, was passiert sei. Wir wußten es aber selber nicht und sagten: »Es ist ein Geheimnis!«

Das ›Tirolerhaus‹ hatte erst seit einer Woche einen neuen Pächter, nämlich den Kobelwirt, der hier später, sobald in Westheim ein Fußballverein gegründet werden dürfte, ein Vereinszimmer für den geplanten Sportclub einrichten wollte.

Die Flüchtlinge und Evakuierten, die bis vor kurzem in den Parterre-Räumen und drüben im ›Sallettle‹ gehaust hatten, waren inzwischen in die oberen Stockwerke und in einige notdürftig hergerichtete Dachkammern umverteilt worden, und der Kobelwirt arbeitete Tag und Nacht, um das ›Tirolerhaus‹ bald als richtige Gastwirtschaft zu eröffnen. Es fehlte weder an Tischen, Bänken, Stühlen, Gläsern und Bierkrügen, noch hätte es an Gästen gefehlt. Es fehlte lediglich an Speisen und Getränken, die Gäste zu bewirten.

Heute aber sollte es etwas geben, und der Wirt wußte bereits Bescheid. Er schleuste uns gleich nach der Ankunft durch eine Seitentür ins ›Sallettle‹ und verteilte uns auf die Klappstühle entlang den zusammengerückten Wirtshaustischen. Dort saßen wir nun wie um einen einzigen, riesigen Tisch und warteten auf die amerikanische Überraschung.

Einige von uns waren vor Spannung sehr aufgeregt, rutschten auf den Stühlen nervös hin und her, trommelten wie verrückt mit den Fäusten auf der Tischplatte herum, boxten ihre Nachbarn gegen Arme und Kopf oder zogen zum Spaß an den Zöpfen der Mädchen. Andere waren vor Erwartung verstummt, saßen still vor sich hinbrütend da und hatten die Arme verschränkt. Die meisten sprachen sehr laut miteinander, ja suchten einander zu übertönen, und immer wieder fragten wir den Wirt: »Geht es bald los?«

Der Wirt hatte die Türen zum Hof offen gelassen, und das staubige Licht des Spätsommers fiel schräg in den halbdämmrigen Raum.

Die Spannung war unerträglich groß und wurde immer größer, denn das ›Sallettle‹ war schmucklos, und auf den Tischen stand nichts. Teilhart fragte meinen Bruder und mich, welche Überraschung unser Amionkel denn für uns hätte. Wir wußten es aber selber noch nicht.

»Sag's wenigstens mir!« bat Dietger Küng meinen Bruder, »ich verrate es keinem.«

»Ich weiß es ehrlich nicht«, sagte mein Bruder, »wenn ich es wüßte, würd' ich's dir sagen.«

Da behauptete der Meidscher, wir hätten uns alles nur ausgedacht, um uns wichtig zu machen und die anderen hereinzulegen. Für diese Behauptung boxte ich ihn kurz gegen den Kopf. Er wollte sich sofort rächen, aber mein Bruder war stärker als er und kam mir zu Hilfe. Daraufhin suchte der Meidscher Verbündete, fand jedoch keinen, denn er war immer sehr frech gegen alle und außerdem evangelisch.

Plötzlich sprang Teilhart Kraft von seinem Stuhl auf und rief: »So, mir reicht's! Ich hau' ab! Außerdem will ich mein Geld zurück!«

»Welches Geld?« fragte mein Bruder, und alle lachten, denn niemand hatte etwas bezahlt.

In diesem Moment hörten wir von draußen Motoren- und Bremsgeräusche. Im Hof wirbelte Staub auf, und Scheggi und Hilla stiegen vom Jeep. Der Wirt rannte sofort hinaus und schleppte mit Scheggi die Kartons ins ›Sallettle‹ herein. Hilla hatte einen großen, kantigen, amerikanischen Fotoapparat in Händen. An dem Fotoapparat war ein rechtwinkliges Gestänge angeschraubt, in dem sich ein auffälliger Blitzlicht-Apparat befand.

Scheggi riß nun hastig und mit großen Gesten die Kartons auf und zog wie ein Zauberer nach und nach über fünfzig klein Limonadenflaschen hervor, die der Wirt vor uns auf den Tisch stellte. Vor jedes Kind wurde ein Fläschchen gestellt, aber wir konnten sie nicht selber öffnen, weil sie einen Spezialverschluß hatten.

Nun ging Scheggi nochmals zu seinem Jeep zurück und holte einen großen Cellophanbeutel, dem er eine Menge bunter Trinkhalme entnahm. Diese Trinkhalme sahen in der Form wie Strohhalme aus, nur waren sie bunt und aus einem anderen Material.

Er verteilte rote, gelbe, blaue, grüne, weiße und verschiedenfarbig gestreifte Trinkhalme, und allmählich hatten wir wirklich Durst.

»So, Kinder!« sagte nun Hilla, »paßt jetzt mal alle schön auf: Das ist Onkel Scheggi! Onkel Scheggi aus Amerika.

Er hat euch allen heute etwas sehr Gutes mitgebracht, nämlich eine echt amerikanische Limonade. Die Kinder in Amerika bekommen diese gute Limonade jeden Tag, und sie können so viel davon trinken, wie sie wollen. Und sogar die großen Amerikaner trinken jeden Tag diese gute amerikanische Limonade, weil sie nicht nur den kleinen, sondern auch den großen Amerikanern wundervoll schmeckt. Onkel Scheggi aus Amerika hat euch heute einmal eine Kostprobe von dieser guten amerikanischen Limonade mitgebracht, und ich habe hier, wie ihr selber seht, einen Fotoapparat in der Hand. Wir wollen nämlich ein paar hübsche Fotos knipsen und sie dann mit dem Flugzeug nach Amerika schicken, damit die amerikanischen Kinder sehen, daß ihr Lieblingsgetränk auch den deutschen Kindern schmeckt. Deswegen dürft ihr jetzt, wenn Onkel Scheggi jedem seine Flasche öffnet, nicht sogleich trinken, weil wir erst zu trinken anfangen wollen, wenn Onkel Scheggi sämtliche Flaschen aufgemacht hat und wir dann ein paar schöne Bilder knipsen können.«

»Dürfen wir den Trinkhalm inzwischen schon in die Flasche hineinstecken?« fragte Teilharts kleine Schwester Iris.

»Natürlich dürft ihr das«, sagte Hilla, »aber trinken dürft ihr erst, wenn ich es euch sage.«

Scheggi hob nun mit einem speziellen Flaschenöffner die kleinen Metalldeckel ab, die wir sofort einsteckten, da wir sie brauchen konnten, um sie zu sammeln und irgendwann gegen andere wertvolle Dinge einzutauschen.

»Wißt ihr, wie gut amerikanische Limonade schmeckt?« fragte Hilla.

»Ja, ich weiß es«, sagte der Meidscher.

»Und, schmeckt sie dir?«

»Prima!« sagte der Meidscher.

»Riecht wie Bärendreck«, sagte Teilhart Kraft, dessen Flasche schon geöffnet war. »Wenn ich nicht so einen Durst hätte, weil wir so lange gewartet haben, würde ich ein solches Gesöff niemals trinken. Aber ich will euch den Spaß nicht verderben.«

»Du mußt es nicht trinken, wenn es dich davor ekelt«, sagte Hilla. »Die anderen Kinder freuen sich, wenn sie eine doppelte Ration bekommen. In Amerika wird niemand gezwungen, etwas zu essen oder zu trinken, was er nicht mag.«

»Doch, doch, ich trink' das Gesöff«, sagte Teilhart, »ich trinke es ausnahmsweise, weil ich meine Prinzipien habe.«

»Nach dem ersten Schluck redest du anders!« sagte ich, denn genau wie der Meidscher und mein Bruder hatte ich dieses süße Gesöff schon getrunken, und wir wußten, wie gut es schmeckt.

Endlich hatte Scheggi alle fünfzig Flaschen geöffnet. Nun stellte er sich so hinter dem Tisch auf, daß Hilla ihn mit allen Kindern im Bild hatte.

»So, Kinder«, sagte Hilla, »wenn ich jetzt sage: ›Achtung – fertig – los!‹, dürft ihr trinken.«

Sie sagte es, und wir tranken. Und Onkel Scheggi stand groß im Hintergrund und lachte.

Hilla knipste fünf- oder zehnmal, und bei jeder Aufnahme durften wir am Halm saugen. Scheggi strahlte vor Freude darüber, daß auch den deutschen Kindern das amerikanische Gesöff so gut schmeckte. Bei den letzten Bildern, die Hilla knipste, hatten wir die Flaschen längst ausgetrunken, aber wir zogen jedes Mal am Trinkhalm, damit die amerikanischen Kinder einen guten Eindruck von uns hätten.

Nur Teilhart saß noch vor seiner fast vollen Flasche. Er hatte bloß zu Anfang kurz an dem Trinkhalm gesogen. Deshalb wiederholte Hilla: »Du mußt es nicht um jeden Preis trinken, wenn es dir nicht schmeckt. Gib es einem deiner Kameraden! Die anderen wissen es zu schätzen und freuen sich darüber.«

»Nein«, antwortete Teilhart, »ich werde es austrinken, wenn der richtige Zeitpunkt gekommen ist. Jetzt ist es noch zu früh.«

»Aber du hast doch nicht die Absicht, bis heute abend hier sitzen zu bleiben?«

»Ich könnte schon hier bleiben, wenn ich die Absicht hätte. Aber ich will nicht.«

»Und wann willst du austrinken?«

»Sobald die Zeit reif ist.«

Wir beneideten Teilhart Kraft nun sehr um sein Gesöff und starrten wie gebannt auf die vor ihm stehende Flasche. Einige versuchten, sie ihm abzuhandeln, und versprachen ihm alles Mögliche: seltene Briefmarken, Bierfilze, eine Metallschleuder, einen Karl-May-Roman oder ein Taschenkino. Doch jedes Mal, wenn einer von uns einen Vorschlag machte und begann »Willst du?« oder »ich geb' dir«, unterbrach Teilhart sofort und sagte knapp »hab' ich schon« oder »brauch' ich nicht«.

Da sprach eine leise, schüchterne Stimme: »Und wenn ich dir meine – ?«

»Quatsch! Hab' ich schon«, unterbrach Teilhart.

Gesprochen hatte Sylvia Braun, die kleine Tochter jener Nachbarn von uns, die sich immer beklagten, wenn wir unsere Sickergrube leerten und unser Odel langsam in der Nähe ihres Gartenzaunes im Erdreich versank. Es war ein so schüchternes Mädchen, weil es nie mit anderen

Kindern auf der Straße oder in freier Natur spielen durfte und sich meistens im elterlichen Garten aufhielt, wo die aus dem Gehäuse einer Brandbombe gebaute Schiffschaukel zwischen den Bäumen hing und wo Sylvia stundenlang still und allein vor sich hinschaukelte.

Seltsamerweise hatte sie heute die Erlaubnis erhalten, mit allen anderen Kindern ins ›Tirolerhaus‹ zu kommen. Und jetzt hatte sie sogar den Mut, Teilhart Kraft einen Tauschhandel vorzuschlagen.

»Und wenn ich dir meine Puppe geben würde?« fragte sie zu Ende.

Mit einem derartigen Angebot hatte Teilhart niemals gerechnet. Wir lachten, weil keiner sich vorstellen konnte, daß ausgerechnet er Lust hätte, mit Puppen zu spielen. Wir dachten, er würde jeden Moment rot werden vor Wut und Ärger, und waren auf seine Antwort neugierig.

Er machte eine Kunstpause. Dann lächelte er und sprach: »Wie ihr alle wißt, tausche ich mit Weibern eigentlich grundsätzlich nicht. Aber da ich gerade in der richtigen Stimmung bin, will ich heute nicht so sein und eine Ausnahme machen. Also: Ich nehme das Angebot an. Lauf rasch nach Haus und hol deine Puppe. Dann kriegst du von mir das Amigesöff!«

Wir waren jetzt sehr gespannt. Viele Mädchen flehten und riefen: »Sylvia, tu's nicht! Er will deine Puppe nur haben, um sie kaputt zu machen. Bitte, bitte, tu's nicht!«

»Ich habe gesagt«, sprach nun Sylvia ruhig und klug, »ich habe gesagt: ›wenn ich dir meine Puppe geben *würde*‹, nicht: daß ich die Absicht hätte, sie dir wirklich zu geben. Das ist ein riesengroßer Unterschied. Nie im Leben würde ich dir meine Puppe geben. Für nichts auf der Welt!«

»Ha! du dumme Gans!« rief daraufhin Teilhart,

»glaubst du im Ernst, ich hätte sie überhaupt genommen! Was sollte ich denn damit anfangen! Ich habe dich nur auf die Probe stellen wollen. Aber ich gebe zu: Du hast die Probe bestanden. Jede andere wäre auf meinen Trick hereingefallen.«

Als Teilhart erkannte, daß jetzt niemand mehr ein Tauschangebot machte, zog er an seinem Strohhalm und trank die Flasche in einem Zug leer. Da merkten wir, daß er einen wahnsinnigen Durst gehabt und alles nur gemacht hatte, um sich vor uns aufzuspielen.

Wir hatten den Eindruck, daß ihm das amerikanische Gesöff unwahrscheinlich gut schmeckte. Aber er gab es noch immer nicht zu.

»Ich habe es ja nur ausgetrunken, um euch euren Spaß nicht zu verderben«, sagte er. »Ansonsten trinke ich so etwas grundsätzlich nie.«

VIII

In diesem Jahr kamen weitaus weniger Kinder zur Welt als während des Kriegs. Jetzt waren es vielleicht nur halb so viel wie im Vorjahr, und im nächsten Jahr würden es voraussichtlich noch weniger werden.

Sicher gab es heuer mehr Tote als Babys, und vielleicht hatte es auch in den Jahren davor trotz den vielen Babys mehr Tote gegeben als wir uns vorstellen konnten. Aber inzwischen fiel es wieder auf, wenn jemand starb, und es starben mehr als genug.

Mein Vater mußte sich um alle kümmern, Junge und Alte, Lebendige und Tote. Er war Praktischer Arzt für seine Kranken, Geburtshelfer für die Frauen und ihre Kinder, und als Leichenschauer wurde er zu den Toten gerufen.

Für jeden Bezirk gab es einen zugelassenen Praktischen Arzt, und mein Vater hatte die Zulassung als Arzt, Geburtshelfer und Leichenschauer.

Wurde er zu Kranken gerufen, mußte er den Fall abwägen. War ein Fall sehr dringend oder konnte er dringend sein, mußte er sich beeilen. Aber in den meisten Fällen konnte er sich Zeit lassen, denn die meisten Patienten glaubten, ihr Fall sei der allerdringendste, und der Arzt müßte sofort antanzen, wenn sie ihn riefen.

Es kam aber manchmal wirklich vor, daß ein Fall äußerst dringend war. Und seine Kunst bestand darin, daß mein Vater im voraus erriet oder entschied, welcher Fall dringender war.

Am wenigsten dringend waren die Todesfälle. Das

scheint logisch. Aber die Verwandten und Freunde der frisch Verstorbenen sind ganz anderer Ansicht, weil sie sich vom Arzt in solchen Fällen ein Wunder erhoffen. Kaum ist der Tote wirklich tot, spielen die Verwandten verrückt und glauben, ihr Hausarzt müßte ihn wiedererwecken. Deshalb sind Todesfälle nicht dringend, denn Tote haben Zeit.

Auch die meisten Kranken können warten. Viele sind in Wirklichkeit nur unglücklich und brauchen einen Menschen, mit dem sie sich aussprechen können. Also lassen sie den Arzt holen, dem sie ihre lange Lebensgeschichte erzählen würden, wenn er so viel Zeit hätte.

Er wird aber woanders gebraucht, wo es einen wirklich dringenden Fall gibt. Doch selbst in diesem Fall soll er nichts überstürzen. Kein Arzt ist schlechter als jener, der fürchtet, am Krankenbett etwas zu versäumen, keiner besser als der, der sich mit der Behandlung Zeit läßt.

Also wird er den Tod und die Zeit respektieren und dem Zufall seinen Anteil belassen.

Keine Zeit zu verlieren gab es, wenn in einem der Dörfer ein Kind zur Welt kam. Damals wurden fast alle Kinder zu Haus geboren, selten eines im Krankenhaus in der Stadt. Mein Vater wurde zu fast allen Geburten in seinem Praxisbezirk gerufen. Er hatte die Geburtsinstrumente parat, und wenn eine Frau in den Wehen lag, nahm er seine Arzttasche und die Silbertrommel mit den sterilisierten Instrumenten und fuhr hin. Oft wurde er aus der Sprechstunde herausgerufen und noch öfters mitten in der Nacht, und manchmal erfuhren wir in der Früh, wenn wir aufstanden, daß mein Vater in der letzten Nacht mehrere Stunden unterwegs gewesen sei, weil eine Frau irgendwo eine sehr schwere Geburt gehabt habe.

Eines Nachts wurde mein Vater nach Eintritt der Sperrstunde nach Biburg zu einer Bäuerin gerufen, die ihr erstes Kind erwartete. Wir hatten damals eigentlich kein Benzin, und die Mindestzuteilung, die mein Vater für seine Praxisbesuche bekam, reichte bei weitem nicht aus. Deshalb mußte er viele Patienten vertrösten.

»Bei der nächsten Benzinzuteilung mache ich eine größere Tour und komme auch bei Ihnen vorbei«, sagte er, »aber versprechen kann ich im Augenblick überhaupt nichts, denn mein Wagen fährt leider nicht mit Wasser. Sehen Sie zu, daß jemand bei Ihnen im Dorf etwas Benzin für mich auftreibt, vielleicht der Bürgermeister.«

Die Patienten gaben sich mit dieser Auskunft zufrieden, weil ihnen nichts anderes übrig blieb.

In Wirklichkeit hatte mein Vater freilich immer eine eiserne Benzinreserve in der Garage, einen kleinen grauen Blechtank von zwanzig oder dreißig Litern. Er tat aber so, als gäbe es diese Reserve überhaupt nicht, denn er wollte sie für die allerdringendsten Fälle aufsparen.

Heute nacht war so ein Fall, und mein Vater füllte die eiserne Reserve in den Tank des Wagens, packte seine Utensilien ein und fuhr das Auto aus der Garage.

Zwar hatte er einen Sonderpassierschein für Krankenbesuche während der Sperrzeiten, aber dieser Ausweis war keine Garantie, denn die überall herumstehenden Wachposten konnten in eigener Machtvollkommenheit den Passierschein für ungültig erklären oder aus Laune oder Willkür irgendwelche Schwierigkeiten bereiten.

Bei den Wachposten handelte es sich um ehemalige Zwangsarbeiter, die von den Amis jetzt einfach für diesen

Dienst engagiert wurden. In unserer Gegend hielten hauptsächlich Polen Nachtwache an Ortseingängen und vor den Straßen mit beschlagnahmten Häusern.

Einige Posten hatten bis Kriegsende drunten in Ottmarshausen im Sägewerk oder in der Labfabrik gearbeitet und kannten uns, denn wenn sich einer bei der Arbeit verletzte, oder überhaupt erkrankte, wurde mein Vater gerufen oder die Fremdarbeiter kamen in die Sprechstunde und wurden versorgt. Meine Mutter hatte ihnen oft etwas geschenkt, überschüssiges Obst aus unserem Garten oder abgetragene Kleidung meines Vaters, und jetzt hatten sie uns in guter Erinnerung und wir von ihnen nichts zu befürchten.

Trotzdem mußte mein Vater damit rechnen, nachts von einer zufällig daherkommenden MP-Streife aufgehalten zu werden. Also nahm er vorsorglich Hilla mit, die notfalls dolmetschen und erklären würde, wohin die Fahrt ging.

Sie fuhren an einigen Posten vorbei, die meinen Vater weiterwinkten, sobald sie seinen Wagen erkannten. Drunten im Schmutterhaus aber, kurz vor dem Ortsausgang, direkt vor der Weberei Herrmann, wurden sie gestoppt. Ein Posten, den mein Vater nicht kannte, öffnete den Wagenverschlag und befahl auszusteigen. Er ließ sich den Ausweis geben und ging damit hinter das Fabriktor zu einem Kameraden, der dort auf einem Stuhl saß und schlief.

Der zweite Posten trat vor das Tor, erkannte meinen Vater sofort und fragte: »Herr Doktor, wohin so spät, mitten in der Nacht?«

»Ich muß zu einer Geburt.«

»Soll ich mitfahren?«

»Es wäre von Vorteil«, sagte mein Vater.

Also stieg der Posten in den Wagen und fuhr mit Hilla und meinem Vater nach Biburg hinüber.

»Ich habe Ihren Namen vergessen«, sagte mein Vater.

»Ich heiße Wawszin«, sagte der Posten, »alter polnischer Name.«

»Was heißt Wawszin auf deutsch?«

»Wawszin ist ein Baum. Aus seinen Zweigen und Blättern wird ein Kranz geflochten für die Sänger, die Dichter und für die Sieger.«

»Lorbeer?«

»Ja, Lorbeer!« sagte Wawszin. »Auf deutsch heiße ich Lorbeer.«

Sie fanden den Bauernhof leicht, denn der Bauer hatte das Hoflicht eingeschaltet und stand vor der Einfahrt. Er war so nervös wie sein Schäferhund, der neben ihm stand und bei der Vorfahrt des Wagens aufgeregt bellte.

Mein Vater blieb im Wagen und sagte durchs Fenster, der Bauer solle seinen Hund wegsperren.

»Der tut nichts!« sagte der Bauer.

»Sperren Sie ihn ein!« wiederholte mein Vater.

»Wenn ich dabei bin, beißt er nicht«, sagte der Bauer.

»Trotzdem«, beharrte mein Vater, »ich möchte verhindern, daß er meine guten Hosen zerreißt.«

Da gab der Bauer endlich nach und legte den Hund an die Kette. Dann führte er meinen Vater zu der Bäuerin in die Schlafkammer. Die Bäuerin jammerte sehr, denn die Wehen wurden stärker und häufiger. Deswegen war der Bauer sehr aufgeregt und fragte: »Herr Doktor, wird es ein Bub?«

»Vielleicht auch zwei!« sagte mein Vater lächelnd und horchte mit dem Stethoskop den Bauch der Bäuerin nach den Herztönen des Kindes ab.

»Wieviel sind es?« fragte der Bauer.

»Eins«, sagte mein Vater.

»Ein Bub?« wiederholte der Bauer.

»Wahrscheinlich ein Bub«, sagte mein Vater.

»Wie können Sie das feststellen?«

»Die Mädchen haben es meistens eiliger, an die frische Luft zu kommen. Den Buben hingegen gefällt es dort so gut, daß sie möglichst lange drinnen bleiben möchten.«

Der Bauer war sehr im Weg, denn außer ihm, seiner Frau und meinem Vater befanden sich noch eine Schwägerin, seine Schwiegermutter und eine Magd in der Kammer.

»Sie können sich inzwischen in Ihre gute Stube setzen und zur Stärkung einen Schnaps trinken«, sagte mein Vater. »Wenn es so weit ist, lasse ich Sie rufen.«

Die Magd schickte er ebenfalls hinaus, da sie ihm einen etwas zu schmuddeligen Eindruck machte. »Holen Sie meine Schwester und den Posten ins Haus, damit der Bauer nicht so allein in der Stube sitzen muß!« – Die Magd folgte aufs Wort, kam nach einer Minute in die Kammer zurück und fragte: »Was muß ich jetzt tun?«

»Gehn Sie schlafen«, sagte mein Vater, »Sie werden nicht mehr benötigt!« – Die Magd bedankte sich und ging hinaus.

Als Hilla und Wawszin die Stube betraten, saß der Bauer auf der Eckbank unter dem Herrgottswinkel und trank bereits seinen Schnaps. Er bot den beiden zwar Platz, aber keinen Schnaps an, und Wawszin fragte einfach: »Guter Schnaps?«

»Sehr gut!« sagte der Bauer und rührte sich nicht.

»Will ich versuchen«, sagte Wawszin, ging zum Schrank und holte sich ein Glas heraus.

Der Bauer schenkte ihm einen kleinen Schluck ein, den Wawszin sofort die Kehle hinuntergoß.

»Sehr gut, schmeckt mir«, sagte nun Wawszin, und der Bauer mußte ihm noch einmal eingießen.

Die Szene wiederholte sich. Allerdings goß der Bauer kein zweites Mal nach, so daß sich Wawszin selber bedienen mußte. Der Bauer trank nun eifrig mit, um zu verhindern, daß Wawszin die Flasche allein austränke, und je mehr sie tranken, desto bessere Freunde wurden sie.

»Ich heiße Alois«, sagte der Bauer, »und du?«

»Ich heiße Wawszin«, sagte der Pole.

»Wie?«

»Wawszin!«

»Waxi?« fragte der Bauer nach und lachte laut.

»Nein, Wawszin!«

»Ich sag' lieber ›Waxi‹ zu dir, das kann ich mir besser merken!«

»Sag, wie du willst«, sagte Wawszin, »aber hol noch ein Fläschchen!«

Der Bauer wankte zur Tür und rief nach der Magd, die wenig später im Nachthemd im Türrahmen erschien.

»Hol noch eine Flasche Schnaps aus dem Keller!« befahl der Bauer seiner Magd und setzte sich auf die Eckbank zurück.

Nun stand Wawszin auf und stellte sich lächelnd hinter die Tür. Und als die Magd in die Stube trat, um den Schnaps auf den Tisch zu stellen, sprang Wawszin flink wie ein Wiesel hinter ihr drein, packte mit der einen Hand die Schnapsflasche und faßte mit der anderen nach dem vollen, festen Hintern der Magd, die zu Tode erschrak und kreischend davonlief.

Die beiden angetrunkenen Männer freuten sich über

den kleinen Spaß, aber Hilla, die die ganze Zeit über wortlos am Tisch gesessen war, lief nun schamrot an, stand auf und verließ die Stube mit der Entschuldigung, nachgucken zu wollen, wie weit die Geburt sei.

Sie kam im richtigen Augenblick. Als sie vor der Schlafkammer stand, hörte sie von drinnen die ersten Lebensschreie des Kindes, und beim Eintreten sah sie ihren Bruder, der das Baby hoch in die Luft hielt und sagte: »Es ist ein Junge!«

»Ein Bub?« riefen alle Frauen gleichzeitig.

»Ja, ein Bub«, sagte mein Vater.

»Fehlt ihm was?« fragte die Bäuerin ängstlich.

»Nein«, sagte mein Vater, »er hat alles, was er braucht!«

Da freuten sich die Frauen und lachten.

Mein Vater ging nun für einen Moment in die Stube hinüber, um es dem Bauern mitzuteilen.

»Gratuliere, Sie haben einen Sohn!«

»Ein Sohn, ein Sohn!« rief der Bauer freudig. »Hörst du, Waxi, ich hab' einen Sohn!«

»Darauf müssen wir trinken!« antwortete Wawszin. »Das muß begossen werden!«

Der Bauer war jedoch bereits auf dem Weg zur Kammer, wo seine Frau im Bett lag und das Kind fest im Arm hielt. Das Gesicht des Bauern war rot vor Schnaps und vor lauter Freude über den Sohn.

»Ist mein Sohn gesund?« fragte er meinen Vater.

»Kerngesund!«

»Dann soll er Alois heißen, wie ich«, sagte der Bauer.

»Au ja«, sagte die Bäuerin fröhlich, »heißen wir ihn Alois, unseren Stammhalter.« Dann erzählte sie ihrem Mann, wie sehr sich der Herr Doktor habe anstrengen müssen, und der Bauer sagte: »Vergelt's Gott!«

»Aber Alois«, rief da die Bäuerin, »mit einem bloßen Vergeltsgott ist es heut nicht getan.«

»Was bin ich Ihnen dann schuldig, Herr Doktor?« fragte der Bauer.

»Sie wissen ja selbst«, antwortete mein Vater, »unser Geld ist nichts wert, denn es gibt nichts zu kaufen. Ich habe jedoch eine große Familie und das Haus voller Verwandtschaft. Da sind lauter hungrige Mäuler, und ich bin der einzige Ernährer.«

»Dann gehe ich gleich hinüber in den Hühnerstall und schlachte Ihnen einen Gockel«, sagte der Bauer.

»Nein, Alois!« rief die Bäuerin, »so geht's nicht. Ein Gockel ist zu wenig!«

»Also, in Gottes Namen: zwei Göckel!« sagte der Bauer.

»Auch keine zwei!« rief die Frau und blickte ihren Mann streng an.

»Aber ich hab' doch selber nur drei, und die Hennen sind Leghennen. Also, wie wär's mit einer Gans?« fragte der Bauer.

Mein Vater schwieg. Er dachte, eine Gans wäre in jedem Fall besser, schon wegen des Schmalzes. Trotzdem wollte er sich aus einem so niedrigen Gespräch heraushalten, weil er es unter seiner Ärztewürde erachtete, wie ein Kaufmann um eigenen Vorteil zu feilschen. Er hätte es vorgezogen, wenn diese Leute so viel Anstand besessen hätten, seine Leistung von sich aus durch eine großzügige Gegengabe zu würdigen. Ärztliche Hilfe nämlich, meinte er, ließe sich ohnehin nicht entgelten, und ärztliche Kunst würde sich selbst mit Gold niemals aufwiegen lassen. Am liebsten hätte er seinem Stolz nachgegeben, für seine Bemühungen niemals Geld anzunehmen, vor allem keine R-Mark, für die es nichts gab. Außerdem war es seine Überzeugung, daß das Behandeln und Heilen von Kranken überhaupt keine gewöhnliche Arbeit, sondern eine Berufung sei. Deshalb ärgerte ihn am meisten, daß die knausrigen schwäbischen Bauern Fleisch, Butter, Eier, Speck, Milch und Mehl eher zum Pfarrer in die Sakristei als zum Hausarzt ins Sprechzimmer trugen, obwohl oder weil sie von jenem sich Hilfe im Jenseits erhofften, wohingegen er sich abmühte, denselben Leuten das Leben im Diesseits zu verlängern. Hätte er sie erpreßt, solange sie litten, hätte er sie in ihren Todesängsten bestärkt, sobald sie jammerten, sie hätten ihm alles gebracht, bloß für die Hoffnung, bald wieder gesund zu werden. Also war mein Vater damals zu stolz, seine Arbeit mit Lebensmitteln bezahlen zu lassen.

Als hätte sie die Gedanken meines Vaters erraten, fragte die Bäuerin nun ihren Mann: »Alois, ist dir dein Stammhalter so wenig wert!«

»Weibergeschwätz, saudummes!« rief der Bauer aus Wut.

»Dann sag endlich, was du dem Herrn Doktor zu geben gedenkst, für all seine Plackereien und Mühn!«

»Eine Sau kriegt er, weil ich mich nicht lumpen lasse!« rief der Bauer stolz. »Meine fetteste Sau soll er haben, aber schlachten muß er sie schon selber.«

Mein Vater befürchtete, der Bauer könnte, sobald er wieder nüchtern sein würde, sich das Ganze noch einmal anders überlegen. Deshalb sagte er rasch: »Also dann, her mit der Sau!«

Er stellte sich ein dickes, rosarotes Schwein vor, und viele Braten, Schinken, Würste und Speck.

»Wo ist es? Ich nehm es gleich mit!« rief er.

»Sofort?« fragte der Bauer.

»Gewiß«, sagte mein Vater.

»Die lebendige Sau?«

»Warum nicht?«

»Das will ich sehn!«

Sie gingen hinüber in den Stall, an Kühen und Ochsen vorbei, zu den Schweinen, die hinter einer Mauer dicht gedrängt dort nebeneinander im eigenen Kot lagen und schliefen.

»Sehen Sie die große Sau in der Mitte?« fragte der Bauer.

Mein Vater hatte sich alles viel sauberer vorgestellt und gemeint, Hausschweine sähen ungefähr wie riesige Marzipanschweine aus, rosa und glatt, und so fragte er vorsichtig: »Sind das richtige Hausschweine, oder –?«

»Oder was?«

»Oder gezähmte – Wildschweine?«

Der Bauer brach in ein unverschämtes Lachen aus, und mein Vater merkte, daß er soeben eine peinliche Dummheit gesagt hatte. Er fühlte, wie die eigene Würde schwer auf ihm lastete. Also schaute er den Bauern ernst und streng an, so daß diesem sofort jedes Lachen verging.

Es ist eben ein Grundfehler, dachte er, wenn ich als Arzt überhaupt einen Schweinestall betrete. Wäre ich Tierarzt geworden, hätte ich mich jetzt nicht blamiert.

Da genierte sich der Bauer, weil er befürchtete, der Doktor könnte es ihm übel auslegen, und um irgend etwas zu reden, sagte er schnell: »Wissen Sie, Schweine sind Schweine. Da ist nichts zu machen. Die *müssen* sich im eigenen Dreck wälzen, sonst sind sie unglücklich, werden trübsinnig und geben beim Schlachten ein schlechtes Fleisch. – Also: Sehen Sie jetzt die große Sau in der Mitte?«

»Die schwarze?« fragte mein Vater.

»Genau.«

»Sie ist nicht zu übersehen!«

»Die gehört jetzt Ihnen«, sagte der Bauer.

IX

»Aber wie bekommen wir das Schwein aus dem Stall?« fragte mein Vater den Bauern.

»Das ist leicht«, sagte der Bauer, nahm einen Ochsenziemer zur Hand und stieß das Schwein wach. Es stellte sich auf die Beine und weckte mit schrillem Quieken die anderen Tiere. Dann trieb der Bauer das ängstliche Tier durch die Tür des Schweinestalls in den Kuhstall herüber, wo es sofort wie verrückt umeinanderraste.

»Wie wollen Sie dieses wild gewordene Tier bändigen?« fragte nun wieder mein Vater.

»Das haben wir gleich«, sagte der Bauer und stolperte hinter dem Schwein her, um es am Schwanz zu erwischen.

Das Tier schien in diesem Moment viel klüger als der Bauer. Immer wenn er in sicherer Entfernung war, blieb es stehn und ruhte sich aus, aber sobald er sich nähern wollte, raste es in die entgegengesetzte Richtung.

»Ihr Bauern braut euch doch eigenes Bier«, sagte mein Vater. »Haben Sie keines im Haus?«

»Wieso?« fragte der Bauer.

»Weil wir das Tier irgendwie betäuben müssen, am besten mit Bier.«

»Schad für das Bier!« rief der Bauer.

»Und wie soll in den Koloß in meinem Wagen bis Westheim bringen?«

Der Bauer fluchte nun sehr laut, weil ihm das Tier schon wieder entwischt war.

Die ganze Zeit stand mein Vater starr wie eine Statue neben der Stalltüre, um sich aus allem möglichst herauszuhalten und notfalls ins Freie zu hüpfen. Er wollte verhindern, daß das ängstliche Tier ihm am Ende noch die gute Kleidung verdreckte. Sollte der Bauer selber sehn, wie er zurechtkäme. Mich, dachte mein Vater, geht diese Treibjagd nichts an.

Offenbar spürte das Schwein, daß mein Vater sich nicht beteiligen wollte. War es vorher dauernd quer durch den Kuhstall gehastet, um am jeweils entgegengesetzten Ende zu rasten und neue Kräfte zu sammeln, durchwetzte es jetzt nurmehr die halbe Strecke und verbrachte seine Schnaufpausen ganz in der Nähe meines Vaters, gleich neben der Stalltür.

Einmal wäre der Bauer beinahe in einem frischen Kuhfladen ausgerutscht, konnte sich aber im letzten Augenblick an einem steinernen Wassertrog festklammern. Er atmete schwer und stieß zwischendurch immer wieder wüste Gotteslästerungen aus. Seine Stirnadern waren vor Schnaps oder Wut, oder auch wegen der Anstrengung stark angeschwollen, sein Gesicht hochrot, und mein Vater befürchtete schon, am Ende auch noch den Bauern behandeln zu müssen.

Da kam Wawszin in den Stall und rief: »Alois, deine Frau ruft dich!«

»Sie soll mich am Arsch lecken. Ich hab' keine Zeit!«

Der Pole lachte, und mein Vater hörte weg.

In sicherem Abstand zwischen den drei Männern stand das gehetzte Schwein und grunzte leise vor sich hin. So, als hätte es die neue Situation überdacht, raste es plötzlich los, schlug kurz vor meinem Vater, der dem dreckigen Tier auswich, einen Haken und versuchte, durch die jetzt halboffene Stalltür ins Freie zu fliehn. Mit Rüssel und Kopf hatte es bereits die Stalltür erreicht und stemmte mit Hilfe seines massigen Körpers die Tür weiter auf, als sich mein Vater entsann, daß dieses fliehende Tier ja *sein Eigentum* wäre. Deshalb ergriff er beherzt mit beiden Händen den Schwanz des Schweins, um es daran festzuhalten, bis die beiden anderen herbeieilen und das schrill quiekende Tier überwältigen würden.

»Mein Schwein! Mein Schwein!« rief mein Vater. »Bändigt mein gutes Schwein, sonst entgeht es mir noch!«

Doch es war so groß und stark, daß es meinen Vater, so sehr er auch Widerstand leistete und mit beiden Beinen auf dem Boden zu bleiben versuchte, mit einem Ruck mitriß und er neben die Stalltüre fiel.

Zum Glück war Wawszin zur Stelle. Mit einem gewaltigen Satz hechtete er auf das gräßlich aufquietschende Tier und riß es zu Boden.

»Meine Hose, mein Anzug!« rief nun mein Vater und sprang sofort auf.

»Ach, was! Hose! Anzug!« rief Wawszin, der auf dem Tier lag, um es festzuhalten.

Inzwischen war der Bauer herbeigerannt, und mein Vater rief ihm beinahe vorwurfsvoll zu: »In Ihrem Stall ruiniere ich meine beste Kleidung.«

»Tut mir leid«, sagte der Bauer.

»Was heißt hier ›tut mir leid‹! Mich interessiert, wer mir nun meine verunstaltete Hose ersetzt!«

»Dafür haben Sie Schwein!« rief Wawszin dazwischen, und der Bauer zuckte mit den Schultern und sagte: »Ihr Pech!«

In seiner Todesangst bäumte das Tier sich auf, stemmte Wawszin, der es weiter festhielt, wie eine leichte Last in die Höhe und kam auf die Beine. So stand es einen Augenblick da und starrte still wie ein Denkmal hinaus in den dunklen Hof.

Da bückte sich der Bauer, hob eine Eisenstange auf und schlug sie dem armen Tier wortlos über den Schädel. Es war ein einziger Hieb. Man hörte einen hellen metallenen Klang, als wäre der Schweineschädel aus Blech. Das Tier schrie nicht. Es stand noch zwei oder drei Sekunden starr da, wie zuvor, dann schluckte es, gab einen glucksenden Laut von sich und fiel wie ein Zementsack plump und dumpf zur Seite. Erst jetzt ließ Wawszin los und stand auf.

»Sie haben das Tier erschlagen!« rief mein Vater empört.

»Das glaube ich nicht«, sagte der Bauer. »Diese Biester haben sieben Leben.«

»Wenn es aber wirklich tot ist?«

»Dann seien Sie froh. So brauchen Sie's nimmer zu schlachten.«

»Wer Schwein haben will, muß Schwein fangen«, sagte Wawszin, »und wer Schwein essen will, muß Schwein töten!«

Sie zogen nun das leblose Tier zum Wagen meines Vaters, nahmen den Rücksitz heraus, legten ein paar leere Kartoffelsäcke auf den Boden des Autos und bugsierten es schließlich hinein, so daß es die Stelle der Sitzbank einnahm. Dann breitete der Bauer alte Zeitungen darüber, und mein Vater legte noch eine Wolldecke darauf, die er immer im Wagen hatte.

Den Rücksitz ließen sie im Eingang des Hauses. In ein paar Tagen, wenn mein Vater noch einmal einen Besuch bei der Bäuerin machen würde, konnte er den Bauern bitten, die Bank wieder einzubauen, doch jetzt war weder Platz noch Zeit.

Die Morgendämmerung brach an, als sie von Biburg über Schlipsheim zurückfuhren. Nirgends stießen sie auf einen Posten. So fuhren sie den steilen Schlipsheimer Berg hinauf und hinab zur Hainhofer Straße. Die schmale staubige Straße führte zwischen grünen Hügeln zur Linken und den satten Schmutterwiesen zur Rechten an einem alten, steinernen Feldkreuz vorbei.

Als Wawszin im morgendlichen Dämmerlicht das Kruzifix erkannte, bekreuzigte er sich, und mein Vater mußte plötzlich an seine eigene Kindheit in Oberschlesien denken.

Um wieviel katholischer waren doch die Katholiken in meiner Heimat! dachte er. Um wieviel besser und gläubiger als diese schwäbischen Katholiken hier! Wie inbrünstig und laut haben wir in Schlesien unsre Marienlieder gesungen, wohingegen die Schwaben zu faul oder zu geizig sind, ihr Maul aufzumachen!

Und er dachte an den Ujester Ring, wenn die polnischsprachigen Bauern vom Land auf den Markt kamen, um Geflügel, Eier und Gemüse zu verkaufen und anschließend bei seinen Eltern Kleidung für die ganze Verwandtschaft zu besorgen. Und wie seine eigene Mutter mit den Bäuerinnen Wasserpolnisch sprach, und wie er als Kind mit der Zeit alles verstand. Dies und mehr ging ihm in diesen Momenten durch den Kopf. Es stimmte ihn melancholisch, und so pfiff er, ohne zu überlegen, ein altes Volkslied aus seiner Kindheit. Leise pfiff er die Melodie vor sich hin, als hätte er den Text in all den Jahren vergessen.

Doch plötzlich fiel Wawszin in die Melodie ein und sang mit lauter Stimme mit. Der Wagen hatte inzwischen Hainhofen erreicht, und Wawszin sang:

Szła Karolina
Do Gogolina,
A syneczek za nią,
Jak za jaką panią,
Z flaszeczką wina.

Da kamen meinem Vater die Worte des Liedes aus der fernen Erinnerung herauf, und auch Hilla entsann sich. Und so fuhren die drei Menschen in aller Herrgottsfrüh durch das schwäbische Dörflein Hainhofen und sangen:

Wróć się, Karolinko,
Bo jadą goście!
A ja się nie wrócę,
Bo się bardzo smucę,
Jużem na moście.

Sie bogen in Richtung Schloß ab. Vor der Schloßmauer ging es noch einmal nach rechts ein Stück Feldweg die Schmutter entlang bis zu einer moosüberwucherten Holzbrücke, die noch aus einer Zeit stammte, als es nur Fuhrwerke oder Kutschen gab. Die Brücke war einspurig und sehr morsch, und irgendwann, heute oder morgen, konnte sie unter der Last eines Heuwagens oder Kartoffelfuhrwerks zusammenbrechen und in den Fluß stürzen.

Das wußten die Hainhofer, doch ließ es sie kalt, da jeder meinte, es würde nicht viel passieren und ihn selber sowieso nicht erwischen. Die Brücke war höchstens zwei Meter hoch, und die Schmutter an dieser Stelle höchstens einen Meter tief. Irgendwann würde man eine neue Brücke bauen müssen, aber erst wenn die alte Brücke kaputtgegangen wäre.

Mein Vater war der einzige, der mit dem Wagen über die alte Holzbrücke fuhr. Aber auch er dachte, daß sie eher unter einem Heufuhrwerk zusammenbrechen würde als unter seinem Auto. Heute aber hatte er wegen der Überbelastung etwas Angst. Also mußten Wawszin und Hilla zu Fuß hinübergehn und durften drüben wieder einsteigen.

Als Hilla sich wieder auf das totgeglaubte Schwein setzte, wachte es aus seiner Bewußtlosigkeit auf. Mein Vater mußte vorsichtig fahren, weil die Straße mehr Schlaglöcher hatte als ebene Stellen.

Sie malten sich aus, was zu tun wäre, wenn der Wagen mit einem Achsenbruch liegenbleiben würde. »Dann müßte uns Scheggi helfen«, meinte mein Vater.

»Das ist ganz unmöglich, weil er als Amerikaner nicht wissen darf, daß wir ein Schwein besitzen!«

»Aber er ist doch dein Freund!«

»Trotzdem!« sagte Hilla.

»Dann würde uns nichts weiter übrig bleiben, als aus Steppach den Sanitätswagen des Roten Kreuzes zu rufen und unser Schwein von den Sanitätern nach Hause bringen zu lassen.«

»Das wäre eine Möglichkeit«, sagte Hilla.

Sie kamen jedoch ohne Achsenbruch bis zu uns in den Hof, wo mein Vater den Wagen so parkte, daß das Tier beim Öffnen des Wagenverschlags nur in die Garage fliehen konnte. So geschah es. Die ersten Tage sollte das arme Tier in der Garage hausen. Dann wollten wir es evakuieren und in den ehemaligen Luftschutzbunker sperren.

X

Im Oktober hatte es noch einmal schöne klare sonnige Tage gegeben mit kürzer werdenden Nachmittagen, kühlen Abenden und kalten Nächten. Und gegen Ende des Monats setzten die Nebel ein und verdichteten sich im Lauf des Novembers. Dann senkten sich die Nebelschwaden und bildeten Rauhreif. Schnee lag in der Luft. Schwärme von Krähen sammelten sich und zogen laut krächzend über den Kobelwald hinunter zur Stadt.

Wir spürten, daß es jetzt in den Winter hineinging und daß es einen kalten Winter geben würde. Der Winter würde vielleicht bitterkalt werden, und wenn es weiterhin so wenig zu essen gab, würde er noch kälter sein.

In diesen Tagen warteten wir auf meine fränkische Großmutter, die eigentlich längst hätte da sein müssen. Sie kam jedes zweite Weihnachten zu uns, weil es in ihrem Haus zu kalt war und weil es nichts Traurigeres gibt als an Weihnachten allein zu sein. Also fuhr sie immer zu einer ihrer beiden Töchter, entweder nach Bayreuth oder zu uns. Sie kam stets vor dem ersten Schnee und blieb den ganzen Winter über. Wenn aber die ersten Blumen aus den abtauenden Wiesen hervorsprossen, dann wurde sie nervös und sprach von ihrem Haus und ihrem Garten, und wenn an Büschen und Bäumen die ersten Knospen aufsprangen, war sie nicht mehr zu halten und fuhr so selbstverständlich zurück, wie sie Monate zuvor angekommen war.

Heuer waren wiederum wir an der Reihe und so erwarteten wir sie. Sie kam lieber zu uns als nach Bayreuth, weil sie sich mit meinem Vater besser vertrug. Beide gingen jedem Streit aus dem Weg. Sie hatte es gut bei uns und fühlte sich wohl, und wir hatten es gut mit ihr, denn sie machte sich nicht nützlicher als nötig, ging früh zu Bett, stand nicht allzu früh auf, hatte keine besonderen Wünsche und Abneigungen bei Tisch, aß mäßig und trank nur gegen den Durst. Sie mischte sich weder ins Gespräch ein, noch suchte sie Streitgespräche zu schlichten. Sie hielt sich lieber zurück und schwieg. Niemand brachte sie zum Reden, wenn sie nichts zu sagen hatte. Also war sie eine echte Philosophin, ohne es zu sein.

Diesmal hatte sie uns ihre Ankunft noch nicht mitgeteilt. Vielleicht lag es an der unsicheren Post oder den seltenen Zugverbindungen. Jedenfalls wußten wir nicht, wann und ob sie nun kommen würde, und leider besaß sie kein Telefon. Wir schrieben ihr eine Postkarte, daß sie anriefe, aber es kam kein Anruf, und so sorgten wir uns sehr.

Doch gerade in diesen Tagen hatte Scheggi wieder ein paar Kanister Amibenzin besorgt. Also beschlossen wir, sie abzuholen. Mein Vater würde am Samstag mit dem Wagen nach Erlangen fahren, und mein Bruder und ich würden ihn begleiten.

Also fuhren wir am Samstagfrüh die Landstraße über Donauwörth in Richtung Nürnberg. An Reiseproviant hatten wir drei Flaschen Limonade, sieben Schmalzbrote, Soleier mit Senf und einen kleinen Sack voller Äpfel dabei. Außerdem eine Thermosflasche mit süßstoffgesüßtem Pfefferminztee, sowie für die Mahlzeiten in Erlangen ein Päckchen Malzkaffee, einen halben Stollen, zwei Pfund Kartoffeln, drei Weckgläser mit Sauerbraten, süßsauren Gurken und Pflaumenkompott. Als besonderes

Geschenk wollten wir meiner Großmutter ein Fläschchen Eierlikör mitbringen, den meine Eltern aus Eiern und reinem Alkohol zusammengebraut hatten. Die Eier hatte mein Vater von Bauersfrauen für irgendwelche Hausbesuche bekommen und den Alkohol nahm er einfach aus seiner Praxis.

Wir fuhren fröhlich dahin und sangen zu unserer eigenen Unterhaltung Kirchen- und Volkslieder, so wie sie uns gerade einfielen. Nach kurzer Zeit hatten wir Hunger und aßen je einen Apfel. Die Fahrt war angenehm, denn es gab sehr wenig Verkehr. Wir hatten praktisch die ganze Straße für uns, nur ab und zu überholten wir einen amerikanischen Jeep oder kleinere Kolonnen mit Amerikanern. Wir überlegten, was wir sagen würden, wenn sie unseren Amikanister entdecken würden, aber niemand beachtete uns.

Einmal mußten wir vor einer Bahnschranke halten. Wir nutzten die Zwangspause und tranken etwas Pfefferminztee.

Endlich, zwischen zwei Dörfern in der Nähe von Pappenheim, machten wir neben einer Wiese Rast. Wir aßen sämtliche Schmalzbrote auf, tranken Limonade, und da wir immer noch Hunger hatten, verzehrte jeder zur Feier des Tages ein Solei mit Senf.

Als wir eben wieder in den Wagen steigen wollten, sahen wir, wie vom ersten Gehöft des nächsten Dorfes her ein Fuchs auf uns zukam. Im ersten Augenblick glaubten wir, es sei ein streunender Hund, aber dann erkannten wir, daß es ein Fuchs war, der etwas im Maul trug. Er lief quer über ein abgeerntetes Stoppelfeld, ohne Hast, doch in gleichmäßigem Tempo. Er hatte uns noch nicht gewittert und lief direkt auf uns zu. Da sahen wir, daß er eine

Gans im Maul trug, die sich noch zu bewegen schien, als zuckten die letzten Lebensgeister im tödlichen Biß noch einmal zusammen. Es war ein unwahrscheinliches Bild, weil es uns so vertraut vorkam. Nichts schien uns natürlicher als ein Fuchs, der eine Gans stiehlt. Als wir es nun aber hier in freier Natur mit eigenen Augen erlebten, kam es uns vor wie eine Erscheinung.

Wir beneideten das Tier um seine Beute und hätten es ihm gerne abgejagt. So hoben wir einige Steine vom Ackerrand auf, um den Fuchs, wenn er nah genug wäre, voll zu treffen oder wenigstens so zu erschrecken, daß er von seiner Beute abließe und wir die fette Gans mit nach Hause nehmen könnten. Jetzt aber hatte er uns erblickt, blieb für eine Sekunde stehn, drehte ab und rannte quer über das Stoppelfeld rasch zum Waldrand hinauf.

Bis Erlangen wollten wir nun keinen weiteren Aufenthalt mehr machen. Also gossen wir etwas Benzin nach und fuhren geradewegs auf Nürnberg zu. In der Gegend von Roth wurde die Straße auf einmal sehr schlecht, und mein Vater umfuhr eine Menge großer Schlaglöcher. Obwohl wir sehr langsam fuhren, bemerkten wir die Stadt Nürnberg erst, als wir bereits den Stadtrand erreicht hatten. Wir waren an einigen Trümmerbergen vorbeigekommen und suchten nach Wegweisern und Richtungsschildern. Aber es gab hier keine Wegweiser und Richtungsschilder mehr, nur in der Ferne den Burgberg mit der stolzen Burg, die von weitem aussah wie eine mittelalterliche Ruine. Das Stadtviertel, durch das wir in die Stadt einfuhren, gab es nicht mehr. Nur die Fassaden ausgebrannter Häuser, Trümmerberge und Reste von Straßen. Im Stadtzentrum würden wir uns sicher besser orientieren können, dachten wir, und so fuhr mein Vater dorthin, wo er das Stadtzentrum vermutete. Aber wir sahen nur, daß auch stadteinwärts alles zerschlagen lag und sich auf beiden Seiten Berge von Schutt auftürmten.

Je länger wir stadteinwärts fuhren, desto bewußter spürten wir, daß wir hier nie ins Stadtzentrum gelangen würden. Es gab hier kein Stadtzentrum mehr, da es die Stadt nicht mehr gab. Die alte, stolze Stadt Nürnberg war eine einzige, weite Ruinenlandschaft geworden, eine unwirkliche Kulisse aus verkohltem Gestein, Und was kurz vorher noch wie eine imposante mittelalterliche Burgruine ausgesehen hatte, war nichts als eine neuzeitliche Ruine, und zu Füßen dieser Ruine lagen in Schutt und Asche Häuser und Kirchen, und auf den Trümmern stiegen Gestalten elender Menschen umher. Es war, als suchten sie sich zu erinnern, krampfhaft und ohne Hoffnung und Trauer. Doch die Erinnerungen lagen unter den Trümmern begraben für alle Zeiten und Ewigkeiten, und es gab nichts, was diese Erinnerungen je wieder zum Leben erweckt haben würde. Ich sah Frauen und Kinder und Alte, doch die Alten schienen nicht weniger alt als die Kinder oder die jungen Mütter. Alle aber schlurften über die Erde, wie narkotisiert. Sie bewegten sich, doch die Bewegungen waren so, als wollten die Gestalten sich selber beweisen, daß sie noch lebten. So hantierten Alte und Frauen mit Trümmergestein, ordneten es irrsinnigerweise an den Straßenrändern, wo die Kinder spielten, als wäre es gleich, wo Kinder spielen.

Wir hielten einen Augenblick inne und stiegen aus. Mein Bruder fragte einen Alten nach dem Weg. Der Alte deutete mit leichter Handbewegung nach Norden und sagte kein Wort, so als kostete Sprechen allzu viel Kraft.

Dann fuhren wir weiter, hinaus über die Straßenreste der ehemaligen Stadt.

In Erlangen war fast nichts kaputt, und wir kamen durch die Altstadt hinunter zum Eichenwald. Durch den Eichenwald führte ein breiter Weg bis zu einem Fußweg, und wo der Fußweg begann, lag ein großer Garten. In diesem Garten stand ein kleines rotes Backsteinhaus. Es gehörte meiner fränkischen Großmutter.

Wir fuhren mit dem Wagen bis vor den Garten und parkten ihn vor dem Zaun unter den riesigen alten Eichen. Wir hatten kaum Gepäck dabei, und so nahmen wir die Lebensmittel und gingen den Fußweg hinauf bis zur Gartentür. Sie war nicht abgeschlossen, und auch die grünen Fensterläden im ersten Stock des Hauses waren offen. Das Treppenhausfenster über der Haustür stand sogar einen Spaltweit auf, nur die Haustür war abgeriegelt. Da das Haus keine Klingel hatte, klopften wir mit der Faust gegen das Holz der Tür. Doch meine Großmutter öffnete nicht, auch nicht, als wir laut nach ihr riefen. »Vielleicht macht sie einen Spaziergang«, sagte mein Vater.

Bei unsrer Ankunft war leichter Regen gefallen, der sich allmählich verstärkte. Also gingen wir zum Auto zurück, um darin zu warten, bis unsre Großmutter zurückkommen würde. Wir warteten eine halbe oder dreiviertel Stunde. Sie kam jedoch nicht. Der Regen hatte kurz ausgesetzt, und wir verließen das Auto. Und als wir zum Haus hinaufschauten, schien es uns, als stiege aus dem Kamin ein leichter Rauch.

»Ihr Ofen ist an«, sagte mein Bruder, »also ist sie daheim.«

Ich dachte, daß ihr etwas passiert sein könnte und wir hier stünden, während sie unsrer Hilfe bedürfte. Dieser

Gedanke quälte mich, und ich quälte damit meinen Vater, bis auch er es glaubte.

Als wir noch überlegten, wie wir ins Haus eindringen könnten, erinnerten wir uns an eine Obstleiter unter dem Regendach hinter dem Haus. Wir fanden sie tatsächlich, stellten sie an, und mein Bruder stieg übers Treppenhausfenster ein. Im Haus rief er laut »Oma! Oma!«, doch offenbar hatte ich mich getäuscht und sie war wirklich nicht da.

Kurz darauf erschien er mit blassem Gesicht am Fenster und rief meinen Vater um Hilfe.

Wir sprachen nicht aus, was wir dachten. Es war ein fürchterlicher Gedanke, daß ihr gerade im Augenblick unserer Ankunft etwas zugestoßen sein konnte und daß sie vielleicht gestorben war, während wir seelenruhig drunten im Wagen auf sie gewartet hatten.

»Sie liegt bewußtlos auf dem Küchensofa«, sagte mein Bruder.

»Hast du ihren Puls gefühlt?« fragte mein Vater.

»Ich trau' mich nicht.«

»Was hat sie?«

»Ich glaube, sie ist tot.«

Mein Bruder kam die Stiege herab, entriegelte die Haustür, und wir gingen hinauf. Da lag meine Großmutter reglos, blaß und ausgehungert auf ihrem Küchensofa.

Aber in dem alten Kohleherd glomm noch Glut, und die kleine Küche war angenehm warm. In der Stille hörten wir das Pendelgeräusch der Wanduhr. Doch die alte Frau auf dem Kanapee schien jetzt Wärme und Zeit nicht mehr zu spüren, denn sie lag starr und steif in Hauskleid und Küchenschurz da, und ich wußte sofort, daß sie tot war. Sie hatte die Hände unter der Brust gefaltet. Ihr Gesicht war blaß, wie verändert, wie versteinert, als blickte es wie von weit auf uns, ihre Enkelsöhne, herab.

Mein Vater blieb ruhig, als wäre dies alles für ihn die natürlichste Sache der Welt. Er ging auf sie zu, legte seine Hand auf ihre Stirn, und mir schauderte, wieviel Mut er besaß, sie in diesem Zustand noch zu berühren. Er sagte nichts, doch sein Blick konnte alles bedeuten. Es war, als hätte er gespürt, daß der Körper noch nicht erkaltet war, aber vielleicht war es bloß ein Gefühl, das sich vom warmen Küchenherd in den Raum übertrug, und vielleicht kamen wir nur eine Sekunde zu spät.

Mein Vater sagte kein Wort.

»Ist Oma tot?« fragte mein Bruder.

Doch mein Vater antwortete nicht. Er rückte den Küchentisch etwas beiseite, setzte sich auf einen Stuhl, löste ihre ineinander gefalteten Hände, nahm ihre linke Hand in seine Linke und fühlte mit den Fingern seiner Rechten den Puls.

Unsre Großmutter lag ruhig da. Mein Vater hielt ihr Handgelenk, und wir standen mit großen Augen in der Küche, als warteten wir auf ein Wunder. Wir erwarteten alles, nicht aber, daß unser Vater jetzt ruhig ihre Hand losließ, sogleich unsre gute Großmutter ins Ohr zwickte und sodann mehrmals auf die Wangen patschte, als wollte er sie für ihr Sterben bestrafen.

Da schlug sie die Augen auf und erkannte uns.

»Seid ihr endlich da?«

»Die Thermosflasche!« sagte mein Vater.

Wir schraubten die Thermosflasche auf. Mein Vater goß etwas Pfefferminztee in den Deckel, schob dann ein Kissen unter, und meine Großmutter trank den Becher voll Pfefferminztee. Dann sank sie auf das Kissen zurück und schlief wieder ein.

Wir bewunderten unseren Vater, weil er die Tote für einen Augenblick ins Leben zurückgerufen hatte, und jetzt erhofften wir, daß es ihm auch noch gelänge, sie in einem zweiten Anlauf am Leben zu erhalten.

»Seht mal, ob im Küchenschrank ein Eierbecher steht«, sagte mein Vater.

Wir hatten die Lebensmittel mit in die Küche gebracht, auch das wundervolle Geschenk.

Mein Bruder fand im Küchenschrank einen Eierbecher, und mein Vater goß etwas Eierlikör hinein, um unsre Großmutter nippen zu lassen. Kaum hatte meine Großmutter den Duft des Eierlikörs gerochen, schlug sie die Augen auf, sah den Eierbecher und lächelte. Mein Vater gab ihr den Eierlikör zu trinken, und sie verlangte zwei oder drei Eierbecher voll. So einfach kehrte sie ins Leben zurück.

Wir mußten vorsichtig sein, denn so wie sie aussah, hatte sie sicher etliche Zeit nichts Festes mehr gegessen, und obwohl sie schon mit hungrigen Augen auf das mitgebrachte Stück Stollen blickte, wollten wir an diesem ersten Tag ihren Magen noch schonen. Sie bekam als Medizin bloß noch ein paar Gläschen Eierlikör, so daß sie sich am Abend angeheitert aufs Kanapee zurückzog, und wir vom Nebenzimmer aus hörten, wie sie Lieder aus ihrer Jugendzeit sang, dann wie verrückt in sich hineinlachte, als würde sie von einem Gespenst an den Fußsohlen gekitzelt, und schließlich so laut schnarchte, daß wir selber nur mühsam einschlafen konnten.

Am nächsten Morgen hörten wir sie sehr früh drüben in der Küche hantieren. Sie hatte bereits den Malzkaffee gekocht, Teller und Tassen auf den Tisch gestellt, den Kuchen aufgeschnitten und steckte sich, als wir in die Küche traten, gerade ein Stückchen Stollen in den Mund.

Sie war vom Reisefieber ergriffen und quälte uns während des Frühstücks mit der fixen Idee, wir könnten von einem plötzlichen Wintersturm überrascht werden und würden am Ende eingeschneit irgendwo auf der Strecke bleiben.

Also fuhren wir gleich nach dem Frühstück ab. Mein Vater ließ an diesem Sonntag sogar den Meßbesuch ausfallen. Die gute Tat glich die läßliche Sünde aus.

Wir nahmen diesmal lieber den Umweg über einige Dörfer, auch weil wir heimlich hofften, unterwegs einer Gänseschar zu begegnen, um vielleicht ein paar dieser Tiere mit dem Auto zu erlegen und mit nach Haus zu nehmen.

An diesem Sonntagvormittag gab es noch weniger Verkehr als am Vortag, und wenn uns manchmal ein Auto begegnete oder überholte, dann war es ein Jeep oder ein großer amerikanischer Straßenkreuzer. Manche dieser Schlitten waren so breit, daß mein Vater aufpassen mußte, nicht in den Graben zu fahren. Entweder waren die Straßen hier für solche Automobile zu schmal, oder die Automobile waren zu breit für derlei Straßen, eins von beiden.

Die Chauffeure dieser Straßenkreuzer fuhren meistens mitten auf der Fahrbahn, als gäbe es nur noch Einbahnstraßen. Mein Vater fuhr ganz langsam durch unübersichtliche Kurven und hupte lang und laut vor jeder sichtversperrenden Hügelkuppe.

Zum Zeitvertreib sangen wir Lieder. Wenn es durch ein Waldstück ging, sangen wir:

Ein Jäger aus Kurpfalz,
der reitet durch den grünen Wald
und schießt das Wild daher,
gleich wie es ihm gefällt –

und wenn sich die Landschaft auftat, erinnerten wir uns an die Herfahrt und sangen:

Fuchs, du hast die Gans gestohlen,
gib sie wieder her!
Gib sie wieder her!
Sonst wird dich der Jäger holen
mit dem Schießgewehr –

Wir hofften die ganze Zeit, selber noch ein Tier zu überfahren, einen Hasen oder auch ein Reh, aber wir hatten kein Jagdglück. So fuhren wir fröhlich durch die fränkischen Dörfer und Kleinstädte mit ihren schönen Fachwerkhäusern. In manchen Vorgärten und auf vielen Balkonen blühten noch einige letzte Astern, und als die Fachwerkhäuser aufhörten, wußten wir, daß wir uns jetzt wieder in Schwaben befanden.

Zwischen Weißenburg und Donauwörth wurde die Gegend sehr hügelig und die Strecke war sehr kurvenreich. Deshalb fuhr mein Vater noch vorsichtiger und langsamer, und wir hörten mit dem Singen auf, um nahende Autos früher zu hören. Einmal begegneten wir einer kleineren Kolonne Jeeps, und nach einiger Zeit einem besonders breiten Straßenkreuzer. Aber es war in einem Dorf, und mein Vater wich in die Einfahrt eines Bauernhofs aus.

Nach Kaisheim näherte sich wieder eine dieser wippenden Limousinen. Sie fuhr dicht hinter uns drein, mitten auf der Straße, und mein Vater fuhr nun sehr langsam und brav am rechten Straßenrand entlang. Doch der Amerikaner überholte uns nicht, sondern blieb knapp hinter uns. Ich saß neben meiner Großmutter auf dem Rücksitz.

Meine Großmutter war eingeschlafen, und ich winkte durch das kleine Rückfenster hinaus. Von Zeit zu Zeit hupte der Ami mit seiner Mehrklanghupe, und ich nahm es als Antwort auf meine Grüße.

Da uns der Amerikaner jedoch nicht überholte und weiter hupte, fiel uns endlich ein, daß vermutlich unser Auto kaputt wäre. Mein Vater hielt an, um nachzusehn, und auch der Ami stoppte dicht hinter uns. Dem Fahrzeug entstieg ein Neger. Er kam auf unsren Wagen zu, und ich dachte, daß er meinem Bruder und mir gleich eine Apfelsine oder Schokolade schenken würde. Mein Vater kurbelte das Seitenfenster herunter, doch der Neger riß einfach die Tür auf und schlug meinem Vater wortlos mit Wucht die Faust voll ins Gesicht.

Mein Vater hatte keine Chance, sich zu wehren. Der Neger hatte ihm nur diesen einen Faustschlag verpaßt und ging jetzt, als wäre überhaupt nichts geschehn, schlacksigen Schritts zu seinem Wagen zurück. Mein Vater hielt sich das Gesicht, und wir sahen, daß er aus der Nase blutete.

Jetzt überholte uns der Amerikaner. Im Wagen saßen zwei Uniformierte, und ich sah, wie sie lachten und sich freuten.

Meinem Vater tropfte das Blut durch die Hände auf Jacke und Hemd. Mein Bruder gab ihm ein Taschentuch, und er hielt es sich unter die Nase, legte den Kopf weit zurück auf die Kante der Sitzlehne und atmete eine ganze Weile mit offenem Mund.

Dies alles hatte meine Großmutter nicht miterlebt, weil sie schlief. Sie träumte von einem riesigen Teller mit frischen Kartoffelklößen, einem Trumm Schweinebraten, grünen Bohnen und einer Schüssel voll Kopfsalat. Sie träumte von einem Humpen Andechser Bier, einem Blech Pflaumendatschi, von schwarzem Bohnenkaffee und Eierlikör. Und als sie aufwachte, hatte das Nasenbluten meines Vaters aufgehört, und so fuhren wir weiter.

Meine Großmutter erzählte uns ihren wundervollen Traum, und wir beneideten sie sehr.

Da sagte sie: »Aber es war ja alles nicht wahr!«

»Trotzdem ist es eine schöne Erinnerung«, sagte ich.

XI

In den anderthalb Tagen unserer Abwesenheit war unser Haustier umquartiert worden. Meine Mutter hatte von einem Bauern im Dorf einen dicken Kälberstrick entliehn und ihn dem Tier nachts, während es schlief, umgebunden. Heute, in aller Herrgottsfrüh, hatte sie es unter Mithilfe von Hilla und meiner schlesischen Großmutter aus der Garage über den Hof zum Notausgang des ehemaligen Luftschutzkellers geführt und auf zwei zusammengelegten Bretterbalken hinabrutschen lassen. Vorher hatte sie dem Tier im Luftschutzkeller einen Schlafplatz eingerichtet, indem sie Sägemehl und Holzspäne in eine Ecke streute, in der Annahme, das verlassene Tier würde sich auf diese Weise vielleicht wohler fühlen als auf dem feuchten, kalten Zementboden.

Aber als mein Bruder und ich nun in den Keller hinabstiegen, um nach dem Schwein zu sehen, lag es in der Ecke gegenüber und döste vor sich hin. Wir brachten frische Kartoffelschalen mit, die wir in einem Emailtrog am Boden abstellten. Das hungrige Tier fraß sofort alle Kartoffelschalen auf, und wir merkten, daß die Ration viel zu klein war. Doch leider hatten wir nunmehr weder Kartoffeln noch Kartoffelschalen, und so schlichen wir uns nach Einbruch der Dämmerung an den Wachposten vorbei in die Goethestraße hinüber, wo die meisten Häuser beschlagnahmt waren und die blechernen Mülltonnen der Amis wie Hausaltäre vor den Gartentüren standen. Die Mülltonnen quollen von Kartons, Dosen und Flaschen über, und die meisten Tonnendeckel lagen neben den Zäunen im Gras.

In vielen Konservendosen befanden sich noch Essensreste. Also nahmen wir einen großen leeren Karton, der neben einer Mülltonne auf der Erde lag, und gingen damit langsam von Mülltonne zu Mülltonne.

Nie werde ich die süßen Düfte der amerikanischen Kochkunst vergessen, und niemals werden jene Düfte wieder so süß sein wie damals.

Was wir an Brauchbarem fanden, packten wir ein: Nudeln in blutroter Tomatensoße, goldgelbe angenagte Maiskolben, halbrohe Fleischstücke, ockerbraune Käsebrocken und nie gesehene Backwaren: winzige Gebilde wie kleine aufgequollene Schneckenhäuser oder verwitterte Tropfstein-Stücke, alles in mild-giftigen Farben wie wir sie von den Strampelhosen der Säuglinge kannten. Hellblaue, hellgrüne, rosa, lila und beige-gelbe Knorpel und Grieben schimmerten aus durchsichtigen Riesentüten, gewellte goldbraune Quappen gleich versteinerten oder erfrorenen Apfelblüten lagen zwischen hellbraunen Krusten, die an aufgeblähte Engerlinge oder Schmetterlingslarven erinnerten.

Wir sahen halbleere Konservendosen in allen Größen und wunderten uns, weswegen die Amerikaner sie wegwarfen, statt sie zu sammeln und einem Altmetallhändler weiterzuverkaufen. Aber vermutlich wäre es zu kompliziert gewesen, alle Dosen von Speiseresten zu reinigen. Es war einfacher, alles zusammen, Verpackung und Inhalt, auf eine große Müllhalde zu kippen.

Fast in jeder Mülltonne fanden wir etwas für unser Hausschwein. Manchmal lagen neben den Speiseresten größere Haufen grauer Tabakasche und in der Asche jede Menge langer Amikippen. Waren die Kippen trocken und von Soßen oder anderen Flüssigkeiten unberührt, steckten wir sie ein, und als alle unsre Hosentaschen bis zum Rand mit Amikippen voll waren, stopften wir alle weiteren in unsre Hemden. Und nach einiger Zeit hatten wir über dem Gürtel einen solchen Wulst aus Kippen, daß es aussah, als trüge jeder von uns einen Korkring für Nichtschwimmer unter dem Hemd.

Am wichtigsten waren jedoch die Speiseabfälle für das arme Tier. Als wir von der Goethestraße in die Schillerstraße abbogen, hatten wir so viel an Essensresten gesammelt, daß der Boden unsres Kartons feucht wurde und wir befürchteten, er würde unterwegs durchbrechen. Deshalb suchten wir uns einen etwas größeren leeren Karton und stellten den fast durchgeweichten hinein. Nun trugen wir den großen Karton gemeinsam die Schillerstraße hinauf, wo wir auf einem Umweg über den Lohwald die Wachposten am Ortseingang umgehen wollten.

Am oberen Ende der Schillerstraße, direkt am Waldrand, stand in einem großen Garten eine schöne weiße Villa. Dort wohnte jetzt ein amerikanischer General, der jeden Abend ein Fest feierte. Diese Feste dauerten meistens die ganze Nacht. Und weil die Amerikaner die Angewohnheit hatten, bei Dunkelheit die Vorhänge nicht zuzuziehn, schlichen sich die alten Bewohner oft in die Gärten und blickten im Schutz der Nacht heimlich in die hell erleuchteten Zimmer ihrer eigenen Häuser.

Vom Lohwald her konnte man leicht das nächtliche Treiben in der Villa beobachten und genau sehen, wie die Amerikaner tranken und tanzten. Die Villa hatte einem Geschäftsmann aus der Stadt gehört, der jetzt bei Bauern im Dorf eine kleine Kammer bewohnte. Oft fanden sich spätabends Einheimische am Waldrand ein und beneideten die Gäste des Generals. Am liebsten wären sie einfach hineingegangen, um mit den Amerikanern zu feiern, aber es blieb bei dem Wunsch.

Tagsüber waren die Vorhänge der Villa stets zugezogen, nur die Lampen über der Haustür und auf den Steinsockeln der Einfahrt brannten ununterbrochen, selbst bei allerschönstem Sonnenschein. Wahrscheinlich erholte sich der General von den Strapazen der Nacht oder ruhte sich auf seinen Lorbeeren aus, jedenfalls verließ er erst am späten Nachmittag das herrschaftliche Gebäude und bestieg eine vorgefahrene Limousine, die ein Negersoldat chauffierte.

Meistens hatte der General ein Fräulein am Arm, manchmal auch zwei. Er ließ sich und die Fräuleins in die Stadt fahren und kam nach anderthalb Stunden mit zwei oder drei neuen Fräuleins zurück. Außerdem hatte er im PX-Laden groß eingekauft, und wenn sie alle zur Villa zurückkamen, mußte der Negerchauffeur jedesmal die vielen Kartons und großen Tüten ins Haus tragen. Sobald es dunkelte, gingen in der Villa wie von selbst sämtliche Lichter an, die Vorhänge wurden wie im Theater aufgezogen und grelle Amimusik tönte stundenlang durch Fenster und Mauern ins Freie.

Als mein Bruder und ich an jenem Tag gerade auf die Mülltonnen vor der Villa zugegangen waren und anfingen, im Abfall herumzukramen, hörten wir hinter uns ein sanftes Motorengeräusch und eine sehr melodische Autohupe. Aus der Limousine sprang der General, schrie etwas Amerikanisches, was wir zwar nicht verstanden, dessen Bedeutung wir jedoch im Nu errieten, so daß wir sofort in den Lohwald hineinrannten, ohne unsren Doppelkarton mitzunehmen.

Inzwischen waren auch die Fräuleins ausgestiegen. Der General wollte offensichtlich seine Freundinnen beeindrucken und versuchte, uns ein kurzes Stück nachzurennen, aber entweder waren wir schneller oder der General zu fett, jedenfalls hängten wir ihn leicht ab. Das machte ihn wütend, und er drohte uns aus einiger Entfernung und fluchte wiederum auf amerikanisch. Wir aber lachten ihn aus.

Da rief ein Fräulein empört: »Schämt ihr euch nicht, ihr dreckigen Bankerte!«

Wir aber schrien: »Amihure! Amihure!« und hörten, wie die drei Weiber vor Wut aufkreischten und ihrem General den Ausdruck übersetzten. Daraufhin rannte der General wie ein tollwütiger Hund am Gartenzaun entlang, um herauszufinden, wo wir wären, und um uns in eine Falle zu locken. Wir aber lagen hinter einer Bodenwelle und verspotteten ihn, indem wir Tierlaute nachahmten. Das ärgerte ihn noch mehr, und er rief unentwegt: »Nazi-boys! Nazi-boys.«

Wir kannten aber einige amerikanische Ausdrücke, ohne ihren wortwörtlichen Sinn zu wissen. Wir wußten bloß, daß sich die Amis unheimlich ärgerten, wenn wir sie ihnen nachriefen. Deshalb schrien wir nun mehrmals laut »Sann of a Bitsch! Sann of a Bitsch!« und beobachteten, wie es auf den General wirkte, wie er fluchte und »Goddamn!« brüllte, dann versuchte, den Zaun zu überklettern, jedoch mit seiner wertvollen Uniform hängenblieb und sich die Jacke beschädigte.

Wir lachten ihn wieder aus, und er brüllte noch einmal »Nazi-boys!«, doch nun ärgerten wir uns ebenfalls und wollten um jeden Preis etwas Passendes antworten. Es gab ein amerikanisches Wort, das so ähnlich wie »Hakenkreuz« klang und vermutlich dasselbe bedeutete, denn die Amis wurden jedesmal, wenn sie es zugerufen bekamen, maßlos zornig und drohten mit geballten Fäusten von ihren Jeeps und Lastautos herab. Deshalb rächten wir uns, indem wir dem General für sein »Nazi-boys« nun zuriefen »Facken-boy! Facken-boy!« – und tatsächlich platzte er jetzt beinah' vor Wut. Plötzlich aber sahen wir, wie er seine Pistole zog, zuerst in den Wald genau in unsere Richtung zielte, sie dann in die Höhe hielt und mehrmals Warnschüsse abgab. Daraufhin blieben wir still in Deckung und warteten, bis der General mit seinen Fräuleins in der Villa verschwand.

Nach diesem Erlebnis hatten wir nicht den Mut, sofort zu den Mülltonnen zurückzugehen, um unsren Karton zu holen. Statt dessen liefen wir im Schutz der Tannen bis zum Ortseingang, überquerten ein paar Äcker in Richtung Bahnlinie und gingen schließlich den Pfad entlang bis zu unserem Garten.

Als einzige Beute brachten wir die Amikippen mit. Meine Mutter häufte alle Stummel auf eine ausgebreitete Zeitung und löste dann in Gemeinschaftsarbeit mit meinem Vater den Tabak aus dem Zigarettenpapier. Den ausgelösten Tabak sammelten sie in einer breiten, runden Pralinenschachtel aus goldbraunem Leichtmetall, die sie nach getaner Arbeit rund um den Deckelrand mit Hansaplast luftdicht verschlossen, damit der Tabak schön süß und saftig bliebe.

Sobald mein Bruder am nächsten Tag von der Schule heimkam, gingen wir zur Villa des Generals, um unsren Karton mit dem Schweinefraß abzuholen. Es war kurz nach zwölf Uhr Mittag, und wir brauchten kaum zu befürchten, vom General vertrieben zu werden, da er ja gewöhnlich um diese Zeit seine Nachtruhe pflegte.

»Verdammte Scheiße! Unser Karton!« rief mein Bruder.

»Wo ist er?« fragte ich.

»Weg!« rief er.

»Vielleicht –« sagte ich.

»Vielleicht was?«

»Vielleicht ist er woanders?«

Wir schauten überall nach, neben und hinter den Tonnen, blickten über den Zaun, aber unser Karton war nicht mehr da.

»Du hast recht!« sagte mein Bruder. »Vielleicht hat der Neger heut nacht alles in die Tonnen geschüttet.«

Also hoben wir auch die Tonnendeckel hoch und sahen, daß über Nacht der ganze Abfall weggeschafft worden war.

Wir waren sehr enttäuscht, denn unser Schwein hatte seit den Kartoffelschalen nichts mehr gefressen.

»Scheißamis!« sagte mein Bruder. »Nicht einmal mit einem Schwein haben sie Mitleid.«

»Wieso«, sagte ich, »sie wissen doch überhaupt nicht, daß wir eines besitzen.«

»Trotzdem«, sagte mein Bruder.

In der Goethestraße prüften wir noch einmal sämtliche Tonnen auf Abfall. Aber das amerikanische Müllauto mußte kurz vor unserer Ankunft dagewesen sein, denn wir fanden in und neben den Tonnen gar nichts, nicht einmal leere Kartons oder Flaschen.

Es war ein Fehlschlag, denn von irgendwas mußte das arme Tier ja leben. Also überlegten wir, wie es wäre, wenn jeder von uns einen kleinen Teil der Ration seiner Lebensmittelkarte abgeben würde, und ob das Schwein davon satt werden könnte. Diese Idee teilten wir zuerst unserer schlesischen Großmutter mit. Sie lächelte und blickte vielsagend. Dann fragte sie: »Kinder! Wißt ihr eigentlich, wieviel ein ausgewachsenes Hausschwein tagtäglich an Kalorien benötigt?«

Wir wußten es nicht.

»Ratet mal!«

»Zweieinhalb vermutlich«, sagte mein Bruder.

»Falsch!« sagte sie.

»Drei oder vier«, sagte ich.

»Genauso falsch!«

»Mehr?« fragte mein Bruder.

»Viel mehr!«

»Vierzig vielleicht?« wagte ich zu raten.

»Mehr, mehr, viel viel mehr!«

»Hundert?«

» – «

»Zweihundert?«

» – «

»Fünfhundert?«

Sie schüttelte den Kopf und lächelte wie zuvor.

»Tausend vielleicht?« fragte mein Bruder mutig.

»Ihr erratet es niemals«, sagte sie. »Weder ein-, noch zwei-, noch dreitausend, sondern genau dreitausenddreihundertunddreiunddreißig Kalorien pro Zentner! So, jetzt habt ihr's haargenau!«

»Aber Oma«, riefen wir erstaunt, »woher weißt du das so hundertprozentig?«

Sie machte eine lange Pause. Dann sprach sie: »Das ist eine verzwickte Geschichte. Ich werde sie euch später mal, wenn ihr groß seid, erzählen.«

Natürlich hätten wir die ganze Geschichte am liebsten sofort gehört, aber unsre Großmutter blieb dabei, sie uns erst bei Gelegenheit zu erzählen.

Gegen ein Uhr aßen wir zu Mittag. Es gab Rührei mit

gekochten Kartoffeln. Nach dem Essen gingen wir mit den Kartoffelschalen in den Keller. Als wir die Tür zum früheren Luftschutzkeller aufmachten, sahen wir das Tier müde in der Ecke liegen. Sobald es jedoch die Kartoffelschalen witterte, rannte es uns grunzend entgegen. Wir stellten die Schüssel auf den Steinboden, und das Schwein wühlte vor Hunger so mit dem Rüssel in den Kartoffelschalen herum, daß sie über den Schüsselrand fielen. Dann beobachteten wir, wie das Tier alles schnell und gierig in sich hineinfraß. Es tat uns leid, aber wir hatten wirklich keinen überschüssigen Abfall, und so gingen wir nach der Fütterung sofort wieder in die Wohnung hinauf.

Unsre Eltern besprachen gerade die Zukunft des Schweins. Sie waren der Meinung, daß es sinnlos wäre, das arme Tier allzu lange hungern zu lassen. Also müßte man es so bald wie möglich schlachten.

Mein Bruder und ich protestierten heftig, denn das arme Schwein war uns in den paar Tagen bereits so stark ans Herz gewachsen, daß wir es fast als Familienmitglied erachteten. Außerdem empfanden wir es als grausam und ungerecht, wie das unschuldige Tier Tag und Nacht im stickigen Keller hausen mußte.

»Wir könnten es doch wenigstens frei im Garten umherlaufen lassen«, sagten wir, »dann hätte es wenigstens Sonne und frische Luft.«

»Ach, Kinder, wißt ihr«, sagte darauf meine Mutter, »niemand hat größeres Mitleid mit dem armseligen Gottesgeschöpf als ich selbst. Ja, am liebsten würde ich die Kellertür sperrangelweit aufreißen, damit das erbärmliche Wesen fliehen könnte, irgendwohin in die weite Welt hinaus, wo es am Leben bliebe und von keinem Menschen getötet würde. Aber leider hätte es in Freiheit noch weniger Chancen als bei uns und würde schon an der nächsten Straßenecke eingefangen und kaltblütig erstochen. Das wäre doch ein allzu schlimmer Tod für das liebe Tier, meint ihr nicht auch!«

Während meine Mutter diese Worte sprach, traten ihr Tränen des Mitleids in die Augen, und die Tränen überzeugten uns noch mehr als alle Worte.

»Gut!« sagte endlich mein Bruder, »wenn ihr das arme Tier unbedingt umbringen wollt, so tut es bitte bald, damit es nicht noch länger auf seine Hinrichtung warten muß. Schließlich träume ich nachts schon davon.«

»Tja«, sagte da mein Vater mit ernstem Gesicht, »wir würden es ja gern kurz und schmerzlos machen, aber wir wissen nicht wie.«

Am nächsten Tag überlegten alle gemeinsam, wer das Tier umbringen könnte.

»Ihr habt doch Metzgerblut in euren Adern!« sagte meine Mutter zu ihrer Schwiegermutter. »Hatte nicht einer deiner sieben Brüder eine Metzgerei in Ujest? Und hat nicht dein eigener Vater noch im hohen Alter beim Schlachten geholfen?«

»Ja, das ist wahr«, sagte meine schlesische Großmutter.

»Da mußt du doch wissen, wie man so etwas macht.«

»Ich weiß, wie es geht, aber selber machen könnte ich's nicht.«

»Warum nicht?«

»Eben, weil ich weiß, wie es geht.«

»Auch nicht gemeinsam mit Sepp?«

Mein Vater fühlte sich angesprochen und schüttelte den Kopf.

»Ich als Arzt«, sagte er empört, »niemals!«

»Was ist denn dabei?« fragte Hilla.

»Mein Beruf ist es, Menschen zu heilen, nicht Schweine zu schlachten!«

»Das kann man doch nicht vergleichen«, antwortete Hilla. »Einmal könntest du doch eine Ausnahme machen, ein einziges Mal, wo es doch sein muß. Irgend jemand muß es schließlich doch tun.«

»Gewiß«, sagte mein Vater, »aber ich bin nun einmal nicht irgend jemand, sondern praktischer Arzt. Doch selbst wenn ich Tierarzt wäre, würde ich es nicht tun.«

»Aber Josl!« versuchte meine schlesische Großmutter zu vermitteln, »du mußtest ja auch als Student in der Anatomie Leichen sezieren! Da wird es dir doch nicht weiter schwerfallen, ein Schwein zu schlachten, bevor es vor Hunger verendet.«

»Ja«, pflichtete Hilla bei, »genau dasselbe hab' ich gemeint.«

»Warum holst du nicht Scheggi?« rief mein Vater erbost. »Schließlich ist er amerikanischer Soldat und war sogar im Krieg. Hat er nicht in den Ardennen selbst einen Streifschuß ins Bein abbekommen? Da hat er doch sicher viel Mut und die nötige Härte!«

»Unsinn!« rief Hilla, »Scheggi kommt aus mehreren Gründen nicht in Betracht. Erstens darf er als Amerikaner niemals erfahren, daß wir ein Schwein besitzen und es schwarz schlachten wollen. Käme heraus, daß er eine solche Aktion deckt, müßte er seinen Dienst quittieren und würde auf der Stelle unehrenhaft aus der Armee ausgestoßen, mit allen persönlichen Konsequenzen, die so etwas hat. Zweitens weißt du selber, wie feinfühlig Scheggi ist. Entsinn dich nur an jenen Tag, als er in deinem Sprechzimmer in Ohnmacht fiel, nur weil es so komisch roch. Und überhaupt Blut! Scheggi kann doch kein Blut sehn!«

»Auch kein Schweineblut?« fragte meine Mutter.

»Nicht mal Fliegenblut!« antwortete Hilla. »Und außerdem: Was heißt in diesem Zusammenhang ›Soldat, der im Krieg war‹! War nicht auch Waldemar Soldat und im Krieg! Hat er nicht jahrelang in Rußland gekämpft! Da wird er doch noch so viel Manns sein, das Schwein umzubringen.«

»Ja«, rief meine Großmutter, »das ist eine gute Idee. Bitten wir Waldemar. Der tut es uns zuliebe gewiß.«

Alle wären mit diesem Vorschlag einverstanden gewesen, wenn mein Vater nicht dagegen protestiert hätte: »Waldemar ist der denkbar schlechteste Zeitgenosse für ein solches Unternehmen«, sagte er.

»Aber wieso denn? Was hast du gegen den Mann deiner Schwester?« fragte meine Mutter.

»Ich wünsche nicht, daß er mit dieser Sache etwas zu tun hat. Und damit Schluß!«

Also drangen sie nicht mehr länger auf meinen Vater ein. Ich aber vermutete, daß er seinen Schwager ablehnte, weil dieser vor dem Krieg Konditorgeselle gewesen war und vielleicht nicht wußte, wie man ein Tier sachgemäß tötet.

Aber wer das Schwein schlachten würde, mußte auch belohnt werden und einen Anteil Fleisch bekommen. Also kamen unsere Nachbarn, wie beispielsweise Herr Distel, nicht in Betracht.

Da fiel meinen Eltern ein, daß es eine schöne Geste wäre, die wenigen Gleichgesinnten aus jenen schweren Jahren jetzt mitzuberücksichtigen.

Vor sechs Jahren, zu Beginn des Krieges, waren meine Eltern nach Westheim gezogen, weil mein Vater hier eine Zulassung bekommen hatte. Sofort nach der Ankunft wünschte mein Vater, dem katholischen Pfarrer des Ortes einen Antrittsbesuch zu machen. Doch Westheim gehörte zur Pfarrei Hainhofen, und es gab nur einen Benefiziat auf dem Kobel.

Der Benefiziat war damals selber erst seit einem dreiviertel Jahr hier in Schwaben. Er hatte bei einer Volksabstimmung als einziger die Wahlkabine benutzt und mit Nein gestimmt und war dafür unter Druck der Partei seines Pfarramtes enthoben, zum Benefiziat ernannt und auf den Kobel strafversetzt worden. Seitdem kümmerte er sich hier um die Wallfahrer, las jeden Tag eine Messe, hielt öfters eine Marienandacht ab, las viele Bücher und privatisierte.

Als sich mein Vater dem Benefiziat vorgestellt und beide Herren ziemlich bald gemerkt hatten, wie ähnlich ihre Ansichten waren, lud der Benefiziat meinen Vater ein, Mitglied des katholischen Kirchenvorstandes zu werden. Der Kirchenvorstand war inoffiziell und umfaßte mit dem Benefiziat drei, mit meinem Vater nun vier Personen. Sie trafen sich einmal pro Monat in der Sakristei der Kobelkirche, als wollten sie Kirchenangelegenheiten besprechen. In Wirklichkeit sprachen sie über die immer ernster werdende Weltlage und fragten sich, was sie als gläubige Katholiken tun könnten, das Allerschlimmste zu verhindern. Sie waren sich einig, daß alles in einer großen Katastrophe enden würde, und fragten sich jedesmal, was sie selber, als Einzelpersonen, überhaupt bewirken könnten.

Aber sie wußten keinen Rat und sagten zueinander: Wir vier haben keine Macht und sind zu schwach, den Verlauf der Weltereignisse zu beeinflussen. Das einzige, was uns bleibt, ist, Zweifel zu nähren dort, wo wir sind, und ansonsten auf Gott zu vertrauen. Also gingen sie nach jeder Zusammenkunft ohne wirkliche Tröstung nach Haus.

Außer dem Benefiziat und meinem Vater befanden sich Doktor Bengelein und Herr Schweitzer in jenem Kirchenvorstand. Doktor Bengelein war von Beruf Publizist; er hatte jedoch die ganze Zeit nur in der Kirchenzeitung veröffentlichen dürfen und war nach dem 20. Juli von der Gestapo verhaftet und bis Kriegsende eingesperrt worden. Herr Schweitzer wohnte in Pfersee und arbeitete als Geschäftsführer in der Stadt.

Diese vier Herren waren sich darin einig gewesen, dagegen zu sein, ohne sicher zu wissen, ob es irgendwann etwas nützt. Also hatten sie sich die ganze Zeit über regelmäßig in der Sakristei getroffen. Doch als der Krieg zu Ende war, glaubten sie, der Spuk sei für immer vorbei, und es wäre von nun an überflüssig, weiterhin miteinander über die Weltlage zu reden. Und so hatten sie sich seit der Ankunft der Amerikaner nicht mehr versammelt.

Jetzt aber, als wir das Schwein im Haus hatten, dachten meine Eltern, noch bevor es geschlachtet war, schon an die Verteilung des Fleisches und meinten, die anderen drei mitbedenken zu müssen. Und während sie darüber nachdachten, fiel ihnen ein, daß vielleicht Herr Schweitzer den Mut aufbringen würde, dem armen Tier den Garaus zu machen.

Sie riefen ihn an und verabredeten sich für Samstagnachmittag. Herr Schweitzer versprach, es zu machen, und wollte sogar ein großes Schlachtmesser mitbringen. Wir hatten Beil und Handsäge im Haus, und mein Vater legte beides zurecht.

»Es wird viel Blut anfallen«, sagte mein Vater, »wir brauchen große Schüsseln und einen Trog.«

Den ganzen Vormittag wusch meine Mutter alle Schüsseln heiß aus, und gegen Mittag, als mein Bruder von der Schule kam, ging ich mit ihm noch einmal die Goethestraße hinunter, um für unser unseliges Haustier vielleicht doch noch eine Henkersmahlzeit aus den Mülltonnen zu fischen. Tatsächlich fanden wir in einer Tonne ein gebratenes Huhn, dem nur die beiden Schenkel fehlten, das aber ansonsten noch ziemlich frisch roch. Wir hoben einen bunten Karton vom Boden auf, steckten das amputierte Brathuhn hinein und gingen auf schnellstem Weg nach Hause zu unserem Schwein. Es lagerte traurig auf dem Steinboden des Kellers, als würde es bereits sein baldiges Schicksal erahnen.

»Schau, was wir dir Schönes bringen«, sagte mein Bruder.

Doch das Tier blieb ganz gegen seine Gewohnheit liegen, ja, wendete sogar den Kopf ab, als wir ihm das Brathuhn vor den Rüssel hielten. Wir glaubten zu erkennen, wie das Schwein spürte, daß es noch am selben Tag hingerichtet werden sollte, und vielleicht verging ihm dabei jede Freßlust.

Trotzdem ließen wir das Brathuhn am Kellerboden liegen, für den Fall, daß das Schwein es sich doch noch einmal anders überlegte. Es tat uns aber sehr leid und wir gingen hinauf.

Die heiße Suppe stand schon auf dem Tisch, und wir wuschen die Hände, setzten uns und beteten:

O Herr, von dem wir alles haben,
Wir danken dir für deine Gaben,
Du speisest uns, weil du uns liebst,
o segne auch, was du uns gibst. Amen.

Kaum hatten wir gebetet, ging die Hausglocke.

»Wir haben uns leider verfrüht«, sagte Herr Schweitzer, »wir sind nämlich mit dem Fahrrad gekommen, obwohl wir ursprünglich einen Fußmarsch hatten antreten wollen.«

»Das macht überhaupt nichts«, sagte meine Mutter. »Habt ihr schon etwas im Magen?«

Sie waren zu dritt: Herr und Frau Schweitzer und ihre Tochter Pia. Sie hatten noch nichts im Magen, und so aßen wir gemeinsam. Nach dem Essen bekreuzigten wir uns und beteten:

Dir sei, o Herr, für Speis und Trank,
für alles Gute Lob und Dank!
Du gabst, du wirst auch ferner geben,
behüte unser ganzes Leben! Amen.

Sofort nach dem Tischgebet fragte mein Bruder: »Können wir Pia unser Schwein zeigen?«

»Jetzt nicht!« sagte mein Vater.

»Aber warum denn nicht? Nachher ist es doch tot!«

»Ich habe gar keine Lust, euer Schwein zu sehn«, sagte Pia.

»Wie wäre es, wenn ihr in den Garten hinunterginget und Fangerlus spieltet?« fragte Frau Schweitzer.

»Ich weiß nicht«, sagte Pia.

»Oder Blindekuh? Oder Verstecken?«

»Blindekuh und Verstecken spiele ich nicht«, sagte Pia, »und Fangerlus nur, wenn du mitkommst.«

»Ich komme später nach«, sagte Frau Schweitzer, »geht schon einmal vor.«

»Dann gehe ich überhaupt nicht in den Garten«, sagte Pia.

»Dann läßt du es halt bleiben!« sagte ihre Mutter. »Rutsch mir den Buckel hinunter!«

Wir hatten das Gefühl, daß bald etwas passieren würde.

Mein Vater räusperte sich, Herr Schweitzer stand auf, und mein Bruder fragte: »Können wir dabei sein?«

»Meinetwegen, wenn es dir nichts ausmacht«, sagte Herr Schweitzer.

»Ausgeschlossen!« rief meine Mutter. »Die Buben sollen so etwas nicht sehn.«

Herr Schweitzer nahm nun seinen Rucksack von der Garderobe und ging zusammen mit meinem Vater ins Parterre, wo sie die Praxisräume betraten.

»Wir spielen im Garten«, sagte mein Bruder.

»Brav so, Buben«, sagte Frau Schweitzer.

Als wir die Treppen hinuntergingen, sahen wir Herrn Schweitzer und meinen Vater aus dem Sprechzimmer kommen. Mein Vater trug in der rechten Hand eine dunkelbraune Flasche und in der linken einen Stofflappen. Herr Schweitzer hatte ein riesiges Metzgermesser in der Hand und Beil und Handsäge unter dem Arm. Beide sagten nichts und sahen aus wie Verschwörer. Sie liefen durch den Gang und betraten die Kellertreppe.

Wir freuten uns, daß Pia und ihre Mutter im Haus geblieben waren, denn wir wollten durch eine Luke in den Keller hinabblicken, um alles mitzuerleben.

Als wir ums Haus gingen, hörten wir ein wahnsinniges Grillen. Sofort dachten wir, das Tier würde in dieser Sekunde abgestochen. Deshalb rannten wir rasch bis zur Luke und schauten hinab. Da es aber drinnen dämmrig war und wir vom Tageslicht her ins Dunkel blickten, sahen wir zunächst überhaupt nichts. Wir meinten, mein Vater habe die Kellerfenster mit Kartoffel- oder Kohlensäcken verhängt. Wir hörten aber noch immer das Quieken des Schweins und malten uns seinen grausamen Tod in allen Einzelheiten aus.

Beim längren Hinabsehn schien es uns jedoch, als ob sich im Dämmerlicht des Kellers etwas bewegte. Und als sich unsre Augen an das Dunkel gewöhnt hatten, sahen wir Herrn Schweitzer auf der Jagd nach dem vor Todesangst quietschenden Tier, das auf der Flucht von einer Kellerecke zur anderen flitzte und jedesmal gegen die Mauern schlug, als wollte es eher das Haus beschädigen als sich seinen Verfolgern ergeben.

In der Mitte des Raums standen die Schüsseln und Tröge zum Auffangen des erwarteten Schweinebluts. Herr Schweitzer hatte seine Mordwerkzeuge auf den Steinfußboden gelegt und versuchte, das todesmutige Tier in die Enge zu treiben. Mein Vater stand im Türspalt, hielt die braune Flasche und das geballte Tuch in Händen und wartete offenbar, bis das Schwein freiwillig in seine Arme liefe.

Als er aufblickte, entdeckte er uns an der Luke. Er rief etwas, aber wegen des maßlosen Quiekens verstanden wir nichts. Also blieben wir, wo wir waren, und sahen nun, wie Herr Schweitzer dem armen Tier den Weg verkürzte und es für einen Sekundenbruchteil gegen die Mauer neben dem Türspalt preßte. Dieser Moment war fatal. Denn mein Vater hob blitzschnell die Flasche, goß rasch Flüssigkeit auf das Tuch und klatschte den nassen Stoffballen dem Schwein genau auf den Rüssel.

Wie ein im Sand oder Schnee steckengebliebenes Automobil stand das Tier vor Überraschung gegen die Mauer gelehnt. Es schien, als hätte mein Vater ihm soeben eine Ohrfeige verpaßt, bloß daß er jetzt seine Hand mit dem getränkten Stoffballen nicht aus dem Gefrieß des Tieres nahm, sondern ihn solange gegen den Rüssel preßte, bis er spürte, daß sich das Schwein nicht mehr vorwärts bewegte. Dann verließen Herr Schweitzer und er fluchtartig den Raum und schlossen die Tür.

Das gequälte Tier stand noch immer aufrecht gegen die Kellerwand gelehnt. Es war wie benebelt und schien im Stehn zu schlafen. Ich dachte, es schliefe vor Schreck oder maßloser Erschöpfung oder stellte sich tot, um endlich in Ruhe gelassen zu werden.

Dies ging mir durch den Kopf, als ich sah, wie es plötzlich zusammenknickte, dann auf die Seite kippte und wie ein schwerer Mehlsack zu Boden fiel. So lag es reglos, wie leblos.

Ich dachte, das arme Tier wäre tot und erlöst. Doch nun ging die Kellertür wieder auf, und mein Vater kam mit Herrn Schweitzer zurück.

Sie begutachteten das vor ihnen liegende Wesen. Mein Vater lächelte und nickte zufrieden. Herr Schweitzer zog es an den Vorderbeinen in die Mitte des Raums und schob den größten Trog unter den Kopf des Schweins. Mein Vater reichte jetzt Herrn Schweitzer das Metzgermesser und hielt den Kopf des betäubten Tiers so über den Trog, daß der Behälter nicht umkippen konnte. Dann stach Herr Schweitzer dem Tier tief in den Hals. Blut spritzte heraus. Wir sahen, daß das Tier noch lebte. Es zuckte wie wild und hätte mit einem Ruck fast den Trog umgeworfen. Doch mein Vater und Herr Schweitzer setzten sich rasch auf den Rand des Trogs und preßten das sterbende Tier Hals über Kopf in den Trog.

Mein Bruder und ich verließen nun unseren Platz vor der Luke und gingen hinauf in den Garten. Noch mehr zu sehen hatten wir keine Lust.

XII

Als die beiden Herren aus dem Keller heraufkamen, sahen sie aus wie zwei Mörder. Sie sprachen kein Wort, doch hatten sie ein seltsames Lächeln um den Mund, das mich erschaudern ließ.

So also, dachte ich, sehen Menschen aus, die soeben ein Lebewesen aus Fleisch und Blut umgebracht haben!

Ich hätte eher erwartet, daß sie nach einem so grausigen Akt in sich gekehrt wären und sich schämten. Aber sie schienen ganz fröhlich und frei, kamen mit leichten, lockeren Schritten daher, und mein Vater pfiff mit heiterem Sinn die Melodie eines Volkslieds durch die Zähne.

Er betrat noch einmal das Sprechzimmer und brachte die bräunliche Flasche zurück. Vom Keller herauf roch es stark nach Äther.

Im ersten Stock saßen die Frauen plaudernd bei Malzkaffee und Apfelküchle.

»Es ist vollbracht!« rief Herr Schweitzer beim Wiederkommen, und alle freuten sich.

Meine Mutter versprach den Schweitzers einen gerechten Anteil, sobald alles Fleisch verarbeitet wäre, und Herr Schweitzer sagte, er könnte nur etwas annehmen, wenn auch der Benefiziat und Doktor Bengelein eine Kostprobe bekämen, damit der ehemalige Kirchenvorstand auf diese Weise nachträglich die ihm gebührende Ehre erführe.

»Das ist selbstverständlich!« sagte mein Vater. »Wer sollte von dem Schwein etwas abbekommen, wenn nicht wir!«

Etwa eine halbe Stunde später fuhren die Schweitzers mit ihren Rädern nach Pfersee zurück.

In den nächsten Tagen waren die Frauen mit der Fleischverwertung beschäftigt. Meine schlesische Großmutter stellte Blut-, Leber- und Graupenwürste her, meine fränkische legte Sauerbraten ein, meine Mutter preßte Preßsack, pökelte Schinken, räucherte Speck und Hilla weckte saftige Bratenstücke ein.

Obwohl wir noch im November waren, verbreitete sich ein angenehm süßer, vorweihnachtlicher Geruch durch unser Haus. Am letzten Sonntag im November aßen wir einen gut durchwachsenen Braten mit geriebenen Kartoffelklößen und Sauerkraut. Wir hätten nun gut und gern bis Weihnachten oder Neujahr fast jeden Tag Schweinefleisch und Hausmacher-Würste essen können, ohne daß es uns schlecht geworden wäre. Aber wir wollten möglichst den ganzen Winter von unserem Vorrat zehren und hatten ja außerdem vor, die drei anderen Mitglieder des ehemaligen Kirchenvorstandes an unserem unverhofften Glück ein bißchen teilhaben zu lassen.

An diesem Abend machten meine Eltern einen Kobel-Spaziergang. Sie packten auch einige schlesische Würste und etwas Preßsack ein, um dem Benefiziat im voraus eine Nikolaus-Überraschung zu bereiten.

Sie trafen ihn drüben in der Sakristei an. Vor ihm standen mehrere Kisten mit holzgeschnitzten Krippenfiguren. Jedes Jahr um diese Zeit ließ er die Krippe vom Speicher der Kobelkirche holen, um sie pünktlich zu Mariä Empfängnis in der Seitenkapelle aufzustellen. Sie blieb bis Mariä Lichtmeß aufgebaut, wurde jedoch fast jede Woche verändert und dem jeweiligen Kirchenfest angepaßt. Das erste Bild zeigte die Jungfrau Maria betend in ihrer Kammer und den Erzengel Gabriel, wie er verkündet, Maria sei gebenedeit unter den Weibern und gebenedeit sei die Frucht ihres Leibes. Es schien auch die ganze Überraschung Mariens widerzuspiegeln, als brächte sie nur noch die Worte heraus: »Siehe, ich bin eine Magd des Herrn. Mir geschehe nach deinen Worten.«

Die geschnitzten Krippenfiguren waren mit winzigen bunten Gewändern bekleidet, in Farbe und Form wie auf alten Gemälden. Alle Jahre zu Beginn der Adventszeit nahm der Benefiziat die Kulissen, Gebäude und Figuren aus jenen Kisten, säuberte alles fein von den Sägespänen, worin es neun Monate oder noch länger gelegen war, und stellte dann die Bilder seiner Krippe zusammen, wie ein Kind, das ganz für sich allein mit seinem Puppentheater spielt.

Heuer aber erschrak er beim Auspacken sehr. Die schönen Gewänder der Heiligen Familie, der Könige, Hirten und Engel waren von Motten angefressen, und es war, als trügen alle miteinander nur noch Lumpen und Fetzen am Leib.

»Sehen Sie«, sagte der Benefiziat zu meinen Eltern, »ausgerechnet diese Weihnachten müssen wir auf unsere schöne Krippe verzichten!«

»Aber, Herr Benefiziat, das können wir unmöglich tun«, sagte mein Vater. »Wir haben die Krippe den ganzen Krieg über an jedem Weihnachtsfest aufgestellt, und für alle wirklichen Christen hat sie Trost und Hoffnung bedeutet, daß eines Tages all die schrecklichen Jahre vergangen sein würden. Und ausgerechnet jetzt, da *wir* recht behalten haben mit unseren Zweifeln, ausgerechnet in diesem Jahr sollten wir freiwillig auf die Krippe verzichten?«

»Schaun Sie sich die Figuren doch an«, erwiderte der

Benefiziat, »es ist rein unmöglich, sie in diesem Zustand in der Kapelle aufzustellen: Da ist keine Figur, deren Gewand nicht von den Motten zerfressen wäre.«

»Für mich wäre das kein Grund, Herr Benefiziat!« sagte nun meine Mutter.

»Für mich allerdings, gnädige Frau!« sagte der Benefiziat.

»Der Herr Benefiziat meint«, erklärte mein Vater, »daß die Heilige Familie nicht in Lumpen gekleidet sein kann, und daß es der weihnachtlichen Stimmung sehr abträglich wäre, wenn alle Krippenfiguren aussehen würden wie Bettler und Zigeuner.«

Da sprach meine Mutter: »Sind wir Deutsche nunmehr nicht selber zu Bettlern und Zigeunern geworden! Betteln wir die Sieger nicht um jedes Stück Brot an und bücken uns etwa nicht nach jeder angerauchten Zigarette! Und sind unsre Flüchtlinge, Ausgebombten, Evakuierten, Kriegerwitwen und Waisen vielleicht etwas Besseres als Zigeuner und fahrendes Volk!«

»Dies will ich nicht behaupten, gnädige Frau«, antwortete der Benefiziat, »aber die Leute würden, wenn sie die zerlumpten Gewänder zu Gesicht bekämen, leicht sagen, *wir* hätten *unsere* Krippe in den vergangenen Jahren verlottern lassen. Und dieser Eindruck wäre schlicht falsch und grundverkehrt.«

»Und da verzichten Sie heuer lieber ganz auf die Krippe?« fragte meine Mutter.

Der Benefiziat antwortete nichts. Er griff statt dessen in eine der Kisten, zog einen der Drei Könige heraus und hielt die Figur wie zum Beweis in die Höhe. Tatsächlich war auch das Gewand des Königs zerfressen, zerfranst und zerfetzt.

»Gott sei Dank haben wir heute bei uns keinen Kaiser und keinen König mehr«, sagte meine Mutter. »Aber glauben Sie mir: Wenn es sie noch gäbe, so wären auch sie zerlumpt wie wir alle. Und außerdem: Waren Maria und Joseph nicht bettelarm und kamen sie nicht so armselig daher, daß niemand sie in sein Haus aufnehmen wollte! Wahrscheinlich sahen sie wirklich so schäbig aus wie die mottenzerfressenen Krippenfiguren, und weil es uns allen im Augenblick ähnlich ergeht, schlage ich vor, die Krippe heuer so aufzustellen wie sie ist: elend, arm und erbärmlich. Und vor so einer Krippe könnten wir uns dann allesamt einfinden, um niederzuknien und uns diesen Augenblick für unser restliches Leben zu merken.«

Der Benefiziat und mein Vater schienen nicht zu verstehn, was meine Mutter meinte. Der Benefiziat schüttelte nur unwillig den Kopf, und mein Vater sagte: »Unsere Kirche predigt nicht die Armut als solche, sondern die Würde jenseits von Armut und Reichtum. Deshalb pilgern sowohl Hirten als auch Könige in Bethlehems Stall, nicht wegen des Stalles, sondern nur, weil dort das Göttliche Kind liegt.«

»Aber es wäre doch ein Sinnbild für uns alle«, warf meine Mutter ein, »nunmehr Hirten, Könige und die Heilige Familie armselig vereint zu sehn, wie wir es selber sind in dieser schmerzlichen Zeit.«

»Nein«, sagte der Benefiziat, »das wäre ein theologischer Irrtum. Die Weisen aus dem Morgenlande bringen Reichtümer mit: Gold, Weihrauch und Myrrhe. Und das Kind in der Krippe ist zwar als Menschensohn nackt, doch als Gottessohn König über Himmel und Erde.«

Meine Mutter spürte, daß sich die beiden Herren mit allen Kräften dagegen sträubten, sich eine Heilige Familie in Lumpen vorzustellen. Deshalb bot sie, um die Krippe zu retten, dem Benefiziat an, alle Figuren neu einzukleiden.

»Ja, aber woher wollen Sie neue Stoffe bekommen?« fragte der Benefiziat.

»*Neue* Stoffe habe ich nicht«, sagte meine Mutter, »nur alte Stoffreste.«

»Aber wird das nicht ein wenig dürftig aussehn?«

Auf diese Frage des Benefiziats schwieg meine Mutter. Trotzdem nahm sie die Krippenfiguren mit nach Haus.

Das Fest Mariä Empfängnis war nah. Also mußten zunächst der Erzengel Gabriel und die Jungfrau Maria neu eingekleidet werden. Aber schon nach drei Tagen sahen die beiden ersten Heiligenfiguren so neu aus, als wären sie expreß aus der Schweiz gekommen.

Mein Bruder und ich durften dem Benefiziat die ersten beiden Figuren bringen, und er bedankte sich höflich.

An den folgenden Abenden kleidete meine Mutter die restlichen Krippenfiguren ein. Sie wurden so schön, daß wir sie am liebsten für uns behalten hätten, und tatsächlich stellten wir sie einen ganzen Tag lang im Wohnzimmer aus und freuten uns darüber.

Doch der Benefiziat mußte ja nun bald die nächste Krippenszene aufbauen und brauchte alle Hauptfiguren. Also trugen wir ihm die kleinen Kunstwerke am Sonntag zur Messe auf den Kobel hinauf und überreichten sie ihm in der Sakristei.

Er sprach sich mit lobenden Worten über die wundervollen Gewänder aus und dankte meiner Mutter für ihre unsägliche Mühe. »Sie sind wie neu«, sagte er, »das ist wirklich eine große Leistung.«

»Ich hoffe«, erwiderte meine Mutter, »daß unser heuriges Weihnachtsfest für alle ein Fest der Besinnung, des Friedens und der Versöhnung wird. Und die schöne Krippe soll zu diesem Ziel mein bescheidener Beitrag sein.«

»Ich freue mich, gnädige Frau«, sagte darauf der Benefiziat, »daß nunmehr auch Sie durch Ihrer eigenen Hände Werk sozusagen sich selbst den Beweis erbracht haben, daß unsere alte Kobelkrippe, so wie sie sich jetzt darstellt, tausendmal schöner aussieht als vorher.«

»Sie haben recht«, sprach meine Mutter, *»jetzt* ist sie tatsächlich *schöner*, doch *vorher* war sie, verzeihn Sie, einfach *wahrer*.«

Anschließend redeten sie noch über dieses und jenes, und da der Benefiziat nicht von sich aus die Sprache darauf brachte, fragte ihn meine Mutter einfach, ob er das Wurstpaket schon aufgeschnürt habe.

»Sie wissen vielleicht, daß ich immer sehr auf meinen delikaten Magen achtgeben muß«, sagte er, »und leider waren mir die Würste und der Preßsack ein bißchen zu fett. Da hab' ich sie halt meinem armen Spitz gegeben. Der hat alles sofort mit großem Appetit verschlungen. Und da mein Spitz ein wirklicher Feinschmecker ist, kann ich getrost sagen, daß die Würste und der Preßsack sicherlich sehr gut geschmeckt haben.«

Ich las im Gesicht meiner Mutter ihre Gedanken. Beinahe hätte sie bereut, daß sie sich so große Mühe mit der Neueinkleidung der Krippenfiguren gegeben hatte, und sie schwor sich, dem Benefiziat nicht so schnell wieder einen solchen Gefallen zu tun, denn wir alle waren damals sehr mager und hätten etwas mehr Fett wohl brauchen können.

Aber der Spitz des Benefiziats war ein kleiner, verwöhnter Köter, der alle Leute bös ankläffte, wenn des

Benefiziats Haushälterin zu irgendwelchen Besorgungen ins Dorf hinabging, und der Spitz neben ihr hersprang.

Ich hatte den Hund des Benefiziats nie gemocht, weil er so dreist und feindselig war, aber jetzt haßte ich dieses gierige Tier, und mein Haß übertrug sich auch auf den Benefiziat und seine Haushälterin, die das elende Biest so mästeten, daß es aussah wie ein ausgestopfter Mops.

In dieser vorweihnachtlichen Zeit flog nach Einbruch der Dunkelheit oft das Christkind durch die Luft und blickte in die Fenster hinein, um zu sehn, wo brave Kinder wohnten, denen es zur Belohnung am Heiligen Abend etwas Schönes bringen könnte.

Meine schlesische Großmutter hatte das Christkind als erste gewittert.

»Ich habe das unbestimmte Gefühl«, sagte sie, »als wäre es heute abend wieder unterwegs.«

Also setzten wir uns ins Kinderzimmer, machten das elektrische Licht aus, zündeten die geweihte Gewitterkerze an und warteten.

»Warum können wir das elektrische Licht eigentlich nicht brennen lassen?« fragte mein Bruder.

»Weil es zu grell ist«, sagte meine Großmutter. »Das Christkind verträgt nur Kerzenlicht.«

»Wo wohnt das Christkind?«

»Im Himmel natürlich.«

»Und wie kommt es da zu uns?«

»Es hat Flügel, wie die Engel.«

»Aber es gibt doch Millionen Kinder auf der ganzen Welt. Da kann es doch nicht überall sein.«

»Doch! Das Christkind kann überall sein. Wenn es will.«

Wir warteten eine ganze Weile. Dann hörten wir nebenan ein Geräusch. Hilla war schon vorher hinausgegangen, um von der Stube aus in westlicher Richtung den Anflug des Christkinds frühzeitig zu erspähn. Deshalb wollte nun auch mein Bruder das Kinderzimmer verlassen, um dem Christkind zu winken. Doch meine Großmutter verbot es ihm streng.

»Das Christkind liebt keine neugierigen Kinder. Wenn ihr hinausgeht, vertreibt ihr es sofort. Außerdem merkt es sich eure Namen und wird euch zur Strafe an Weihnachten nichts bringen.«

Deswegen blieben wir im Kinderzimmer und blickten voll Neugierde hinaus in die abendliche Dunkelheit.

»Da! Da!« rief meine Großmutter plötzlich. »Habt ihr's gesehn?«

»Nein, ich habe nichts gesehn«, sagte mein Bruder.

Auch mir war nichts aufgefallen, und so starrten wir weiterhin in die Finsternis hinaus.

»Jetzt schon wieder!« rief meine Großmutter. »Ich habe es schon wieder vorbeischweben sehn.«

»Auch ich habe nichts gesehn«, sagte ich. Und mein Bruder fragte: »Wie kommt es, daß du es siehst, und wir nicht?«

»Ihr müßt nur genauer hinsehn«, sagte meine Großmutter, »dann seht auch ihr es.«

Wir starrten jetzt sehr gespannt ins Dunkel hinaus. Der Balkon war sehr lang und verlief über die ganze Südseite des Hauses. Vom Kinderzimmer, in dem wir uns befanden, zeigte ein Fenster, und vom Nebenzimmer, dem Schlafzimmer meiner Eltern, ging eine Tür zum Balkon. Eigentlich hätten wir uns auch an die Tür des Nebenzimmers setzen können, um das Christkind abzupassen, aber meine Großmutter meinte, es sei wegen des breiten Fensters praktischer, hier im Kinderzimmer zu warten statt im Schlafzimmer unserer Eltern.

Also warteten wir geduldig. Meine Großmutter glaubte, es noch einige Male vorbeihuschen zu sehn. Und wir wollten schon aufgeben. Aber dann sahen auch wir etwas.

Es schlich direkt vor dem Fenster vorbei. Ein weißer Schatten im spärlich hinausflackernden Licht unsrer Kerze. Es hatte keine wirkliche Gestalt. Denn eigentlich war es ja ein Geist. Und es sah aus wie ein Gespenst. Es trug über seiner dies- oder jenseitigen Gestalt ein Bettlaken. Mehrere Male huschte, schwebte oder wandelte es vor unsren Augen im Dunkel draußen vorüber, geradezu als liefe es frei über unsren Balkon: das Christkind.

»Ha!« riefen einige Freunde von uns, »das Christkind! Ihr glaubt an das Christkind? Es gibt ja überhaupt kein Christkind.«

»Wir haben es mit unsren eignen Augen gesehn«, sagten wir.

»Ihr seht Gespenster! Wo wäre euer Christkind denn herumgeschwirrt, und wann?«

»Gestern abend zum Beispiel, auf unsrem Balkon.«

»Daß ich nicht lache!«

Es war ein unerhörter Vorgang. Einige Freunde von uns glaubten nicht ans Christkind. Wir erzählten es sofort unsren Eltern.

»Es kann durchaus sein, daß der eine oder andere eurer Freunde nicht ans Christkind glaubt«, sagte darauf mein Vater. »Aber er kann nichts dafür, und es ist nicht seine eigene Schuld. Woher soll er wissen, daß es ein Christkind gibt, wenn selbst seine Eltern nicht daran glauben?«

»Und was sollen wir antworten, wenn sie es weiterhin behaupten?«

»Ihr habt es nicht nötig, sie zu überzeugen. Wenn sie es nicht glauben wollen, ist es ihr eigener Nachteil.«

Und dann erzählte er uns folgende Geschichte:

»Vor etwa einem Jahr, in der Weihnachtszeit, wurde ich in eine Familie gerufen. Ein Kind war krank. Nach der Behandlung führte mich die Mutter ins Wohnzimmer. ›Haben Sie schon unseren *Deutschen Baum* gesehn?‹ – Ich dachte: Nanu! ›*Deutscher Baum*, was ist denn das?‹ ›Wie, Sie kennen den *Deutschen Baum* nicht!‹ – Ich hatte mir zwar schon so etwas Ähnliches gedacht, aber genau vorstellen konnte ich es mir nicht.«

»Wieso? Wie sah dieser *Deutsche Baum* denn aus?«

»Er sah eigentlich wie ein normaler Weihnachtsbaum aus«, sagte mein Vater, »mit Kugeln, Kerzen und Lametta. Nur mit dem einzigen Unterschied, daß statt des Rauschgoldengels und den Sternen überall zwischen den Zweigen alle möglichen Kasperle- und Märchenfiguren, Kobolde, Käuze, Gartenzwerge, Waldfeen und blonde Püppchen herumhingen, und außerdem Runenzeichen und Hakenkreuze.«

»Und was hast du dazu gesagt?«

»Ich habe nur gesagt, daß mir unser guter alter deutscher Christbaum besser gefällt.«

Nun bestand kein Zweifel mehr. Das Christkind existierte wirklich. Und es konnte unter Umständen sogar böse werden.

Es schwirrte nicht nur abends wie ein Derwisch oder eine Fledermaus rund um unser Haus, sondern war auch so frei, unter bestimmten Bedingungen in unser Wohnzimmer einzudringen. Allerdings wollte es dabei nicht gesehen werden, außer von meinen Eltern, die sozusagen einen Sonderausweis zum Verkehr mit dem Christkind besaßen.

Ein paar Tage vor Weihnachten war es so weit. Meine Eltern verhängten mit einem frischen Bettlaken von innen das Plexiglas der Wohnzimmertür, sperrten zu, zogen den Schlüssel ab und verboten uns strikt, durchs Schlüsselloch zu spitzen.

»Wenn ihr durchs Schlüsselloch ins Weihnachtszimmer hineinzublicken sucht, dann bläst euch das Christkind die Augen aus.«

Wir glaubten ihnen aufs Wort und strichen zunächst nur scheu vor der Wohnzimmertür herum, während sie drinnen – mit dem Christkind vermutlich – hantierten und allerlei Weihnachtsvorbereitungen trafen.

Eines Morgens stand auf der Terrasse vor dem Sprechzimmer ein Tannenbaum. Das Christkind hatte ihn über Nacht dort abgestellt, damit meine Eltern ihn im Lauf des Tages ins Wohnzimmer hereinholten und im Christbaumständer befestigten. Und irgendwann würde das Christkind auch wieder für ein halbes Stündchen vorbeischaun, um beim Christbaumputzen zu helfen.

Die letzten Tage vor dem Heiligen Abend herrschte im Wohnzimmer ein Kommen und Gehn. Wir wunderten uns, daß das Christkind überhaupt so viel Zeit für unsre Familie übrig hatte, wo es doch galt, auf der Welt Millionen von Kindern zu berücksichtigen. Also beschloß mein Bruder, trotz allen Warnungen unsrer Eltern durch das Schlüsselloch zu schaun.

Es drang zwar ein jenseitiges Schimmern durch Plexiglas und vorgehängtes Bettlaken bis in den Flur heraus, und wir wir hörten ein Rascheln wie von den Flügeln eines Rauschgoldengels, aber wir wollten das Christkind endlich auch unverhüllt im Licht der Wohnzimmerlampe sehn und nicht nur als ein geschwind auf dem Balkon vorüberhuschendes Nachtgespenst.

Mein Bruder bückte sich und blickte vorsichtig durchs Schlüsselloch. Eine ganze Weile blieb er knien, ohne etwas zu sagen.

»Was siehst du?« fragte ich.

»Ich kann nichts erkennen. Ich sehe nur einen hellen Schein.«

»Laß sehn!« sagte ich und blickte selber hindurch. Da hörte ich von drinnen wieder Flügelschlagen und Rauschen und stand rasch auf, um von dem sich vielleicht anschleichenden Christkind nicht erwischt zu werden.

»Hast du etwas entdeckt?« fragte nun mein Bruder mich.

»Ich sah nur das weiße Bettlaken«, sagte ich. »Es hängt direkt vor dem Schlüsselloch.«

»Das glaube ich nicht«, sagte er.

»Dann schau selber nach und vergewissere dich!«

Er bückte sich ein zweites Mal, um wiederum einen Blick ins Wohnzimmer zu werfen, als ihn das Christkind plötzlich ertappte.

Ein kalter tödlicher Hauch, ein fauchendes Zischen blies im selben Augenblick durch das Schlüsselloch, so fix, daß mein Bruder vor Schreck eine Sekunde zu lang knien blieb. Dann sprang er auf. Er war kreidebleich und blickte mich schreckerfüllt an.

»Meine Augen! Meine Augen!« rief er. »Sag mir: Hab' ich noch meine Augen? Siehst du sie noch?«

Ich sah seine Augen noch und fragte ihn: »Kannst *du mich* denn noch sehn?«

»Ja. Ich sehe dich!«

»Dann hast du auch noch deine Augen.«

Wir wunderten uns beide und rannten so rasch wie möglich aus dem Flur. Das Christkind hatte es offenbar noch einmal gut mit uns gemeint. Aber einen zweiten Versuch wollten wir um nichts auf der Welt unternehmen.

Am Vormittag des Heiligen Abends hielt mein Vater noch seine Sprechstunde ab und machte anschließend einige Krankenbesuche. Als er zurückkam, beobachteten wir, wie er zwei Kisten aus dem Wagen lud. Über den Kisten lagen Kartoffelsäcke.

Sogleich trug er die Kisten über die Terrasse ins Wohnzimmer. Wir rätselten, was sich in den Kisten befinden könnte, und nahmen an, daß er vielleicht zusätzlichen Christbaumschmuck aufgetrieben hätte oder gar seine berühmten Apfelsinen, von denen wir bislang nur ein einziges Exemplar zu Gesicht bekommen hatten.

Zu Mittag aßen wir gesalzene Pellkartoffeln mit etwas Rührei. Gern hätten wir etwas mehr gegessen, aber mein Vater meinte, zur Vigil müßten wir das Fastengebot unbedingt einhalten, dafür gäbe es heute abend etwas Richtiges, und wir dürften uns dann einmal richtig satt essen.

Ich konnte den Sinn dieser Vigil nicht recht einsehn, denn wir fasteten schon seit Monaten oder Jahren. Aber die zusätzliche Erklärung, es sei eine Sünde, das Fasten zu brechen, fegte jeden Zweifel weg und steigerte die Vorfreude auf den Abend.

Am Nachmittag wurde der Badeofen geschürt, und jeder durfte kurz baden. Dann zogen wir frische Wäsche und unsre Sonntagskleidung an und warteten auf die Bescherung.

Meine Eltern hatten immer noch etwas im Wohnzimmer zu tun und betraten oder verließen es alle fünf Minuten. Währenddessen saßen wir droben in der Stube und ließen uns von unsrer schlesischen Großmutter Märchen erzählen. Auf ihrem Schoß lag ein altes, zerfleddertes Buch, in das sie nur ab und zu einen kurzen Blick warf, um die Seite rechtzeitig umzublättern. Sie erzählte die Märchen, als hätte sie alles selber erlebt. Das Buch mit den vielen Geschichten schien lediglich für uns da, damit wir nachprüfen könnten, daß sie nichts hinzuerfand.

Ich erinnere mich besonders an zwei Märchen, die sie uns an jenem Nachmittag erzählte. Beide handelten von einem kleinen armen Mädchen. In der ersten Geschichte hat das Kind seine Eltern verloren und besitzt nichts als die Kleider am eigenen Leib und ein Stück Brot. So irrt es in der Welt umher und verschenkt aus Gutmütigkeit zunächst das Brot und schließlich sogar seine Kleider, denn es herrscht stockdunkle Nacht, und das Kind glaubt, im Dunkeln könne es nackt sein. Wie es aber so dasteht und rein gar nichts mehr hat; fallen plötzlich alle Sterne vom Himmel und sind glänzende Goldstücke. Da ist das Kind sein Leben lang reich und bekommt für die Goldstücke alles, was es sich wünscht.

Die zweite Geschichte fing so ähnlich an wie die erste.

Ein kleines, armes Mädchen läuft barfuß durch den Schnee und soll auf der Straße Zündhölzer verkaufen. Aber die Menschen sind wohlbehütet in ihren warmen Stuben. Nur das arme Kind darf nicht eher nach Hause kommen als es die Zündhölzer verkauft hat. In seiner Not versucht es, sich mit den wenigen Zündhölzern, die es hat, vor der tödlichen Kälte zu schützen. Nach und nach zündet es für einige Augenblicke die Streichhölzer an und sieht in diesen kurzen Momenten die wundervollsten Bilder. Zum Beispiel blickt es durch die Hauswand in ein weihnachtliches Zimmer hinein, wo auf einem fein gedeckten Tisch eine herrlich gebratene, mit Äpfeln gefüllte Gans steht, die sich auf einmal von selbst in Bewegung setzt und auf das arme Kind zuwackelt, um gegessen zu werden. Im nächsten Moment sitzt es bereits selbst unter dem schönsten Weihnachtsbaum der Welt mit tausend Kerzen und bunten Bildern. Doch als es danach greifen will, erlischt das Zündholz und alles ist öd wie zuvor. Schließlich zündet es alle Streichhölzer an und glaubt, seine längst gestorbene Großmutter erscheinen zu sehn. Und während es an eine Hausmauer gelehnt in der Winternacht erfriert, wird es von der geliebten Großmutter in den Himmel geholt, wo es weder Kälte gibt noch Hunger und Angst.

Inzwischen war mein Vater zu uns heraufgekommen, um zu berichten, er habe soeben noch einmal mit dem Christkind gesprochen, und es befinde sich momentan noch unten im Wohnzimmer, wo es gemeinsam mit meiner Mutter die letzten Vorbereitungen treffe.

Ich fand es allmählich doch ziemlich sonderbar, wieviel Zeit das Christkind ausgerechnet für unsre Familie in diesen entscheidenden Augenblicken des Heiligen Abends erübrigte, doch wagte ich nicht, viel zu fragen, um es durch meine Neugier jetzt nicht zu verärgern oder gar zu vertreiben. Dann fiel mir ein, daß bei Gott kein Ding unmöglich ist, und er überall zugleich sein kann. Da nun das Christkind Gottes Sohn war, galt dieses übernatürliche Gesetz höchstwahrscheinlich auch für ebendieses Christkind, und ich stellte mir vor, daß es augenblicklich in unzähligen Häusern ebenso wie bei uns herumgeisterte wie eine Fata Morgana.

Wenig später hörten wir von drunten die feinen Töne eines kleinen Glöckchens. Sofort liefen wir hinab. Vor der angelehnten Wohnzimmertür standen unsere Eltern und flüsterten geheimnisvoll, das Christkind sei vor wenigen Sekunden durchs Schlüsselloch davongeflogen.

»Kinder! Es ist soweit!« sagte meine Mutter, und wir betraten den von Kerzenlicht durchdrungenen Raum.

Staunend standen wir vor dem leuchtenden Baum. Vor Freude und Überraschung rief meine kleine Schwester Christine »Ah!«, denn es war das erste Mal, daß sie den Christbaum bewußt erlebte.

»Nun sagt selbst, Kinder«, sprach mein Vater sodann, »einen so schönen Christbaum wie dieses Jahr haben wir noch niemals gehabt.«

Wir waren ganz seiner Meinung. Jedes Jahr am Heiligen Abend sagte mein Vater im gleichen Augenblick denselben Satz, und alle Weihnachten hatten wir den schönsten Christbaum, und niemals konnte jemand einen schöneren haben als wir.

Nach diesen Augenblicken umarmten wir uns alle und wünschten einander »Frohe, gesegnete Weihnachten!«, und meine Mutter setzte sich ans Klavier, spielte viele schöne Weihnachtslieder, und wir standen neben ihr und sangen gemeinsam.

Und endlich durften wir auch sehn, ob uns das Christkind etwas gebracht hatte. Unter dem Christbaum war wie jedes Jahr die Krippe aufgebaut, und daneben stand die hölzerne Burg mit vielen Bleisoldaten, Rittern und einigen Landsern. Um die Burg herum verlief der runde Schienenstrang unsrer Märklin-Eisenbahn, auf dem ein Personenzug ununterbrochen im Kreis herumfuhr. Mein Bruder hatte beides zu früheren Weihnachtsfesten bekommen, als ich noch nicht geboren oder zu klein war, mich daran zu erinnern.

Dann aber entdeckten wir, was uns das Christkind diesmal gebracht hatte.

Auf dem Tisch lagen, für meinen Bruder und mich, zwei breite, graue Mützen mit Ohren- und Stirnschutz aus Kaninchenfell. Wir hatten solche Mützen auf den Köpfen der polnischen Wachposten gesehn. Die Posten hatten uns manchmal Kaugummis und Sprengnieten geschenkt. Also waren sie unsre Freunde, und wir wären gern mit denselben Mützen herumgelaufen.

»Wie konnte das Christkind ahnen, daß wir uns solche Mützen gewünscht haben?« fragten wir.

»Das Christkind hat sie vor ein paar Tagen von Wawszin bekommen«, sagte meine Mutter.

Ich mußte sofort an das Märchen von vorhin denken und stellte mir vor, wie der arme Wachposten jetzt vielleicht irgendwo draußen in der Kälte stünde und morgen früh wahrscheinlich erfroren sein würde, nachdem wir hier unser Weihnachten gefeiert hätten, ohne uns Gedanken zu machen.

»Wo ist Wawszin jetzt?« fragte ich.

»Er ist gestern früh mit dem Zug nach Polen abgefahren«, sagte mein Vater, »zurück in seine Heimat.«

Wir gingen nun um den Tisch herum, um zu schaun, ob noch irgendwo ein weiteres Geschenk für uns läge. Da hörten wir aus den Kisten, die mein Vater am Vormittag aus seinem Wagen geschleppt hatte, seltsame Geräusche: ein Rascheln, Scharren und Piepsen. Als wir das Tuch von der ersten Kiste abnahmen, entdeckten wir darin sieben kleine Karnickel. Sie lagen dicht beieinander und wärmten sich. Sogleich schauten wir in die zweite Kiste, und erblickten an die zwanzig winzige Kücken, die auf dem mit Packpapier ausgelegten Kistenboden wie kleine Tennisbälle umeinanderhüpften und uns die Köpfe entgegenstreckten als erwarteten sie, gefüttert zu werden. Wir nahmen die hilflosen Tiere in die Hand, um sie zu streicheln.

Noch immer lief die Märklin-Eisenbahn rund um die Burg mit ihren starr dastehenden Landsern und Rittern. Und im Stall von Bethlehem erstrahlte in rötlichem Licht die Göttliche Familie. Da nahmen wir einige Soldaten von der Burg weg, stellten sie zu den Krippenfiguren und ließen einige Häschen und Kücken dazwischen umherlaufen. Es schien, als wären nun alle lebendig geworden: Maria, Joseph, das Jesuskind, die Drei Könige mit ihren Kamelen, die Hirten und Schafe auf dem Feld, die Engel über dem Stall und die totgeglaubten Soldaten.

Und endlich war auch das Weihnachtsessen fertig. Es gab wundervoll fetten Karpfen mit gekochtem Sauerkraut. Wir tranken, der Braumeister persönlich hatte es meinem Vater für ein paar Krankenbesuche zurücklegen lassen, braunes Weihnachts-Bockbier aus Täfertingen.

In jenem Jahr gingen wir nicht in die Mette, sondern früh zu Bett, da meine Mutter sich schonen mußte.

Am Silvesterabend zündeten wir nochmals die Kerzen des Christbaums an und sangen wiederum einige Weihnachtslieder. Aber eine echte Weihnachtsstimmung stellte sich nicht ein. Wir hatten keine Lust, stundenlang dazusitzen, nur um auf den Anbruch des Neuen Jahres zu warten. Also gingen wir auch an diesem letzten Abend des Jahrs sehr früh zu Bett.

Vor dem Einschlafen fragte unsre schlesische Großmutter meinen Bruder und mich, ob wir uns über ein nachträgliches Weihnachtsgeschenk freuen würden.

»Ein nachträgliches Weihnachtsgeschenk?«

»Ja, ein kleines Christkind für uns alle!«

Wir konnten uns darunter allerdings nichts vorstellen. Da sagte meine Großmutter: »Wenn ihr zum Beispiel noch ein Geschwisterchen bekommen würdet, was wäre euch lieber: ein Bruder oder eine Schwester?«

Wir waren so überrascht, daß wir darauf keine Antwort hatten.

Tatsächlich glaubte meine Großmutter, am Neujahrsmorgen in aller Herrgottsfrüh einen Storch vor dem Fenster vorüberfliegen zu sehn.

»Ein Storch? Jetzt, mitten im Winter?«

»Aber, wenn ich es euch sage: Es war ein richtiger Storch. Und er trug sogar etwas in seinem langen Schnabel, wie ein Bündel. Wer weiß, vielleicht fliegt er über unser Haus und wirft ein Baby in den Kamin.«

Wir sahen den ganzen Morgen zum Fenster hinaus, doch flog der Storch kein zweites Mal vorüber. Dann hörten wir jedoch Geräusche im Haus, und es war, als fiele tatsächlich etwas durch den Kamin. Und wenig später hörten wir Geschrei, wie von einem Baby. Nun kam auch unsre fränkische Großmutter zu uns ins Zimmer herauf und verkündete: »Ihr habt ein zweites Schwesterlein bekommen. Es heißt Dorothea.«

Wir freuten uns sehr und erkannten zugleich, daß unsre schlesische Großmutter keine Geister sah, sondern daß alles wirklich wahr war.

Denn in jenem seltsamen Jahr gab es noch das Christkind und sogar Störche mitten im Winter.

XIII

In jenem eiskalten Winter verfaulte nirgendwo überflüssiges Holz. Die Einheimischen verschürten, falls es ihr Haus noch gab und sie darin wohnen durften, nach und nach die Stützbalken aus den ehemaligen Luftschutzkellern. Die Flüchtlinge, die in engen Rumpelkammern oder Baracken einquartiert waren, durchstreiften das Unterholz der Wälder nach Reisig, Tannenzapfen und abgebrochenen Ästen.

Wohnraum war knapp, denn die Stadt lag in Trümmern, und die Überlebenden wohnten als Evakuierte und Ausgebombte ringsum auf dem Land. In Westheim waren zwar versehentlich ein paar Bomben wie faulige Äpfel im Winter aus dem nächtlichen Himmel herabgefallen, aber nur *ein* Haus in der Hindenburgstraße war zerstört worden, vielleicht weil der Bomberpilot keine Geduld hatte oder es plötzlich vorzog, seine Bombenfracht vorzeitig über wenig besiedeltem Land auszuklicken statt über den vorgesehenen Planquadraten mit den bevölkerten Mietskasernen der Stadt.

Hier in unserem Dorf waren durch den Luftdruck Dächer abgedeckt worden und Fensterscheiben in die Brüche gegangen.

Das einzige Haus jedoch, das jener unselige englische oder amerikanische Bomberpilot (vielleicht um Menschenleben zu wahren) widerwillig getroffen hatte, begrub unter sich eine junge Frau mit ihren drei unmündigen Kindern. Sie wurden von dem herabfallenden Gestein erschlagen oder erstickten im Qualm aus Brandbombe und Schutt, und es gibt in unserem Ort keine Tafel, die an jenes Haus und die Namen seiner einstigen Bewohner erinnert.

Mit der jungen Frau und ihren Kindern hatte sich in jener Bombennacht auch der Bruder der Frau im Luftschutzkeller befunden. Doch wie durch ein Wunder blieb dieser Mann am Leben.

Er überlebte die Bombardierung des Hauses unter den Trümmern. Äußerlich schien er unverwundet, doch hatte er durch die Verschüttung einen solchen Schock erlitten, daß in seinem Inneren wie die Feder einer Uhr etwas zersprang.

Als Nachbarn ihn bargen, brüllte er unverständliche Laute, warf die Arme hoch und schüttelte wild die geballten Fäuste, als wolle er den Himmel anklagen für sein plötzliches Unheil. Die Leute erschraken, da sie glaubten, der Teufel sei in ihn gefahren. Sie sagten dies aber nur unter vorgehaltener Hand, weil ihr Mitleid größer war als die Angst.

Vor seiner Verschüttung war er als Artist im Zirkus Krone aufgetreten. Er hatte in unserem Dorf eine Verlobte gehabt, die aber nichts mehr von ihm wissen wollte, seit er sich wie ein Verrückter aufführte. Wenigstens blieb ihm erspart, zum Kriegsende noch zum Volkssturm einberufen zu werden. Also lief er wie ein Mahnmal durch Westheim und fuchtelte, sobald ihn etwas erregte, mit beiden Fäusten in der Luft umeinander, während sein Mund bellende Laute ausstieß wie das Maul eines Hundes.

Er hieß für groß und klein immer nur Bepp. Vor seiner Zeit als Zirkusartist hatte er eine Lehre als Autoschlosser begonnen, doch seine wahre Berufung war es gewesen, durch Kunststücke in der Manege zu glänzen. Es hieß, er habe den Weltrekord im Motorrad-Weitsprung inne. Sicher ist, daß er auf seinem fahrenden Motorrad Hand- und Kopfstände machen konnte, ohne in den Graben zu fahren oder gegen einen Baum zu prallen.

Noch vor seiner Verschüttung hatte er sich aus alten Ersatzteilen selber ein Motorrad mit Beiwagen zusammengebaut und war mit dieser schweren Maschine – Marke Motoguzzi – wie ein Held durch Dörfer und über Landstraßen gebraust.

Damals saß im Beiwagen oft seine Verlobte und fühlte sich, wenn der Fahrtwind kühl durch ihr Haar floß, wie eine Märchenprinzessin. Später war er immer weniger zum Motorradfahren gekommen, weil es für Privatfahrten kein Benzin mehr gab.

Als jedoch die Amerikaner kamen, hatte sich Bepp bei ihnen sofort als Mechaniker gemeldet, und sie nahmen ihn an, ohne auf seine gelegentlichen Wahnausbrüche zu achten.

Auf diese Weise kam er auch bald zu Amibenzin für seine Motoguzzi. Und so fuhr er wieder kreuz und quer durch die Dörfer, in die Stadt hinein zu den Kasernen und zurück nach Schlipsheim, wo er jetzt wohnte.

In seinem Beiwagen saß jetzt niemand mehr. Dafür transportierte er jede Menge amerikanischer Waren, hauptsächlich Kaffee, Zigaretten, Zucker und Weinbrand, um sie auf dem Land zu verschachern.

Lisbeth, seine ehemalige Verlobte, hatte ebenfalls mit den Amerikanern zu tun. Sie trieb sich viel in Nachtclubs herum und wurde oftmals am hellichten Tag von einem ihrer Freunde in einem breiten, sanft schaukelnden Straßenkreuzer zum Schmutterhaus hinabgefahren, wo sie wohnte.

Es fehlte ihr an nichts. Sie war dicker geworden, hatte rotgefärbtes Haar, schminkte ihren Mund bis über die Ränder mit blutroten oder violetten Lippenstiften, trug weißen Gesichtspuder auf, klebte sich lange Wimpern auf die Augenlider und zog die Brauen schier bis zu den Schläfen nach. Ihre überlangen Fingernägel lackierte sie in stets wechselnden Farben, dunkel- und hellrot, lila, grün, blau, silbrig und golden, ja manchmal verwendete sie sogar glänzenden schwarzen Nagellack.

Entsprechend zog sie sich an. Entweder kam sie in spitzen Stöckelschuhen daher oder trug ganz flaches Schuhwerk, fast ohne Absatz, manchmal war sie in seltsam kurze Reißverschluß-Stiefelchen geschlüpft, die nur knapp über die Knöchel reichten, als wären sie mit einer Gartenschere nach eigenem Geschmack nachträglich verkürzt worden. Immer aber hatte sie neue Nylonstrümpfe an, außer an ein paar Tagen im letzten Sommer, als sie echte Amihosen angezogen hatte, die weder lang, halblang, noch kurz waren, sondern so genau über die Oberschenkel gingen, daß die Knie auffällig freiblieben. Zu diesen entweder gemusterten oder pastellfarbenen Hosen hatte sie ausnahmsweise dünne weiße Söckelchen getragen. Doch sonst zog sie enge amerikanische Röcke vor, mit seitwärtigen Schlitzen, die manchmal einen kurzen Blick auf den Ansatz der Nylonstrümpfe erlaubten.

Als der Winter anfing, zeigte sich Lisbeth in knallroten und giftgrünen Mänteln und band sich grellbunte Kopftücher um. Und eines Tages hatte sie einen Pelzmantel aus falschem Leopardenfell an, was die Leute ihr weniger übel nahmen als daß sie sich ab und zu mit einem Neger blicken ließ. Dies hätten ihr viele am liebsten verboten. Doch niemand wagte es, Lisbeth dafür zur Rede zu stellen, da sich der Neger dann möglicherweise gerächt hätte.

Wegen ihrer Lebensführung wurde sie heimlich verachtet, doch offen beneidet um die schönen amerikanischen Waren, die sie um den Preis ihres Lebenswandels erwarb. Sie konnte sich vieles leisten, weil sie sich viel leistete. So wenig die Leute ihr dabei dreinredeten, so sehr bedauerten sie ihren einstigen Verlobten.

»Wie soll der arme Teufel je wieder gesund werden«, sagten alle, »wenn dieses Hurenweib ein solches Luderleben führt!«

Nur wir Kinder kannten kein Mitleid mit Bepp. Sobald wir von fern das Motorengeräusch seiner Motoguzzi-Maschine hörten, vergaßen wir unsere Spiele, ließen alles liegen und stehn, rannten hinaus auf die Straße und erwarteten johlend den verrückten Motorradfahrer. Schon von weitem verspotteten wir ihn. Wir jaulten, heulten und bellten wie Hunde, und schrien ihm, wenn er näher heranfuhr, zu: »Bepp, Bepp, Depp, Depp!« – Jetzt endlich bekam Bepp einen seiner erwarteten Ausbrüche. Er ließ die Lenkstange los, streckte die Fäuste wild gegen den Himmel, schrie, jaulte, kläffte als hätte er Keuchhusten und Tollwut zugleich, so daß wir vor lauter Schreck in den nächstbesten Garten eilten.

So war Bepp im heißen Sommer und staubigen Herbst durch Dorfstraßen gefahren, und immer waren wir hinausgerannt, um ihn in seiner Schwäche zu sehn und zu verspotten. Wir gaben keine Ruhe, bis er bellend und jaulend freihändig fuhr. Und manchmal, wenn wir aus Angst in die Gärten entflohen, geschah es, daß er sich seiner alten Kunststücke entsann und im Weiterfahren auf der Lenkstange seines Motorrads einen Handstand vorführte. Dann dachten wir, daß Bepp in Wirklichkeit gar keine echten Anfälle habe, sondern wahrscheinlich uns Kindern alles nur vorspielte, weil wir es von ihm so erwarteten. Doch seine Verrücktheit sah so echt aus, daß wir jedesmal von neuem erschraken wie bei plötzlichen Donnerschlägen während eines Gewitters.

Seit es im Dezember jedoch viel geschneit hatte, fuhr Bepp mit seiner Beiwagen-Maschine nicht mehr vorüber. Es wurde behauptet, seine Krankheit habe sich so verschlimmert, daß er nach Kaufbeuren gebracht worden sei. In Wirklichkeit befand er sich in Schlipsheim auf dem Bauernhof seines Vaters, dem er im Stall half und die Ackergeräte fürs kommende Frühjahr herrichtete.

Zwischen Weihnachten und Neujahr war noch mehr Schnee gefallen. Die Landschaft zwischen den Dörfern war ein weiß-gefrorenes Meer mit versteinerten Wellenkämmen und -tälern. Wege und Straßen lagen unter Schneedünen, und nur die in regelmäßigen Abständen in den Wegrand gesteckten Tannenbäumchen zeigten an, wo im Sommer die Straße verlief.

Es gab jetzt sehr viele Grippekranke in den Dörfern ringsum, und alle verlangten nach meinem Vater.

Doch der Schnee war so hoch, daß kein Durchkommen war. Wer unbedingt ins Nachbardorf mußte, schnallte Skier an und fuhr damit querfeldein.

Die Fahrräder standen in Kellern und Schuppen und wurden fürs Frühjahr geputzt und geölt. Außer den amerikanischen waren schon bisher kaum Autos verkehrt, und die wenigen Motorräder, die es gab, waren bis auf weiteres außer Betrieb.

»Sie müssen sofort kommen!« riefen die Leute meinen Vater an. »Es ist sehr dringend.«

»Ich würde schon kommen, wenn Sie mir sagen können, auf welchem Weg«, sagte mein Vater.

»Ach so!« sagten da die Bauern. »Aber was sollen wir tun?«

»Sagen Sie Ihrem Bürgermeister und den Herren Gemeinderäten, sie sollen die Straßen freischaufeln und mich dann abholen lassen.«

»Das ist eine gute Idee«, sagten nun die Bauern.

Endlich führten sie die Pferde und Ochsen aus ihren Ställen und spannten sie vor breite hölzerne Schneepflüge.

Es ging vorwärts. Von jedem Dorf her arbeiteten sich die Schneepflüge voran, Meter um Meter einander entgegen. Vor dem Pferde- oder Ochsengespann schaufelten die Menschen gerade so viel Schnee beiseite, daß die Tiere den Schneepflug weiterziehn konnten. Und wenn die Menschen aus allen Richtungen sich endlich zueinander durchgearbeitet hatten, hüpften und tanzten sie vor Freude und jubelten über dieses Wiedersehen im Schnee.

Auf einigen Straßen mußten die vorsintflutlichen Schneepflüge nicht eingesetzt werden, weil in der Gegend Amerikaner wohnten. Sie hatten einfach einen ihrer Panzer einmal durchfahren lassen und im Nu war der Weg glatt gewalzt. So waren Goethe- und Schillerstraße gut passierbar und frei, die Lessingstraße hingegen blieb weiter verschneit. Auch zum Kobel hinauf war am Café Heider vorbei ein Panzer bis Steppach und Deuringen hinüber gefahren. Aber zwischen den Bauerndörfern im Schmuttertal, wo es kaum eine Villa gab und kein Haus beschlagnahmt war, mußte der Schnee, wie in alten Zeiten, von Mensch und Tier gemeinsam beiseite geräumt werden.

Nach zwei Tagen war der Straßenverlauf zwischen allen Dörfern wieder sichtbar. Die geräumten Wege waren jetzt sehr glatt und voll verschneiter Schlaglöcher, in die ein Wagen selbst mit Schneeketten leicht abrutschen konnte. Also ließ mein Vater sein Auto weiterhin in der Garage und machte weiter entfernte Krankenbesuche nur, wenn ihn jemand abholte und zurückbrachte.

In jedem Dorf gab es mindestens einen großen Pferdeschlitten für sieben oder acht Personen, und so kam jetzt oft eine Schlittenladung voller Patienten in die Sprechstunde. Während der langen Wartezeiten banden die Bauern ihre Pferde an die kahlen Obstbäume unseres Gartens. Dann standen die armen Tiere, lediglich mit einer Pferdedecke gegen die Frostluft geschützt, stundenlang drunten im Freien und wieherten oder scharrten im Schnee.

Aber viele Patienten kamen in diesen Tagen auch zu Fuß in die Sprechstunde. Stundenlang waren sie durch die Schneelandschaft nach Westheim gewandert und hatten nach der Behandlung ebenso lang bis nach Haus. Für manche, die nur einen Katarrh hatten, waren diese Fußmärsche in der Winterluft die beste Arznei. Kamen sie abends heim, waren sie ihren Schnupfen oft los. Aber es wäre falsch gewesen, sie zum Spazierengehn in den Wald zu schicken. Sie mußten mit ihrer schweren Krankheit zum Arzt, weil sie glaubten, nur er könne ihnen helfen. Aber weder der lange Fußmarsch noch der Arzt hätte sie von ihrer schweren Krankheit geheilt, wenn sie nicht geglaubt hätten, wieder gesund zu werden.

Von Steppach über den Sandberg hinunter nach Vogelsang und Biburg war auch ein amerikanischer Panzer die Landstraße entlanggefahren, um den Weg glattzuwalzen hinauf zum Schlipsheimer Berg, genau bis vor den

Bauernhof, wo der mit den Nerven auf den Hund gekommene Bepp jetzt bei seinen Eltern wohnte. Die Amisoldaten holten ihn ab, weil sie erfahren hatten, daß er vor seiner Verschüttung als Zirkusartist aufgetreten war. Sie wollten nun ausprobieren, ob er als Kabarettist auf ihrer Casinobühne noch brauchbar wäre, und ließen ihn vorspielen. Anscheinend machte sein Auftritt sowohl ihm als auch den Amis und ihren Fräuleins viel Spaß, denn er wurde nun fast jeden Abend eigens zur Vorführung aus Schlipsheim geholt. Er mußte dem johlenden und pfeifenden Publikum seine alten Kunststücke vorführen, und während er Hand- und Kopfstände machte oder mit Tellern und Tassen jonglierte, überkam ihn manchmal ein Anfall, er bellte und jaulte, und alles fiel ihm unter dem schrillen Beifall der Zuschauer plötzlich zusammen. Aber solange ihnen seine Vorführung gefiel, brachte er sie geduldig und ohne Argwohn über die Bühne.

Eines Abends gab es einen Zwischenfall. Während eines Balanceakts entdeckte er inmitten des Publikums aus Amisoldaten und deren Freundinnen seine ehemalige Verlobte. Er brach in Tränen aus und wollte auf sie zurennen, aber sie hielten ihn zurück, bis Lisbeth den Saal sicher verlassen hatte. Nach diesem Erlebnis weigerte sich Bepp weiterzuspielen, und sie fuhren ihn zu seinen Eltern nach Schlipsheim hinaus.

Lisbeth verkehrte auch im Café Heider, das die Amerikaner mitsamt den Kobel-Villen beschlagnahmt und zu einem Club gemacht hatten. Deutsche hatten keinen Zutritt, außer deutschen Fräuleins in Amibegleitung. Und dann wurde dort bis in den Morgen getanzt und gelacht.

Für die einheimische Bevölkerung fand noch kurz vor der Adventszeit im Kobelsaal ein Ball statt. Nur Personen über achtzehn Jahre hatten Einlaß, und zum Tanz spielte die Kapelle Leichle auf. Eigentlich hätte der Tanzsaal bereits bei der Eröffnung wegen Überfüllung geschlossen werden müssen, aber niemand wollte so grausam sein, jemanden auszuschließen. Im Advent durfte ohnehin nicht getanzt werden.

Aber nach Dreikönig fanden die Faschingsbälle endlich statt. In schweren Schuhen stiefelten die Tanzwütigen durch den tiefen Schnee zur Kobelwirtschaft hinauf, und die Tanzkapelle Leichle spielte sogar amerikanische Rhythmen. Der Saal war zur Not mit allen möglichen Buntpapieren dekoriert, und die Tanzenden hatten in braunen Mehltüten graue Konfetti mitgebracht, die sie daheim mit alten Aktenlochern aus Zeitungspapier in mühseliger Kleinarbeit herausgestanzt hatten. Auf der Bühne saß in rötlich-blauer Beleuchtung die Kapelle, die ausschließlich aus Mitgliedern der Familie Leichle bestand. Vor jedem Musiker stand ein mit Sperrholz verkleidetes, mit Buntpapier beklebtes Notenpult, und auf der Vorderseite jedes Pultkastens waren in Glanzschrift aus Silberpapier die Zauberworte ›Tanzkapelle Leichle‹ zu lesen.

Sobald ein Leichle-Musiker sein Instrument in die Hand nahm, sprangen drunten im Saal wie auf ein heimliches Kommando die Burschen von ihren Stühlen und Bänken auf und stürmten in alle möglichen Richtungen quer über die Tanzfläche, um beim ersten Ton vor allen anderen bei einem bestimmten Mädchen zu sein.

Die Mädchen taten so, als bemerkten sie von alledem nichts, und unterhielten sich scheinbar gelangweilt mit ihren Freundinnen, um dann, wenn der von ihnen erwartete Bursch' seinen Diener gemacht und sein Sprüchlein brav hergesagt hatte, ihm mit gnädiger Miene einen Tanz zu gewähren. Kam versehentlich ein falscher Verehrer rascher ans Ziel, hatte das Mädchen seinen nächsten Tanz schon vergeben.

Während der Tänze und in den Tanzpausen warfen die Burschen und Mädchen einander die selbstgestanzten Konfetti ins Haar, und gegen Mitternacht fand stets die Verlosung wertvoller Sachpreise statt: ein Viertelpfund Griebenfett, drei Meter Kleiderstoff, eine Handtasche aus echtem, abwaschbarem Kunstleder, ein Glas Bienenhonig oder eine Flasche Johannisbeerwein.

Im Ballsaal mußte nicht geheizt werden, und obwohl es draußen sehr kalt war und überall tiefer Schnee lag, wärmten die Körper der tanzwütigen Menschen den großen Raum in kurzer Zeit auf.

Jeden Samstagabend war die Kobelwirtschaft ausverkauft. Alle kamen, um etwas Besonderes zu erleben. Mit diesem Wunsch kamen sie jedes Mal, und die meisten gingen in der Nacht zum Sonntag ebenso wieder nach Haus.

Was sie eigentlich erleben wollten, wußten sie nicht genau, und die ganze Woche über meinten sie, der Ball am Samstagabend sei das Erlebnis, nach dem sie sich sehnten. Doch in der Nacht zum Sonntag merkten sie, daß sie sich mehr wünschten. Also vermuteten sie, daß es sicher woanders viel besseres Vergnügen gäbe, wahrscheinlich in einer Amibar in der Stadt oder drüben im Café Heider.

Die letzten zehn Tage vor dem Aschermittwoch fand in der Kobelwirtschaft allabendlich ein Ball statt, und es gab viele Leute, die jede Nacht mitmachten. Manche verliebten sich kurzfristig, einige für länger und einige wenige verlobten sich sogar.

Am Gumpigen Donnerstag veranstaltete die Freiwillige Feuerwehr ihren Großen Maskenball mit Lotterie, am Rußigen Freitag lud die Kaminkehrer-Innung des Landkreises mit buntem Allerlei zum glatten Rutsch in die tollen Tage, am Samstag baten die Mitglieder des ehemaligen Männergesangvereins alle verehrten Damen und Herren zum geselligen Beisammensein, für Sonntagnachmittag wurde zum Kindermaskenfest mit Sackhüpfen und Kostümprämierung aufgerufen, den Sonntagabend hatte sich die Pfarrgemeinde Hainhofen für einen Bunten Abend mit ausgiebiger Tanzgelegenheit reserviert, am Rosenmontag ermunterten Naturschutz-, Kobelschutz-, Gartenbauverein, Gartenbaubetriebe und Gärtnereien alle Naturfreunde, gemeinsam die Kehlen zu ölen und das Tanzbein zu schwingen, und am Faschingsdienstag endlich wurde allgemein zum Großen Faschingskehraus aufgerufen mit Wurstschnappen und weiteren Überraschungen.

An all diesen Tagen waren nur wenige tatendurstige Burschen auf ihre Kosten gekommen. Lotterien und Verlosungen erwiesen sich als ziemlicher Reinfall, da es stets nur einen einzigen Hauptgewinn gab, der durch einen seltsamen Zufall meist in die Hände des großzügigen Stifters zurückfiel.

Selbst das heißerwartete Wurstschnappen wurde vom Kobelwirt und seinen Helfern kurz nach Beginn des Wettbewerbs abgebrochen. Der Dorfmetzger hatte großzügigerweise mindestens fünfzig Wiener Würstel gestiftet, die der Kobelwirt wie Wäschestücke an einer langen Leine befestigte. Als die Kapelle Leichle ihre Große Pause machte und alle Tanzpaare auf ihren Plätzen saßen, stiegen der Wirt und seine Helfer auf zwei gegenüberstehende Tische, spannten den Strick mit den daran festgebundenen Würstchen unerreichbar hoch über die Tanzfläche quer durch den Saal und forderten die Herrschaften auf, mit auf dem Rücken verschränkten Armen jetzt die Tanzfläche zu betreten, um zu versuchen, nur mit Hilfe des Mundes nach den von der Leine herabbaumelnden Würsten zu schnappen.

Sie sollten erst auf das ausdrückliche Kommando des Kobelwirts hüpfen. Dieser ließ, solange die Teilnehmer ruhig auf dem Boden standen, den Strick etwas durchhängen, schrie plötzlich »los!« und spannte den Strick mit der saftigen Beute blitzschnell so straff, daß kaum jemand es schaffte. Wie Laubfrösche nach Grasmücken hüpften die jungen Männer und Frauen mit offenen Mäulern flink in die Höhe, und zwei oder drei Teilnehmern gelang es tatsächlich, ein Stückchen an- oder abzubeißen. Für die meisten Springer hing die Beute viel zu hoch, oder sie selber waren zu schwach und zu klein. Jedenfalls riefen alle im Chor »tiefer! tiefer!«, doch der Kobelwirt hielt die Leine weiterhin straff. Deshalb fing ein Schlaumeier an, rasch mit der Hand nach einem Würstel zu greifen, es zu ergattern und in Windeseile zu verschlingen. Sofort taten es ihm mehrere Teilnehmer nach.

Am liebsten hätte der Wirt den Wettbewerb sofort abgebrochen. Doch wie sollte er die Leine einholen, da doch darunter die Masse abgemagerter Menschen offenen Mauls nach den baumelnden Würstchen gierte?

Hätte er das Seil gesenkt, wären die Würstchen erst recht abgebissen oder abgerupft worden, und hätte er mit seinen Helfern Leine samt Last zur Seite getragen, wären alle Teilnehmer ihnen wie ein Fischschwarm bis zum Rand des Saals gefolgt.

Doch anscheinend hatte er diese Situation bereits vorhergesehn, denn er griff nun mit seiner freien Hand in die Jacke und zog wie ein Zauberer vier oder fünf Würstchen aus der Tasche, die er sogleich unter lautem Geschrei triumphierend dem Publikum zeigte.

»Wer ist der Schnellste?« rief er und warf im selben Augenblick die hervorgezauberten Würstchen in eine unbestimmte Ecke der Tanzfläche. Sofort stürmten alle dorthin, um sich auf die zu Boden fallende Beute zu schmeißen. Aber schon flitzten der Wirt und die Helfer wie wilde Wiesel in die entgegengesetzte Richtung, holten rasch die Leine ein, pflückten im Nu die Würstchen vom Strang und legten sie in den großen Kartoffelkorb, der für die abgerissenen Eintrittskarten am Eingang abgestellt war.

Unterdessen balgten sich auf der anderen Seite der Tanzfläche einige Burschen um die unter Tische und Bänke geschlenzten Würstel, und wer eines erwischte, verschlang es auf der Stelle, mit Staub und Haar.

Also konnte der Wirt den Korb ruhig in die Küche hinaustragen.

Nach etwa einer Minute kam er mit seinen Helfern zurück. Sie trugen einen anderen Kartoffelkorb herein, über den sie ein weißes Küchentuch gebreitet hatten. Sie schritten mitten durch den Saal und bestiegen die Bühne. Dort stellten sie den Korb vor den Instrumenten und Notenpulten ab.

»Achtung! Achtung!« rief jetzt der Wirt in den Saal. »Aufgepaßt! Der Wettbewerb geht sofort weiter. Der Stärkste, der Schnellste, der Schlauste gewinnt. Achtung! Fertig! Los! Los, Leute, lauft! Die wunderbare Wurstvermehrung!«

Er hatte das Küchentuch weggezogen und griff in den

Korb. Dann schmiß er etwas über die Köpfe hinweg in den Saal, das im wüsten Gedränge zu Boden fiel. Und wie vorhin drängten sich alle danach. Alle dachten, der tiefe Korb sei voller Würstel, und der Wirt langte wieder und wieder hinein und warf ganze Hände voll in die entfesselte Masse. Die Weiber kreischten, die Mannsbilder röhrten und griffen im allgemeinen Gewühl den Frauenzimmern unter die Röcke. Alles tobte und wälzte sich wild übereinander, bis einer aufstand, seine Hand in die Höhe hielt und mit lauter Stimme rief: »Seht alle her! Betrug! Betrug! Es sind gar keine Würstel! Es sind Gelbe Rüben!«

Der Saal raunte vor Enttäuschung. Dann herrschte für ein paar Sekunden eisige Stille. Aber sofort brach der Sturm erneut los, und alle rauften nun um die Gelben Rüben als wären diese aus Fleisch.

Inzwischen hatte der Schlagzeugspieler an seinem Pult Platz genommen, und der Kobelwirt verteilte unter Schlagzeugbegleitung die restlichen Rüben.

Nach diesem Spektakel spielte die Kapelle bis Mitternach ununterbrochen weiter. Allerdings war die Stimmung getrübt. Punkt Mitternacht brachen die Musiker ihr Spiel mitten im Tanz ab und fingen an, die Instrumente einzupacken. Die Tanzpaare klatschten, um noch eine Dreingabe zu erwirken. Aber es half nichts, weil der Aschermittwoch angebrochen war. Da nahmen die Tanzpaare noch einmal Platz und tranken ohne Hast ihre Gläser mit Dünnbier und Limonade aus. Dann zogen alle wieder die Schneestiefel an, die den ganzen Abend unter den Tischen gestanden waren, und da es so aussah, daß wirklich nichts mehr passieren würde, machten sich die meisten auf den Heimweg.

Nur die Helfer des Wirts, vier Burschen aus dem Dorf,

die im großen Durcheinander zu wenig Zeit gehabt hatten, ein Mädchen zum Heimbegleiten zu finden, blieben noch etwas länger da und stellten mit dem Wirt Bänke und Stühle auf die vorher abgeräumten Tische. Dafür bekamen sie nachher im Schankraum ein paar Würstel mit Senf, ein Stück Brot und eine Maß Dünnbier umsonst. Dann verließen auch sie die Kobelwirtschaft.

Aber es zog die vier Burschen immer noch nicht nach Haus. Zuerst veranstalteten sie rund um die Wallfahrtskirche eine nächtliche Schneeballschlacht, dann rannten sie zum Pfarrhaus hinüber und zielten mit steinharten Schneebällen so lang auf die Fenster, bis die Köchin und der Spitz des Benefiziats aufwachten und die Ruhestörer schimpfend und kläffend vertrieben. Und schließlich liefen sie ziellos ein Stück die Kobelstraße hinab, an den beschlagnahmten Villen vorbei, bis zum Café Heider.

Die Straße war hell, denn die Hoflichter der Villen brannten die ganze Nacht, und der Schnee verstärkte das Licht. Im Café Heider herrschte trotz Aschermittwoch noch voller Betrieb. Laute Amimusik drang in die kalte Februarnacht heraus und verlor sich irgendwo in den kahlen Gärten.

In der Einfahrt zum Café, im Hof und auf der ganzen Straße bis zur evangelischen Kirche hinab standen die breiten Straßenkreuzer der Amerikaner, und die vier jungen Burschen träumten davon, sich in eines dieser schaukelnden Schiffe zu setzen und damit wie richtige Amerikaner durch die Gegend zu fahren, bis endlich der neue Tag anbrechen würde.

Immerhin wußten sie, daß es ein Wunschtraum war. Also wollten sie sich im Augenblick damit begnügen, einen Blick durch die Fenster des Cafés zu werfen, um zu sehn, was die Amis da drinnen mit den Fräuleins überhaupt trieben.

Sie stiegen von der Seite der evangelischen Kirche her über den Zaun und schlichen sich vom Garten her an. Sie mußten aufpassen, denn die Vorhänge waren auf, und das Licht fiel durch die Fenster und beleuchtete den Schnee. Also blieben die vier Burschen hinter den Stämmen der Kastanienbäume stehn und beobachteten, wie drinnen getanzt, getrunken und gelacht wurde. Sie sahen, wie sich die Fräuleins auf den Schoß nehmen und abküssen ließen, und vom langen Hinsehen blieb den vier Kerlen selber die Luft weg.

Die Fräuleins schienen sich überhaupt nicht zu genieren, wenn ihr Amifreund ihnen vor aller Augen die Brüste massierte oder unter dem Rock herumwühlte.

»Besser als im Kino!« sagte einer der Burschen.

»Verboten für Jugendliche unter 21 Jahren!« sagte ein zweiter, und alle lachten.

Dann sahen sie, wie ein Amerikaner aufstand und mit seinem Fräulein durch die Glastür des Wintergartens ins Freie herauskam. Die vier Burschen blieben im Schatten der Baumstämme. Aber der Ami und das Mädchen waren so miteinander beschäftigt, daß sie glaubten, hier draußen ganz allein zu sein.

Er hatte seine rechte Hand auf ihren Hintern gelegt und sie ihre linke Hand in seine Hosentasche gesteckt. Mit den freien Händen rauchten sie. Nach wenigen Zügen warfen sie ihre Zigaretten in den Schnee, wo die Glut sofort verlosch. Jetzt bog das Paar um die Hausecke und blieb neben den Mülltonnen stehn. Dort war es am dunkelsten. Nach einigen Umarmungen stellte sich der Amerikaner mit dem Rücken zur Hauswand. Seine Freundin kniete sich vor ihm hin, öffnete seine Hose und preßte ihr Gesicht gegen die Hosenfalle.

Die Burschen beobachteten, wie das Mädchen seinen Kopf bewegte, geradeso als wollte sie sich in die geöffnete Hose hineinwühlen.

Nach kurzer Zeit sagte der Ami etwas. Das Mädchen stand auf, und sie tauschten die Plätze. Er stand jetzt vor ihr, und sie mit dem Rücken zur Wand. Dann zog sie rasch ihr Höschen aus und schob es sich unter den Pullover. Nun schlang sie beide Arme um den Hals des Amis, der ihren Rock bis zu den Hüften hochzog, sie mit beiden Händen an den Arschbacken packte, ein Stück zu sich hochhob und mit kräftigen Stößen tief in sie eindrang, während sie ihre Beine wie eine Beißzange um seinen Unterleib schloß.

Dies sahen die vier Burschen und hörten, wie die beiden keuchten, stöhnten und zuletzt aufschrien wie Tiere.

Als sie fertig waren, drehte sich der Amerikaner um, ging ein paar Schritte in den Garten hinab und pißte in den Schnee. Unterdessen holte seine Freundin ihr Höschen wieder hervor und zog es sich an. Dann lief sie zur Glastür des Wintergartens zurück. Und als das Licht aus dem Café auf ihr Gesicht fiel, erkannten die vier Burschen Lisbeth.

Der Amerikaner ließ sich viel Zeit, doch Lisbeth wartete unter der Tür auf ihn. Er hatte jetzt offensichtlich genug von ihr, denn er sagte im Hineingehen etwas Unfreundliches zu ihr und kümmerte sich auch drinnen nicht weiter um sie.

Noch eine ganze Weile versuchte Lisbeth, in seiner Nähe zu bleiben, doch als sie seinen Kopf streicheln wollte, stieß er sie mit einer groben Geste von sich, so daß sie vor Wut und Enttäuschung aufsprang und fortlief.

Alles hatten die vier Burschen aus dem Dorf mit gierigen Augen in sich aufgenommen. Nun standen sie noch mehrere Momente bewegungslos da, als warteten sie auf eine Fortsetzung. Dann wollten sie heimgehn. Sie rannten den Wirtsgarten hinab und pißten in den Schnee wie vorhin der Amerikaner. Dann stiegen sie über den Zaun.

Sie hatten vor, über den Kobel ins Dorf hinunterzugehn. So mußten sie nochmals die Straße bis zum Kobelkreuz hinauflaufen, um von dort den Pfad rechts ab zur ersten Kreuzwegkapelle einzuschlagen. Als sie beim Café um die Kurve bogen, sahen sie am oberen Ende der Straße Lisbeth den Berg hinaufgehn. Sofort pfiffen sie hinter ihr her und beschleunigten ihren Schritt, um sie einzuholen. Da bekam es das Mädchen mit der Angst, und es fing an zu rennen, um den vier Burschen zu entkommen. Lisbeth rannte an der Wallfahrtskirche vorbei, die Steinstufen zur breiten Lindenallee hinab in Richtung Bergstraße. Aber schon unter der steinernen Plattform auf der Höhe der dritten Kreuzwegkapelle hatten sie das Mädchen eingeholt.

Eigentlich hatten sie bloß ein bißchen Schabernack mit Lisbeth treiben wollen, doch als sie davonlief wie ein verfolgtes Reh, wurden sie von einer Art Jagdfieber befallen, und Lisbeth war ihre Beute.

»Laßt mich in Frieden!« schrie sie. »Wehe euch, wenn einer mich anfaßt!«

»Wir wollen dich *zu viert* anfassen«, rief einer der Burschen unter dem Hohngelächter der anderen.

»Ihr Schweine! Laßt mich in Frieden!« rief Lisbeth.

»Wenn wir Schweine sind, dann bist du eine Drecksau!« rief wütend ein zweiter.

Am Morgen desselben Tags fanden Kirchgänger, die

zur Frühmesse auf den Kobel pilgerten, um sich vom Benefiziat das Aschenkreuz auf die Stirn zeichnen zu lassen, unterwegs im Schnee die verstreuten Kleidungsstücke Lisbeths. Und in Westheim erzählten sich die Leute, man habe sie beobachtet, wie sie mitten in der Nacht weinend und heulend barfuß und splitternackt über die schnee- und eisbedeckte Dorfstraße zum Schmutterhaus hinuntergerannt sei.

Sie erzählte es keinem Menschen, weil sie sich schämte, und die vier Burschen taten so, als wäre überhaupt nichts losgewesen. Trotzdem wußte das ganze Dorf, wer alles dabeigewesen war. Aber kein Mensch ergriff für Lisbeth Partei.

»Sie hat es so gewollt«, meinten alle. »Sie hat es nicht anders verdient.«

XIV

Während der Fastenzeit kam ein Brief aus Bayreuth. Die Schwester meiner Mutter, unsre Tante Charlotte, schrieb, Onkel Otto sei völlig überraschend verhaftet worden und säße vermutlich in einem südbayrischen Internierungslager.

»Gottseidank haben wir unseren Flügel retten können«, schrieb sie, »sonst wüßte ich mir nicht zu helfen. Jetzt erteile ich den Kindern eines amerikanischen Offiziers zweimal pro Woche Klavierunterricht. Er spricht hervorragend Deutsch, was kein Wunder ist, da er ja eigentlich aus Fürth stammt. (Er ist nämlich im Jahr 1938 ausgewandert, da er keinen Ariernachweis hatte erbringen können.) Für die Klavierstunden erhalte ich Lebensmittel oder werde in Dollars bezahlt. Andernfalls wäre es glatt unmöglich, mich mit Brunhild und Fricka über Wasser halten.«

Meine Mutter machte sich sofort daran, Onkel Ottos derzeitigen Aufenthaltsort herauszufinden. Hilla sollte über Scheggi in Erfahrung bringen, wo sich in Südbayern Internierungslager befänden, und wenn möglich auch, in welchem Onkel Otto jetzt saß.

Tatsächlich brachte Hilla nach ein paar Tagen eine vollzählige Liste aller südbayerischen Internierungslager mit. Allerdings konnte sie nicht herausbekommen, in welchem unser armer Onkel Otto nun war, da die Amerikaner keine offiziellen Häftlingslisten führten.

Sie hatten bei Kriegsende alle freigewordenen Lager einfach übernommen und verwendeten sie nunmehr für ihre Zwecke. Dort setzten sie alle ihnen verdächtig vorkommenden Personen fest.

»Es muß ein Irrtum sein«, sagte meine Mutter. »Otto ist ein so guter Familienvater, der keiner Fliege etwas zuleide tun kann. Einen solchen Menschen darf man doch nicht einfach einsperren wie einen Schwerverbrecher!«

»Übergriffe kommen jetzt öfters vor«, sagte mein Vater. »Mitgefangen, mitgehangen!«

Einige Tage rätselten sie herum, in welchem Lager Onkel Otto sich am wahrscheinlichsten aufhielte. Dann glaubten sie erraten zu haben, daß er sich eigentlich nur in der Nähe von Dießen am Ammersee befinden könne, wo es ein kleineres Lager gab.

Um ihn zu besuchen, brauchten sie freilich eine amerikanische Erlaubnis.

Schäggi hatte zu wenig Einfluß, um so etwas zu besorgen. Außerdem hatte er sich bereits um die Liste gekümmert. Aber einer der Mitverschwörer aus der Sakristei konnte vielleicht weiterhelfen.

Herr Doktor Bengelein hatte nämlich wegen seiner untadeligen Haltung während der Nazizeit und für eine vorübergehende Gestapohaft von den Amerikanern eine Lizenz für einen Buchverlag erhalten. Unter dem Titel »Die Perlenschale« plante er, in Form wohlfeiler Volksausgaben »Kostbarkeiten der schönen Literatur« herauszubringen, unter besonderer Berücksichtigung deutscher Dichter christlich-abendländischer Geisteshaltung.

Gegen Abend machten meine Eltern einen Spaziergang, in dessen Verlauf sie auf einen Sprung bei Doktor Bengelein vorbeischauen wollten. Ich durfte mitkommen, und so liefen wir an der Nudelfabrik vorbei zuerst ins Dorf hinunter, bogen gegenüber dem Notburgaheim links in Richtung Kurhaus ab, schritten über den Eisernen Steg zu einem steil ansteigenden Waldweg, der ›Himmelreich‹ hieß und wo Doktor Bengelein mit Frau und sieben Kindern ein großes Haus bewohnte. Die Amerikaner hatten auch ihm ein ›Off-limits‹-Schild an die Haustür genagelt und das Gebäude nicht beschlagnahmt wie alle anderen Villen rund um den Kobel.

Doktor Bengelein war ein freundlicher älterer Herr, der uns sehr herzlich begrüßte und uns sogleich in sein Arbeitszimmer führte, eine Bibliothek mit vielen tausend Büchern.

Mir fiel auf, daß mein Vater und Doktor Bengelein einander duzten, er jedoch meine Mutter sehr höflich stets mit ›Gnädige Frau‹ anredete. Sie sprachen zunächst über allgemeine Dinge, und Herr Doktor Bengelein meinte, wir allesamt könnten uns immerhin freuen, nach so langer Zeit wieder frei reden und sagen zu dürfen, was uns auf der Seele brenne, und nach ein paar Jahren der Prüfung würde Gott wohl auch dafür sorgen, daß sich die materielle Lage bessere. Doch das Materielle sei nicht das Wichtigste, sondern nur die Freiheit des Glaubens und Geistes.

Plötzlich wandte sich Doktor Bengelein mir zu, der ich vor den hohen Regalen stand und die vielen Bücher bestaunte.

»Woran denkst du?« fragte er mich.

»Ich denke«, sagte ich, »daß einem der Kopf brummen muß, wenn er all die vielen Bücher ausgelesen hat.«

Meine Eltern und Doktor Bengelein lachten, und er wurde auf einmal sehr ernst und sagte: »Sage mir, was du im Augenblick Gutes ißt!«

»Nichts«, antwortete ich, »ich esse nichts.«

»Aber du kaust doch.«

»Ja, weil ich einen Kaugummi habe.«

»Einen Kaugummi?« rief er entrüstet. »Wer gab dir denn so etwas Gräßliches?«

»Ich habe ihn von Scheggi geschenkt bekommen. Scheggi ist nämlich der amerikanische Verlobte meiner Tante Hilla.«

»Aber schämst du dich denn überhaupt nicht?«

»Wieso sollte ich mich schämen?«

»Du als deutscher Bub solltest so etwas Häßliches den Amerikanern nicht nachäffen.«

»Dann will ich lieber kein deutscher Bub sein«, sagte ich stolz.

Meine Mutter schaute nun ebenfalls ernst und sagte streng: »Geh sofort in den Garten hinaus und spuck das eklige Zeug ins Gras!« Ich ging hinaus, da ich gewohnt war, meinen Eltern aufs Wort und ohne Widerrede zu folgen, nahm den Kaugummi aus dem Mund, drehte ihn zwischen den Fingern zu einem Kügelchen und steckte es mir für später in die Hosentasche. Dann ging ich ganz brav in die Bibliothek zurück.

»So ist es recht!« sagte Herr Doktor Bengelein. »So bist du ein echter deutscher Bub und kein amerikanischer Laff.«

Nun erzählten meine Eltern von dem Brief aus Bayreuth und die Geschichte mit Onkel Otto. Sie baten Herrn Doktor Bengelein, bei der amerikanischen Behörde, von der er seine Lizenz erhalten hatte, einen Passierschein zu erbitten, damit sie Onkel Otto im Internierungslager besuchen dürften, um ihm zu helfen, von dort baldmöglichst wieder herauszukommen, da alles sicher ein Irrtum sei und gewiß auf einer Verwechslung beruhe.

Herr Doktor Bengelein ließ sich nicht zweimal bitten, sondern versprach sofort, sein Bestes zu versuchen, einen entsprechenden Stempel und Schein zu besorgen.

»Selbst wenn es kein Irrtum wäre und auf keiner Verwechslung beruhte«, sagte er, »so ist es für uns als Christen die oberste Pflicht, dem armen Manne zu helfen, so gut wir es vermögen.«

Auf dem Nachhauseweg fragte ich meinen Vater, weswegen er und Doktor Bengelein sich duzten, während meine Mutter mit einer so förmlichen Anrede belegt werde.

»Herr Doktor Bengelein und ich sind alte Cartellbrüder«, sagte mein Vater.

»Cartellbrüder?«

»Ja, du mußt wissen, wir gehören beide dem CV an.«

»CV? Was ist das?«

»CV heißt: Cartellverband der katholischen deutschen Studentenverbindungen. Aber ich werde es dir zu Hause genauer erklären, damit auch Johannes es hört.«

Sobald wir daheim waren, rief ich meinen Bruder.

Mein Vater holte nun seine schwarze Hutschachtel aus dem Kleiderschrank und trug sie wie ein Ziborium in die Stube hinüber, wo er sie feierlich auf den Eßtisch stellte und den Deckel aufklappte, als gälte es, ein Geheimnis zu lüften.

Als erstes sahen wir seinen leicht lädierten Panamahut. Aber darunter lagen eine flache, grasgrüne Schirmmütze, ein kleineres rundes Käppchen, ein farbiges Band und kleine, mit Metallplättchen durchstanzte, bunte Anhängsel.

»Oh!« rief mein Bruder erfreut. »Was sind das für seltene Strapse? Können wir sie als Uller haben?«

»Das sind keine Strapse«, sagte mein Vater sehr ernst, »sondern Bierzipfel.«

»Bierzipfel?«

»Damit erweisen sich Bundes- beziehungsweise Cartellbrüder ihre Freundschaft.«

»Und die hellgrüne Eisenbahnermütze?« fragte ich.

Mein Vater warf mir einen verachtungsvollen Blick zu. Dann sprach er voll Stolz: »Das ist meine Winfriden-Mütze!«

»Setz sie doch einmal auf!« sagte mein Bruder.

»Ich habe mir geschworen, sie erst wieder aufzusetzen, wenn meine Winfridia einst wiedererstanden sein wird.«

»Deine Winfridia?«

»Winfridia Breslau war meine Verbindung.«

»Wieso? Gibt es sie denn nicht mehr?«

»Es gibt weder Breslau noch Winfridia. In den Trümmern des einstigen Breslau haben sich jetzt die Polen eingenistet, und Winfridia wurde von den Nazis verboten.«

Wir fragten nunmehr nicht weiter, denn es erschien uns wie ein unendliches Gebiet, doch waren wir sicher, daß mein Vater uns dereinst, wenn es Winfridia und den CV und vielleicht sogar Breslau wieder geben sollte, alles Notwendige darüber erzählen würde.

Noch in derselben Woche hatte Doktor Bengelein den Passierschein besorgt. Er galt für alle südbayerischen Internierungslager, denn es hätte auch sein können, daß sich Onkel Otto in einem anderen als dem Dießener Lager befand.

Trotzdem fuhren meine Eltern am folgenden Samstag kurz nach Mittag von Westheim in Richtung Ammersee ab. Scheggi hatte wieder einmal einen Kanister Amibenzin besorgt, denn mein Vater bekam von der Gemeindeverwaltung nur so viel an Ration, daß es knapp für die Besuchsfahrten reichte. Meine Mutter hatte aus unsrer eisernen Lebensmittelreserve im Keller verschiedene Einweckgläser geholt und in einen größeren Korb gelegt. Und mein Vater war noch einmal in unser Wohnzimmer zurückgegangen, um etwas geistige Nahrung zu holen, denn plötzlich waren ihm die Worte seines Cartellbruders eingefallen, daß trotz allem nunmehr das Materielle zweitrangig sei.

Zunächst hatten unsre Eltern alleine zu Onkel Otto fahren wollen, doch bettelte mein Bruder so lange, bis sie ihn und mich mitnahmen, während die beiden Großmütter auf unsre kleinen Schwestern aufpaßten. Wir fuhren durch die zerstörte Stadt nach Friedberg und Mering hinüber, bogen dort südwärts ab, kamen durch viele kleine Dörfer, die wir noch nicht kannten, die uns gleichwohl mit ihren Barockkirchen, Gehöften und Vorgärten vertraut waren und gelangten endlich über holprige, staubige Landstraßen in anderthalb Stunden nach Dießen, wo wir nach dem Lager fragten.

Die ersten wußten es nicht oder taten wenigstens so, andere waren mißtrauisch und gaben keine Auskunft, doch eine alte Bäuerin verriet es uns schließlich: »Dahinten im Birkenwäldchen, da ist so etwas.«

Wir fuhren also weiter in die angegebene Richtung und kamen zu einem Barackenlager, das auf den ersten Blick wie eine Flüchtlingssiedlung aussah. Beim Näherkommen fiel uns aber ein Stacheldrahtgestrüpp auf, das um das Lager herum scheinbar planlos im spärlichen Gras lag, als wuchere es dort aus der brachen Erde.

An einer Stelle war der Stacheldrahtring unterbrochen.

Dort stand ein weißgestrichenes Wachhäuschen, vor dem ein bewaffneter Amerikaner auf und ab spazierte. Mein Vater stieg aus dem Wagen, um mit dem Ami zu verhandeln, und wir sahen, daß er ihm auch den Passierschein zeigte. Der Posten betrat daraufhin sein Wachhäuschen, wo sich ein Telefonapparat befand, und rief jemand an. Wenig später kam er wieder heraus, nickte meinem Vater zu und salutierte mit einer lässigen Handbewegung. Jetzt winkte mein Vater uns zu sich. Wir verließen den Wagen und trugen gemeinsam den Korb mit den Lebensmitteln und Büchern bis zum Lagereingang.

»Otto befindet sich im Lager«, sagte mein Vater. »Der Posten hat es mir soeben bestätigt.«

»Dürfen die Kinder das Lager betreten?« fragte meine Mutter.

»Ich habe den Posten nicht eigens gefragt«, antwortete mein Vater. »Wer viel fragt, bekommt viel Antwort!«

»Gut, gehn wir einfach hinein!«

Wir wollten nun am Wachposten vorbeigehn, doch er stoppte uns plötzlich und deutete auf unseren Korb. Wir mußten das Küchentuch abnehmen, das wir über die Weckgläser und Bücher gebreitet hatten, und der Ami inspizierte ruhig das Korbinnere. Die Weckgläser faßte er nicht an, doch von den Büchern nahm er eins nach dem andern in die Hand, schlug es mittendrin auf und legte es nach einem kurzen Blick in den Korb zurück. Es waren Romane von Dostojewski, Tolstoi, Sienkiewicz und Hamsun. Alle Bücher legte der Ami in den Korb zurück, ohne auf die Namen der Autoren geachtet zu haben. Nur den Roman von Hamsun mit dem Titel ›Das letzte Kapitel‹ schaute er sich etwas genauer an, gab ihn dann meinem Vater in die Hand und sagte »Okay!«. Wir meinten nun, den Korb wieder aufnehmen und ins Lager hineintragen zu dürfen, doch der Posten stellte seinen linken Fuß auf den Korbrand und gab uns mit einer Handbewegung zu verstehn, endlich hineinzugehn.

Wir trafen Onkel Otto in einer Baracke an. Er lag auf einer Pritsche und las momentan in einer amerikanischen Bibel. Jeder Lagerinsasse hatte nach der Einlieferung eine solche Bibel geschenkt bekommen, doch die meisten ließen sie neben ihrer Schlafstelle liegen, da sie kein Englisch konnten. Andere Bücher gab es nicht.

Wir dachten zunächst, Onkel Otto sei krank, denn er sah sehr blaß aus und war noch viel magerer als wir, doch fühlte er sich nur äußerst schwach, weil die Amis – behauptete er – die Internierten einfach verhungern ließen, um sie nicht totschlagen zu müssen.

Wir überreichten ihm nun das übriggebliebene Buch und erzählten ihm, daß der Posten am Eingang uns alle Lebensmittel und anderen Bücher abgenommen habe.

»Ich sage euch doch: Die wollen, daß wir alle miteinander krepieren. Aushungern wollen sie das ganze deutsche Volk, weil sie sich ekeln, uns Mann für Mann eigenhändig zu erschlagen.«

»Aber sie haben doch schon genug unschuldige Zivilisten umgebracht, als sie unsre Großstädte ausradierten«, sagte mein Vater.

»Ja! Von oben und vom Flugzeug aus, mit Bomben, die treffen können oder auch nicht. Da behält man sein reines Gewissen, und Schuldgefühle kommen nicht auf. Nein, glaubt mir: Die Amerikaner sind feige, hinterfotzige Bastarde, unfähig zu einem echten Kampf Mann gegen Mann. Da sind mir sogar noch die Russen lieber, trotz ihren Greueltaten gegen Ende des Kriegs. Aber mich kriegen sie auf diese Weise nicht klein, nachdem ich mich einmal entschlossen habe, trotz allem weiterzuleben.«

Ich bewunderte Onkel Otto, weil er in einer solchen Lage den Mut aufbrachte, so frei und furchtlos seine Meinung herauszusagen. Meinen Eltern jedoch schien es peinlich zu sein, denn sie suchten Onkel Otto zu beruhigen.

»Psst! Man könnte dich hören!« warnte im Flüsterton meine Mutter.

»Ha! Sollen sie mich ruhig hören! Sie verstehn sowieso kein Wort Deutsch. Und selbst wenn einer darunter sein sollte, der alles versteht, so wäre es mir völlig wurscht und scheißegal, denn schließlich sage ich ja nichts als die reine Wahrheit.«

Und dann erzählte er uns, daß er vor beinah einem Jahr bereit gewesen sei, seinem Leben ein Ende zu setzen.

»Kurz vor dem totalen Zusammenbruch«, begann Onkel Otto seinen Bericht, »als wir alle wußten, daß der Krieg verloren war und das bittere Ende bevorstand, damals, als die Amerikaner nur noch wenige Kilometer von Bayreuth entfernt waren, setzte ich mich in meinen Dienstwagen und fuhr den Siegern entgegen. Ich wollte sie aber weder treffen noch gar jubelnd begrüßen, sondern hatte beschlossen, meinem Leben ein Ende zu setzen. Da ich aber vermeiden wollte, daß es später von meinen beiden Töchtern heißen würde, ihr Vater sei ein Selbstmörder gewesen, weihte ich nicht einmal Charlotte in meinen Plan ein. Alle sollten denken, es sei ein Unfall gewesen. Und so fuhr ich in Richtung Westen die Stadt hinaus und steuerte mein Fahrzeug gegen den erstbesten Alleebaum. Aber wie durch ein Wunder kam ich mit dem Leben davon. Mein Dienstwagen hatte allerdings einen

Totalschaden. Ich aber stieg fast unverletzt aus dem kaputten Blechgehäuse. Lediglich mein rechter Arm war gebrochen, und beim Splittern der Windschutzscheibe hatte ich mir ein paar leichte Schrammen auf der Stirn zugezogen. Ich muß jedoch einen ziemlichen Aufprallschock erlitten haben, da ich zunächst nicht einmal Schmerzgefühle empfand. Also setzte ich mich an den Straßenrand und betrachtete mein zugrunde gerichtetes Fahrzeug inmitten der friedlich scheinenden Vorfrühlingslandschaft rund um Bayreuth. Ich weiß nicht, wie lange ich so dasaß. Doch dann weckte mich plötzlich ein Klirren und Knirschen aus meiner heillosen Traumwelt, und als ich umsah, bemerkte ich in der Nähe die Spitze der ersten amerikanischen Panzerkolonne. Sofort sprang ich auf, stellte mich vor meinen kaputten Dienstwagen und wollte, als der erste Panzer in Sichtweite war, wie gewohnt meinen rechten Arm erheben, um die Neuankömmlinge zu begrüßen. Erst jetzt merkte ich, daß mein Arm gebrochen war, da er mir nicht mehr gehorchte. Sobald die Amerikaner mich in meinem Zustand entdeckten, hielten sie an und riefen nach einem ihrer Sanitäter. Ein Neger mit einer Rotkreuzbinde sprang von einem Jeep und führte mich in ein Rotkreuzfahrzeug, wo ich Platz nehmen durfte. Und dann ging's weiter in Richtung Bayreuth.«

»Und wann haben sie dich verhaftet?« fragte meine Mutter.

»Das kam viel später«, sagte Onkel Otto, »interniert bin ich erst seit vier Wochen. Damals fuhren wir erst einmal in die Stadt hinein, und ich sagte, um überhaupt irgendetwas zu sprechen, zu dem Negersoldaten: ›Now we are entering Bayreuth, the famous town of Richard Wagner.‹

Er hatte natürlich den Namen Wagner noch niemals in seinem Leben gehört, und ich ergänzte: ›Richard Wagner is the best composer of the world.‹ Daraufhin fragte der Neger: ›Where is the house of this Richard?‹ Ich antwortete: ›The name of Wagner's house is Villa Wahnfried.‹ Und er: ›So let's go to Villa Wahnfried!‹ – Hernach wünschte er auch noch, daß ich die Villa Wahnfried beträte, um ›Richard‹ herauszuholen. Ich erwiderte jedoch, ich hätte kein Recht, unbekannterweise dort einzudringen, ihm als Amerikaner stünde es allerdings frei. Inzwischen hatten sie meinen Arm notdürftig geschient, und ich äußerte den Wunsch, nach Haus zu meiner Familie gebracht zu werden. Um zu meiner Dienstwohnung zu gelangen, mußten wir freilich das Gelände der Heilanstalten betreten. Im Park liefen einige harmlose Irre spazieren, andere saßen apathisch auf den Parkbänken und ließen sich von den ersten warmen Strahlen der Frühlingssonne bescheinen. Und dazwischen liefen Wärter, Wächter und Pfleger auf und ab, als wäre dies ein ganz gewöhnlicher Werktag. Plötzlich entdeckte ein verrücktes Fräulein die fremden Soldaten, rannte auf sie zu, fiel ihnen um den Hals und rief ununterbrochen: ›Rettet mich! Rettet mich! Sonst bringen sie mich hier um!‹ – Der Neger fragte: ›Is she crazy?‹ – ›Yes, she is‹, antwortete ich. Nun rannten aber auf einmal wie auf ein stummes Kommando auch noch die übrigen Irren auf die Amerikaner zu, als erhofften sie sich von ihnen ihre Befreiung. Doch die armen Amisoldaten bekamen es mit der Angst zu tun, bestiegen ihre Fahrzeuge und fuhren weiter.«

Wir lachten über Onkel Ottos verrückte Geschichte. Dann sagte mein Vater: »Und nun haben sie *dich* eingesperrt.«

»Ja, leider«, sagte Onkel Otto, »es ist zum Verrücktwerden!«

»Wie du dir denken kannst«, fügte mein Vater hinzu, »werden wir nichts unversucht lassen, dich so bald wie möglich hier wieder herauszuholen. Unsre Möglichkeiten sind zwar begrenzt, aber wie du siehst, haben wir immerhin einen Passierschein bekommen, um dich hier besuchen zu dürfen, also muß es uns auch gelingen, deine Freilassung zu bewerkstelligen.«

»Ihr müßt allen sagen, daß ich absolut unschuldig bin, und daß es ein Irrtum ist, einen Mann wie mich zu internieren. Grüßt mir auch Charlotte und die Kinder und richtet Charlotte bitte aus, sie müsse bei allem, was sie für mich unternimmt, von meiner völligen Unschuld ausgehn!«

»Selbstverständlich besteht darüber nicht der leiseste Zweifel«, sagte meine Mutter, »und du wirst sehen, daß du bald wieder bei deinen Lieben sein wirst.«

»Glaubst du das im Ernst?«

»Ich bin mir dessen ganz sicher«, antwortete meine Mutter.

»Und nach deiner Entlassung, was wirst du tun?« fragte mein Vater. »Gehst du wieder in deinen alten Beruf?«

»Ha! Ich in meinen alten Beruf?« rief Onkel Otto mit schrillem Lachen. »Ich und noch einmal den Irrenarzt spielen! Nein, niemals mehr! Die Welt ist verrückt genug. Da muß nicht ausgerechnet einer wie ich den verrückten Ehrgeiz pflegen, andere von ihrem persönlichen Irresein heilen zu wollen. Meinetwegen soll jeder nach seiner Fasson irren!«

»Aber einen Beruf mußt du doch ausüben«, stellte meine Mutter fest, »wenigstens einen Brotberuf.«

»Brotberuf? Irrenarzt war mein Brotberuf. Aber es war nicht meine Berufung!«

»Immerhin hast du Familie, und deine Frau wie eure beiden Töchter Brunhild und Fricka benötigen einen Ernährer«, sagte mein Vater mit mahnendem Unterton in der Stimme.

»Ich habe den unumstößlichen Entschluß gefaßt«, sprach Onkel Otto, »falls ich je wieder hier mit heiler Haut herauskommen sollte, ein ganz neues Leben zu beginnen. Ich habe bisher immer an mir selber vorbeigelebt. Ich lebte praktisch in einem schizoiden Dauerzustand. Wohin so etwas notgedrungen führt, sieht man jetzt am besten.«

»Aber du kannst doch nicht ins Kloster gehn«, meinte mein Vater, und meine Mutter fügte hinzu: »Otto, das Leben geht weiter!«

»Jawohl, es wird weitergehn, aber eben ganz anders als bislang.«

»Und was gedenkst du, künftig zu tun?« wiederholte mein Vater.

»Ich habe mich ein- für allemal dazu durchgerungen, mein restliches Leben einzig der Kunst zu weihen.«

»Der Kunst?« rief mein Vater erschrocken. »Der Kunst? Welcher Kunst?«

»Jawohl, der Kunst!« sagte stolz Onkel Otto und lächelte. »Der Kunst des Gesanges!«

Für einen Moment verschlug es meinen Eltern die Sprache. Sie blickten einander stumm an, und auch Onkel Otto schien keine Lust zu haben, seinen einsamen Entschluß zu rechtfertigen. Endlich sagte er, indem er sich meinem Bruder und mir zuwandte: »Und ihr zwei! Was wollt *ihr* einmal werden, wenn ihr groß seid?«

»Tierarzt!« sagte mein Bruder.

»Und du?«

»Ich werde Dichter!« antwortete ich.

»Ein schöner Beruf«, sagte Onkel Otto und strich mir lobend über das Haar. »Den Kopf dafür hast du bereits.«

Meine Eltern dachten wahrscheinlich, Onkel Otto sei durch seine Verhaftung verrückt geworden. Mir jedoch erschienen seine Worte sehr logisch und klar.

Dann fand meine Mutter die Sprache wieder.

»Otto, mein lieber Schwager«, sagte sie, »du weißt ja selber, wie sehr ich alles, was Kunst ist, liebe, speziell die Musik. Und du kennst meine Stimme, und wir haben oft gemeinsam gesungen und musiziert. Du weißt auch, wie oft mir von kompetentester Seite gesagt worden ist, daß *ich* mit *meinem* Material eine glänzende Opernkarriere gemacht hätte und auf den berühmtesten Bühnen der Welt aufgetreten wäre als eine schwer ersetzliche Kraft. Und erst kürzlich wieder hat Herr Krautegel, der, wie du weißt, Musikdirektor der Dresdner Staatsoper gewesen ist, glaubhaft versichert, er hätte jemand, der mit einer solchen Stimme bei ihm vorgesungen hätte, auf der Stelle engagiert. Und Herr Krautegel ist nicht der Mensch, mit falschen Schmeicheleien gefallen zu wollen. Dies weißt du vielleicht –«

»Ja, ich weiß es«, sagte Onkel Otto, »und es wird ewig jammerschade sein, daß du auf deine sichere Karriere verzichtet hast.«

»Ich habe verzichtet – meinem Mann zuliebe und weil ich mir Kinder gewünscht habe«, sprach meine Mutter. »Aber auch du hast eine Familie gegründet und Kinder in die Welt gesetzt. Du hast diesen Weg einmal eingeschlagen. Nun mußt du ihn auch weiter zu Ende gehn, selbst wenn es dich schmerzt. Bedenk meine Worte, bevor du dich endgültig entscheidest. Du trägt Verantwortung für dich *und* drei weitere Menschen.«

»Ich habe mich längst entschieden, und mein Entschluß ist endgültig«, sagte Onkel Otto.

»Das ist schade«, sagte mein Vater.

Sie sprachen die übrige Zeit noch über allerlei weniger wichtig scheinende Dinge, und das Gespräch kam auf die Bücher, die der amerikanische Posten ohne besondere Erklärung zurückhielt.

»Ist es nicht komisch«, fragte meine Mutter, »daß er dir ausgerechnet die slawischen Schriftsteller verbietet, während er den Norweger Knut Hamsun erlaubt? Wie erklärst du dir das?«

Onkel Otto nahm den Roman zur Hand und schlug ihn auf. Dann sagte er: »Seht ihr die Schrift?«

»Ja, wieso?«

»Schaut, das Buch ist in der sogenannten Antiqua gesetzt«, sagte Onkel Otto. »Wenn er euch nachher die anderen Bücher zurückgibt, dann vergleicht einmal! Vielleicht liegt darin das ganze Geheimnis.«

Am Lagereingang später händigte der Posten uns den Korb mit den Lebensmitteln und Büchern wieder aus. Im Wagen blätterten wir sofort in den Büchern herum und sahen, daß die Schrift tatsächlich etwas anders war als jene Antiqua.

»Was ist denn an dieser Schrift so schlimm?« fragte ich.

»Das wissen die Götter!« sagte mein Vater.

XV

Als es Frühjahr wurde, konnte mein Bruder schon ganz gut rechnen, lesen und schreiben. Er konnte auch schön Bilder abzeichnen, und in der guten lateinischen Schrift malte er viele kleine Wörter auf die Schiefertafel: Hans, Haus, Hand, Hund, Hase, Hut.

Die Erstenbätzler lernten kleine Merkverse, Sprichwörter und Zungenbrecher:

Was Hänschen nicht lernt,
lernt Hans nimmermehr!

oder:

Hinter Hansens Hühnerhaus
Hör' ich hundert Hasen husten.

Hatten die Schüler schön geschrieben, fleißig gerechnet und waren sie brav, durften sie zur Belohnung ein Kinderlied lernen:

Zeigt her eure Füßchen,
zeigt her eure Schuh',
und sehet den fleißigen
Hausfrauen zu!

Rechnen gefiel meinem Bruder am besten. Das Fach hieß ›Rechnen und Raumlehre‹. Was Raumlehre bedeutete, wußten die Erstbätzler nicht. Sie stellten sich einen riesigen Saal vor, ohne Menschen und Möbel, und wenn ein Kind aus Versehen diesen Saal beträte, würde ihm sofort schwindlig, so wie einem, der auf dem Kopf steht und den tiefen Himmel unter sich sieht und plötzlich Angst bekommt, mit den Füßen voraus da hinunterzufallen ohne Ziel und Ankunft und für alle Zeiten.

›Deutsch‹ machte meinem Bruder keinen Spaß. Die Gedichte und Geschichten, die er daheim auswendig lernen oder in der Schule nacherzählen sollte, schienen ihm unwahrscheinlich und wie an den Haaren herbeigezogen.

Überhaupt nicht vorstellen konnte er sich das Schlaraffenland, wo Milch und Honig in Strömen flössen, wo Blumen aus Marzipan und Blüten aus Zuckerguß sprössen, wo gebratene Mastochsen durch die Gegend liefen, um von jedermann verschlungen zu werden, wo gebackene Täubchen einem ins weit aufgerissene Maul hineinflögen und wo die riesigen Puddingberge stünden, durch die sich ein jeder erst hindurchfressen müßte, um dahin zu gelangen. Alle Kinder wären am liebsten sofort ins Schlaraffenland ausgewandert, doch niemand wußte den Weg.

In ›Heimatkunde‹ lernten die Erstenbätzler die Flurnamen und hörten, daß viele dieser Flurnamen keltischen Ursprungs seien. Sie erfuhren auch, daß drunten im Schmutterhaus in alter Zeit eine römische Töpferwerkstatt bestanden habe und daß es bei uns noch echte Römerstraßen gäbe. Irgendein alter Feldweg, dachte mein Bruder, würde in eine Römerstraße münden und diese würde vielleicht bis an die Grenzen des Schlaraffenlandes führen.

Sie fragten den Benefiziat, der sie ›Katholische Religion‹ lehrte. Der Benefiziat behauptete, das Schlaraffenland sei ein Hirngespinst der Heiden. Für uns Christen zähle nur das Paradies, das allerdings unsre Ureltern Adam und Eva durch ihren Sündenfall verwirkt hätten.

Jetzt könnten wir bloß nach einem kargen, entbehrungsreichen irdischen Leben ins Paradies eingehn, wo es endlich keine Not und Armut mehr gäbe, wo jeder bekäme, was er brauche.

»Ist das Paradies dasselbe wie das Heilige Land?« fragten die Erstenbätzler.

»Nein!« antwortete der Benefiziat. »Das Heilige Land ist Palästina, jenes Stück Erde, auf dem einst Jesus gewandelt ist, bevor er uns alle durch seinen Kreuzestod von der Erbsünde der Ureltern errettete.«

»Alle Menschen auf der ganzen Welt?«

»Ja, alle Menschen, vorausgesetzt sie lassen sich taufen und werden Christen.«

»Wer wohnt im Heiligen Land?«

»Einst wohnten dort die Juden, Gottes Auserwähltes Volk. Aber da sie Jesus, den Gottessohn und Erlöser, haben kreuzigen lassen, hat Gott sie über die ganze weite Erde vertrieben und straft sie stets von neuem, bis auch sie sich eines Tages bekehren werden.«

Der Benefiziat brachte ein Heft mit Zeichnungen des Heiligen Landes in die Religionsstunde mit. Er hatte diese Zeichnungen in seinen langen Freizeiten auf dem Kobel mit so großer Sorgfalt ausgeführt, daß alles wie gedruckt aussah. Dadurch bekamen die Erstenbätzler ein genaues Bild von Palästina und stellten sich den Jordan wie die Schmutter, den See Genezareth wie den Ammersee und den Ölberg vor wie den Kobel mit seinen Kreuzwegkapellen. Der Berg Sinai mußte die Zugspitze sein oder das Matterhorn und war gewiß so weit weg wie die Alpen. Das Tote Meer glich entfernt dem Bodensee, nur für das Rote Meer gab es keine Entsprechung. Auf dem Berg Sinai hatte Gott vor vielen tausend Jahren Moses die

Zehn Gebote überreicht. Meinem Bruder fiel ein Gedicht ein. Er rief in die Klasse:

Auf dem Berge Sinai
wohnt der Schneider Kikeriki.

Darüber ärgerte sich der Benefiziat und holte den Tatzenstock aus der Pultschublade. Damit gab er meinem Bruder je eine Tatze auf die Innenfläche der Hände. Mehrmals zog mein Bruder die Hand unter dem niedersausenden Tatzenstock weg, bis der Benefiziat das Handgelenk festhielt. Die Erstenbätzler beobachteten, wie leid es dem Benefiziat tat, böse Kinder mit Tatzen bestrafen zu müssen, doch mein Bruder erzählte mir, er habe keine Miene verzogen und gesagt: »Es tut überhaupt nicht weh!«

In den Osterferien mit ihren vielen Ferientagen gingen wir nicht nur sonntags zur Messe. Während der Karwoche fanden allerlei Andachten und Anbetungen statt. Die Kobelkirche war nun sehr voll, und nur wer rechtzeitig kam, konnte mit einem Platz in den Bänken rechnen.

»Jetzt gehn sie wieder alle in die Kirche«, sagte mein Vater, der sich ärgerte, wenn er im Gang stehen mußte. »Leute wie ich, die ihrer Kirche in schweren Jahren die Treue gehalten haben, werden aus den angestammten Bänken verdrängt.«

»Freuen wir uns«, antwortete meine Mutter, »wenn sie nach allem, was passiert ist, wieder zu ihrem Herrgott zurückfinden.«

»Nein!« rief mein Vater. »Den meisten nehme ich ihre plötzliche Reumut nicht ab.«

»Darüber haben *nicht wir* zu richten«, sagte meine Mutter.

Mein Vater hätte jedoch am liebsten einen reservierten Platz ganz für sich allein gehabt und meinte, das Gleichnis vom bußfertigen Sünder, über den im Himmel mehr Freude herrsche als über neunundneunzig Rechtschaffene, die der Vergebung nicht bedürften, dieses Gleichnis träfe heutzutage nicht mehr zu, da jetzt von hundert Kirchgängern wahrscheinlich neunundneunzig Sünder wären.

Solche Zahlenspiele und Gedanken mißfielen meiner Mutter jedoch, und sie sagte schnell: »Besser so als anders! Und seien wir froh, wenn wir am Ende nicht noch zu den Sündern hinzugerechnet werden.«

Am Karfreitag, als wir gerade wieder in die Kirche gehn wollten, kamen in aller Früh Tante Hedwig und Onkel Waldemar samt ihren beiden Kindern daher. Tante Hedwig lächelte verlegen und fragte, ob es uns recht sei, wenn sie in den nächsten Stunden unsre Badewanne benützten.

»Wir sind gerade auf dem Weg in die Kobelkirche«, sagte mein Vater. »Heute ist nämlich Karfreitag.«

»Nun eben«, sagte seine Schwester, »wir dachten, daß es heute gut passen würde, da du an diesem Tag keine Sprechstunden hast. Einmal in heiliger Zeit wird es ja wohl noch erlaubt sein.«

Sie waren das letzte Mal vor Weihnachten in derselben Absicht bei uns erschienen, und nun, kurz vor Ostern, erinnerten sie sich wieder an das alte Angebot meiner Mutter.

»Selbstverständlich könnt ihr jetzt baden«, sagte meine Mutter. »Ihr müßt nur selbst den Badeofen schüren. Holz liegt neben der Garage.«

»Es wäre auch gut«, sprach nun meine schlesische

Großmutter, »wenn ihr einmal in heiliger Zeit eure Kinder in die Kirche schicken würdet.«

»Wenn wir beten wollen, gehn wir hinauf in den Kobelwald«, sagte darauf Onkel Waldemar. »In freier Natur ist man dem Herrgott manchmal näher als in der Kirche unter so vielen ungewaschenen Leuten.«

»Das ist kein christlicher Standpunkt«, stellte mein Vater fest.

»Das mag sein«, antwortete Onkel Waldemar. »Deswegen haben wir Horst und Helga auch nicht zur Taufe geschickt.«

Wir erschraken. Das Gesicht meines Vaters wurde erst blaß und dann knallrot. Mein Herz stockte und ich fühlte: Diese Worte hätte Onkel Waldemar nicht aussprechen dürfen.

Im Treppenhaus, wo wir standen, herrschte in diesem Moment Totenstille. Es war, als hielten wir allesamt für Augenblicke den Atem an, und ich glaubte, durch zwei Türen hindurch das Ticken des Weckers zu hören, der auf dem Brotkasten im Küchenschrank stand.

Dann sah ich, wie meine schlesische Großmutter ihre Tochter Hedwig scharf anblickte und endlich sprach: »Hedwig, sag mir, daß Waldemars Worte nicht wahr sind!«

»Doch, Muttl«, sagte Tante Hedwig mit leiser Stimme, »es stimmt: Horst und Helga sind Heiden.«

»Heiden?«

»Ja, Heiden.«

Es war schrecklich. Ich betrachtete meinen dicht neben mir stehenden Cousin, der sehr ernst vor sich hinstierte, dann schaute ich auf meine kleine Cousine, deren Augen eine unheimliche Traurigkeit ausstrahlten, und beide Kinder machten einen so unerlösten Eindruck, daß sie mir plötzlich unendlich leid taten, da ich mir vorstellte, daß ihnen in jeder Sekunde etwas Schreckliches zustoßen könnte und sie dann für alle Ewigkeit dazu verdammt wären, in der Hölle zu schmoren und zu schmachten.

Während ich darüber nachdachte, sagte mein Vater plötzlich: »Kommt, Kinder! Wir gehn jetzt in die Kirche, um für alle zu beten!«

Nach diesen Worten lief er rasch und grußlos zur Haustür hinaus, ohne seine Schwester und deren Familie eines Blickes zu würdigen.

Meine Mutter blieb jedoch ruhig und sprach zu Tante Hedwig: »So, ihr könnt jetzt in aller Ruhe baden. Und vielleicht habt ihr anschließend doch noch Zeit oder Lust und kommt kurz in die Kobelkirche hinauf.«

Die Karfreitagsmesse dauerte sehr lang. Nach der nicht enden wollenden Leidensgeschichte begann der Benefiziat mit den Fürbitten, und jedesmal wenn er *flectamus genua* sang, knieten wir uns hin und erhoben uns erst auf das Stichwort *levate*. Wir beteten für die Kirche und den Staat, für gute und schlechte Christen, für die Juden und für die Heiden. Immer wieder mußten wir uns niederknien und durften nach fünf oder zehn Sekunden wieder aufstehn. Doch als der Benefiziat für die Juden gebetet hatte, schien er die Aufforderung *flectamus genua* vergessen zu haben, und die ganze Kirche blieb stehn.

Ich wollte mich ganz automatisch hinknien, doch mein Vater, der neben mir stand, hielt mich am Ärmel der Jacke fest und flüsterte: »An dieser Stelle bleiben alle stehn!«

»Wieso?« fragte ich leise.

»Wir haben soeben ›pro perfidis Judaeis‹, das heißt: für die treulosen Juden gebetet, und die katholische Liturgie sieht hier keine Kniebeugung vor, um nicht das Andenken an die Schmach zu erneuern, mit der die Juden um diese Stunde unsern Heiland durch Kniebeugung verhöhnten.«

Diese Erklärung erschien mir sehr logisch, und die Geste des Stehenbleibens wirkte tief auf mein Gemüt. Anschließend wurde für die Heiden gebetet, und ich erwartete, daß wir auch ihretwegen nicht auf die Knie fallen würden, doch kam zu meiner großen Überraschung nun das Kommando des Benefiziats *flectamus genua*, und ich fragte meinen Vater, ob denn die Juden schlimmer seien als die Heiden.

»Nicht unbedingt«, sagte mein Vater, »aber die Heiden haben die Botschaft Jesu Christi noch nicht vernommen, während sich die Juden hartnäckig vor ihr abkapseln. Darin liegt ihre Schuld.«

Ich mußte plötzlich wieder an die beiden Heidenkinder Horst und Helga denken, die so unerlöst dreinblickten und so gefährlich zu leben schienen, und da betete ich leise für mich: »Lieber Gott! Ich danke Dir, daß du mir katholische Eltern geschenkt hast, die mich haben taufen und von der Erbsünde befreien lassen, und daß ich nicht das Unglück ertragen muß, ein Heide zu sein, oder das Pech hatte, als Jude zur Welt zu kommen.«

So oder so ähnlich betete ich zum lieben Gott. Aber als wir dann zur Kreuzverehrung schritten, machte ich doch noch eine heimliche Kniebeugung für die Juden, damit Gott sie eines Tages erleuchte und den Schleier von ihrem Herzen nehme, auf das sie endlich so gute Christen würden wie wir.

Nach der Messe schaute ich nach unsren Verwandten, aber sie waren gegen die Hoffnung meiner Mutter doch nicht in die Kirche gekommen. Die Messe mit den vielen Fürbitten und der Kreuzverehrung hatte sehr lang gedauert, und wenn Tante Hedwig und Onkel Waldemar mit ihren beiden Heidenkindern nicht inzwischen zum Götzendienst in den Wald gegangen waren, mußten sie eigentlich bereits in ihre Baracke zurückgekehrt sein.

Meine Mutter wollte auf dem Heimweg schnurstracks zu ihnen hineingehn, um das vorhin abgebrochene Gespräch fortzusetzen und sie auf der Stelle zu überreden, Horst und Helga gleich jetzt zu Ostern mit dem taufrischen Weihwasser taufen zu lassen, doch mein Vater verbot ihr, die Baracke am heutigen Tag zu betreten, weil er meinte, in Fragen der Weltanschauung dürfe niemand gegen seine Überzeugung gezwungen werden.

Zu unsrer großen Überraschung erschien Tante Hedwig mit Horst und Helga zwei Tage später in der Ostermette. Sie hatten sogar – wie wir – eine Limoflasche dabei, um etwas von dem neuen Weihwasser mit nach Hause zu nehmen, und meine Mutter, die sich sehr über den Kirchgang ihrer Schwägerin freute, paßte sie nach der Mette ab, um die heikle Angelegenheit endlich zu bereinigen.

»Mach dir keine Sorgen«, antwortete Tante Hedwig, »in einer Woche werden meine beiden Kinder genauso getauft sein wie deine, nicht besser und nicht schlechter!«

»Ihr laßt sie also taufen?«

»Ja, wir lassen sie taufen, dem lieben Frieden zuliebe.«

»Und wann findet die Taufe statt?«

»Am Weißen Sonntag, drüben in der Hainhofer Pfarrkirche. So jetzt weißt du alles.«

»Das ist aber eine freudige Nachricht für uns«, sagte meine Mutter, »und am meisten darüber freuen wird sich dein Bruder Sepp!«

»Das ist ja die Hauptsache«, sagte darauf Tante Hedwig.

Am Weißen Sonntag war die Hainhofer Pfarrkirche überfüllt. Es gab in diesem Jahr viel mehr Erstkommunikanten als sonst, und der Hainhofer Pfarrer wollte während der üblichen Taufbunderneuerung gleich einige Kinder mittaufen, die wegen ihrer Eltern während des Kriegs Heiden geblieben waren.

Auch unser Anführer Teilhart, der Wüstenfuchs, kam heuer zur Erstkommunion. Wir hatten ihn noch nie so brav und fromm gesehen, und ich vermutete, daß es die Nähe Gottes war, die solchermaßen auf ihn wirkte.

Die Kirche war so voll, daß die meisten Leute draußen auf dem Friedhof stehn mußten. Wir waren jedoch rechtzeitig gekommen und hatten auf dem zweiten Chor noch Platz gefunden. Also konnten wir von oben gut bis zum Altarraum und der Kommunionbank hinabsehn.

Der Hainhofer Pfarrer war ein dickes, robustes Männlein mit einem kugelrunden Kopf und weißen Haarstoppeln um die Halbglatze. Sein Gesicht zeigte Gutmütigkeit, und seine Augen hatten die Traurigkeit einer Dogge.

Während der Wandlung hatte er die zu weihende Hostie hoch über sein Haupt erhoben, daß auch die Kleinsten sie sehen könnten, und jetzt, kurz vor der Kommunionausteilung, wandte er sich den Menschen in der Kirche zu, holte eine Hostie aus dem Kelch, zeigte sie allen und sprach die lateinischen Worte.

Auf die große Entfernung konnte ich nicht feststellen, wie das Wunder der Wandlung die Hostie verändert hatte, aber es schien, als hätten die in den ersten Reihen knieenden Kommunionkinder es allesamt wahrgenommen, denn sie starrten wie gebannt auf die kleine Oblate, als wäre sie von Jesu Fleisch und Blut rot überströmt. Es war, als ginge von der Hostie ein himmlischer Glanz aus, denn als der Pfarrer in die Augen der Kinder blickte, sah er, wie sie das Wunder schauten und in der kleinen Oblate wahrhaftig Gott erkannten. Dann blickte der Pfarrer in die Kirche hinein unter die vielen Gläubigen, doch schienen sie ihm von Zweifeln zernagt, als hielte sie nur der gute Wille am überkommenen Glauben. Die zum Altar hinaufstarrenden Kindergesichter machten den Pfarrer in diesem Moment sehr betroffen und er schämte sich, erwachsen zu sein, und weinte. Unter Tränen verteilte er die Kommunion, und viele Erwachsene weinten vor Rührung mit.

Die neuerwachte Frömmigkeit erwies sich auch einige Wochen später bei der Fronleichnamsprozession. Wir gingen wie immer nach Hainhofen hinüber, aber der Prozessionszug war heuer gut doppelt so lang wie vor zwei Jahren, als noch Krieg gewesen war. Die Fenster der Bauernhäuser waren mit goldumrandeten roten Tüchern, Kerzen und Heiligenbildern geschmückt. In einigen Hofeinfahrten und auf dem Schlipsheimer Weg waren Feldaltäre errichtet und der staubige Prozessionsweg von der Hainhofer Kirche bis zur Kapelle in Schlipsheim war mit einem Teppich aus Gras und frischen Blumen bedeckt. Die Frauen hatten bunte Sommerhüte hervorgekramt und trugen sie wie sahneverzierte Obsttorten auf dem Kopf. Wer von den Herren noch einen dunklen Anzug besaß, hatte ihn an. Einige Bauern schwitzten unter dem Frack, den sie sich im letzten Winter von hamsternden Städtern gegen Fleisch und Kartoffeln eingehandelt hatten.

Drei Ministranten bildeten die Spitze des Prozessionszugs. Zwei von ihnen trugen hohe Stangen mit roten

Kirchenfahnen, der dritte lief in der Mitte und hielt eine schwarze Stange senkrecht empor, auf deren Spitze ein kleines Kruzifix saß wie eine Unkrautharke.

Hinter den drei Ministranten liefen die kleinen Mädchen. Viele hatten weiße Kleider oder Röcke und rosa Blusen an und trugen bunte Schleifen in den Zöpfen. Wir Buben kamen nach den Mädchen und genierten uns, weil unsre Mütter auch uns so schön ordentlich zur Prozession geschickt hatten. Die Mädchen streuten aus kleinen Körbchen Blumen auf den Weg, und uns hatten die Eltern Blumensträuße in die Hand gedrückt, daß wir alle hundert Meter eine Blume herauszögen und auf den Grasteppich würfen. Für die meisten Buben war das zu umständlich. Sie schmissen gleich zu Anfang den ganzen Blumenstrauß auf den Weg, um die Hände frei zu haben.

Wir zogen die vor uns laufenden Mädchen zum Spaß an den Zöpfen. Die Mädchen kreischten laut auf, bis eine Lehrerin vom Erwachsenenblock zu uns vorkam und unser Spiel unterbrach. Nun rempelten wir uns gegenseitig an oder traten einander zum besseren Zeitvertreib auf die Füße. Dieses Spiel hieß ›Käfervertrappen‹. Hatte einer neben uns zufällig braune Schuhe an, riefen wir rasch »Mein Vater hat gesagt, ich soll braune Käfer vertrappen« und stiegen ihm auf die Zehen. Die Farbe der Schuhe spielte keine Rolle, denn es gab auch weiße, schwarze, rote und grünliche Käfer. Und immer hatten unsre Väter eine neue Käfersorte entdeckt, die es zu vernichten galt, und was unsre Väter uns aufgetragen hatten, führten wir aus.

Viele Kinder gingen vor dem Traghimmel einher. Der Hainhofer Pfarrer hatte ein paar Bauernbuben extra für Fronleichnam in Ministrantengewänder gesteckt, damit alles noch feierlicher aussähe. Sie schritten zwischen uns und dem Traghimmel und hielten Kerzenständer, schellten vor den Altären mit kleinen Handglocken, schwangen abwechselnd das Weihrauchfaß oder hielten die silberne Schale mit den Harzkörnern, von denen sie von Zeit zu Zeit einen Löffelvoll auf die glühende Holzkohle im Weihrauchfaß streuten.

Die Ministranten in ihren langen Röcken waren zu bedauern, denn wie immer zu Fronleichnam war es richtig Sommer geworden, und die Sonne prallte voll auf die Köpfe herab und trieb den Schweiß aus den Poren. Die Hitze erweichte das Wachs der Kerzen, so daß sie sich bogen, und von den Schmutterwiesen flogen Bremsen herüber und stachen die Prozessionsteilnehmer.

Nur der Pfarrer unter dem Traghimmel pilgerte im Schatten den Berg bis nach Schlipsheim hinauf. Dafür mußte er die ganze Zeit die goldene Monstranz mit der Hostie vor sich her tragen. Vor lauter Anstrengung war das Gesicht des Pfarrers krebsrot, Schweißtropfen liefen dem armen Mann über Stirn und Wangen auf das goldbestickte Meßgewand herab, und wenn sich ihm eine Bremse auf die Stirn setzte, konnte er sie weder vertreiben noch töten und mußte sich geduldig stechen lassen. Wir blickten uns manchmal um, als erwarteten wir, daß etwas passierte, und ich befürchtete laufend, daß der Pfarrer unter der Last der Monstranz und der geweihten Hostie zusammenbräche. Aber gottlob war in der Nähe des Traghimmels mein Vater, der gewiß sogleich zur Stelle gewesen wäre, um aufs beste zu helfen.

Ich konnte die Stimme meines Vaters aus dem allgemeinen Gesang heraushören, wenn der Hainhofer Kirchenchor anstimmte:

Meerstern ich dich grüße,
o Maria hilf!
Gottesmutter süße,
o Maria hilf!
Maria hilf uns allen
aus dieser tiefen Not.

Es war, als wollte er den maulfaulen schwäbischen Bauern wiederum beweisen, wieviel besser die oberschlesischen Katholiken gewesen seien, wenn sie für Gott ihre Stimme erhoben hatten. Allein konnte er zwar die zwischen den Zähnen herausgepreßten Lieder der Kirchengemeinde nicht retten, doch gab er sein bestes und hielt die Töne über Satz- und Liedende hinaus, bis sie einen Halbton absackten oder leiser werdend aufschwebten wie Mückenschwärme über Tümpeln.

Singend und betend bewegte sich die Prozession in Richtung Schlipsheim hinauf. Wir beteten: ›Aller Augen warten auf dich, o Herr; du gibst ihnen Speise zur rechten Zeit; du öffnest deine Hand und füllest alles, was da lebt, mit Segen!‹

Und wir sangen:

Maria breit den Mantel aus,
mach Schirm und Schild für uns daraus;
laß uns darunter sicher stehn,
bis alle Stürm' vorübergehn!
Patronin voller Güte,
uns allezeit behüte!

Jeder betete und sang nach seiner Art. Manche murmelten oder brummelten die Gebete vor sich hin, viele raunten und quetschten die Gesänge mühselig aus Bauch und

Brustkorb über die Lippen, einige krähten wie Hähne am Abend, mehrere meckerten wie alte Geißböcke und eine kleine Schar kreischte und krächzte wie ein Schwarm aufgescheuchter Krähen.

Inmitten jener Jammerlaute erklang jedoch eine wundervolle Stimme und schwebte wie eine Schwalbe über uns in der sommerlichen Luft. Der Wohlklang dieser einen Stimme versöhnte alle mit ihren eigenen müden Gesängen. Immer wieder drehten sich die Menschen um, weil sie sehen mußten, wer so schön sang. Sie wußten es längst, blickten sich aber wieder und wieder um. Ich schaute geradeaus, als hörte ich nichts, denn ich genierte mich, daß es ausgerechnet meine Mutter war, der jene schöne Stimme gehörte.

Endlich waren wir in Schlipsheim angelangt. Vor der Kapelle in der Nähe des Feuerwehrhauses stand der vierte Altar, und die Prozessionsteilnehmer bildeten einen Halbkreis um die auf der Altarplatte abgestellte Monstranz.

Der Hainhofer Kirchenchor stimmte die zweite Strophe an, und wir sangen zur Ehre Mariens:

Dein Mantel ist sehr weit und breit,
er deckt die ganze Christenheit,
er deckt die weite, breite Welt,
ist aller Zuflucht und Gezelt.
Patronin voller Güte,
uns allezeit behüte!

Während wir noch sangen, beobachtete ich, wie ein Westheimer Polizist auf meinen Vater zuging und ihm etwas zuflüsterte. Mein Vater verließ sofort die Prozession und ging mit dem Polizisten ins Dorf hinein.

»Es muß etwas passiert sein«, sagte ich leise zu meinem Bruder.

»Komm mit! Wir sehen nach«, antwortete er, und wir schlichen uns heimlich davon und verfolgten die beiden. Da sahen wir, daß sie in den Hof von Bepps Eltern einbogen, aber nicht das Haus, sondern den Stadel betraten. Vor der Stadeltür standen Bepps Eltern und ein zweiter Polizist, und wir mußten uns von der Rückseite her anschleichen, um nicht entdeckt zu werden.

Durch eine Ritze in der Holzwand blickten wir in den dämmrigen Raum. Zuerst sahen wir nur Bepps Motoguzzi-Beiwagenmaschine und meinen Vater im Gespräch mit den beiden Polizisten. Sie deuteten aber in die Höhe auf einen länglichen Lumpensack, doch als wir genauer hinschauten, sahen wir, daß es ein Mensch war, der leblos an einem Strick von einem Balken herabhing. Die Polizisten hatten ihn unberührt gelassen, bis der Arzt eintraf, um die Todesursache festzustellen.

Es sah aus, als hätte Bepp sich selber das Leben genommen, aber mein Vater hatte als Arzt von der Annahme auszugehn, daß vielleicht ein Selbstmord vorgespiegelt sein könnte, um einen Mord zu verbergen. Erst wenn der Arzt einwandfrei die Todesursache festgestellt hatte, durfte auch die Polizei den Tatbestand behaupten.

In jenem Fall gab es jedoch kein Anzeichen für fremdes Verschulden. Bepp hatte seinem Leben wirklich selber ein Ende gesetzt.

»War Bepp katholisch?« fragte ich am nächsten Tag meinen Vater.

»Ja, aber er wird nicht katholisch beerdigt.«

»Warum nicht?«

»Weil Selbstmörder in ungeweihter Erde ruhen müssen. Sie werden behandelt wie Heiden.«

XVI

Außer der Wallfahrtskirche, dem Pfarrhaus, der Gaststätte und ihren Nebengebäuden stand auf dem Kobel noch ein altes, baufälliges Vorratshaus aus Stein. Es gehörte vermutlich zur Gaststätte und befand sich nordwestlich von der Wallfahrtskirche. Vom Pfarrhaus war es bloß durch einen schmalen Weg und einen grasüberwucherten Vorplatz getrennt.

Dieses allmählich verfallende Gebäude hatte keine Fenster, bloß zum Vorplatz hin ein großes, verriegeltes Holztor. Doch Riegel und Schlösser waren hier nutzlos, denn die Bretter der Tür faulten und waren an manchen Stellen längst morsch und schwammig, so daß, wer das Vorratshaus betreten wollte, nur zwei oder drei morsche Bretter mitsamt den rostigen Nägeln aus der Querleiste zu stemmen brauchte, und schon hätte er einsteigen können.

Das Tor mußte vor vielen Jahren dunkelrot oder braun gestrichen gewesen sein, denn an einigen wenigen Stellen des Holzes waren noch winzige Farbspuren erkennbar. An verrosteten Nägeln hing außerdem ein kleines graues Schild mit der Aufschrift *Achtung! Lebensgefahr! Betreten strengstens verboten!*, und zur Abschreckung war das Verbotsschild mit einem kleinen schwarzen Totenkopf und zwei verschränkten Knöchelchen verziert. Das Schild war fast so verwittert wie das Holz der Tür, und wer wollte, konnte es leicht übersehn.

Uns schreckte es nicht ab. Seit längerer Zeit planten wir, das verbotene Gebäude zu betreten. Es hieß nämlich, unter dem Haus befänden sich sieben bis tief in den Berg hinabreichende Keller, untereinander befindliche Verließe mit kalten lichtlosen Gewölben, die seit über hundert Jahren kein Mensch mehr betreten habe.

Einst seien alle sieben Keller als Eiskeller verwendet worden. Gegen Ende des Winters, vor der Schneeschmelze, war auf der Schmutter und den Fischweihern und Ententeichen im Dorf das Eis gestochen worden. Dann hatten die Bauern die Eisplatten auf breiten Pferdefuhrwerken oder -schlitten auf den Kobel gefahren und in den tiefen Kellern gelagert zur Bierkühlung im Sommer und Herbst.

Einer von uns wußte, daß sich im siebenten Keller eine Tür zu einem Geheimgang befand, der vom Berginnern aus bis ins Dorf hinabführte, am Notburgaheim vorbei, unter den Schmutterwiesen und dem Fluß hindurch, genau bis zum Hainhofer Schloß. Jener Geheimgang sei aber seit dem Dreißigjährigen Krieg von keinem Menschen mehr betreten worden, und natürlich wäre es lebensgefährlich, den Gang ohne spezielle Ausrüstung zu betreten, da es da drunten weder Stützpfeiler noch Luftschächte gäbe.

Damals nahmen wir uns vor, das alte Gebäude heimlich zu betreten, bis in den tiefsten Keller hinabzusteigen und zu prüfen, wie weit wir in jenem Geheimgang vorankommen würden.

Anfangs wollten wir uns Pechfackeln besorgen, um uns dort in der ewigen Nacht zurechtzufinden. Aber dann fiel uns ein, wie stickig die Luft gerade in dem Geheimgang wäre, und wir beschlossen, Taschenlampen mitzunehmen. Dietger Küng besaß mehrere Stablampen mitsamt Batterien. Sein Vater hatte bis Kriegsende bei Messerschmitt Düsenflugzeuge gebaut, und da war es klar, daß

Dietger Küng und seine beiden Brüder mit modernsten Taschenlampen ausgerüstet waren. Wer das Morsealphabet beherrschte, konnte damit geheime, verschlüsselte Nachrichten übermitteln. Außerdem hatten die Lampen blaue und rote Filterscheiben, die sich bei entsprechender Knopfverschiebung zwischen das normale Glas und die Glühbirne schoben und farbige Lichtsignale ermöglichten.

Der Meidscher brachte eine andere Taschenlampe mit. Er hatte sie von seinem Vater.

»Ich weiß schon«, sagte Teilhart Kraft, »dein Vater hat das Ding bei der Wehrmacht geklaut.«

»Idiot! Das ist eine Original-Amitaschenlampe!«

»Daß ich nicht lache!«

»Wetten?«

»Du mußt es beweisen.«

»Quatsch! Das sind Tatsachen. Und Tatsachen muß man nicht beweisen. Entweder einer glaubt sie, oder er tut mir leid.«

Die Taschenlampe des Meidschers war jedenfalls sehr praktisch. Sie lief ohne Batterie. Man konnte sie mit der Hand umschließen. Sie hatte seitwärts einen Hebel oder eine Art Taste, die sich mit dem Handballen oder den Fingern hin- und herbewegen ließ wie ein winziger Orgelbalg. So wurde bei unablässigen Druckbewegungen über einen Dynamo im Lampengehäuse elektrischer Strom produziert. Die Helligkeit des Lichts hing von der Schnelligkeit der Quetschbewegungen ab, und während so der Dynamo lief, gab die Maschine im Innern ein gequältes, auf- und abschwellendes Jaulen von sich, das mit der Helle des Lichtstrahls an Tonhöhe gewann und bei nachlassender Bedienung zu einem Brummen wurde, bis es dann knarrend absank, während das Licht verdämmerte und sich zuletzt in sich selber verkroch.

Eine tolle Erfindung! dachten wir, wenn die Soldaten im Schützengraben keine aufgeladene Batterie zur Hand haben und beispielsweise bei Nacht einen Feldpostbrief lesen wollen. Nur der Lärm, den dieses Ding verursachte, war ein gewaltiger Nachteil, denn möglicherweise lauerte ganz in der Nähe der Feind, und der Taschenlampenbesitzer gefährdete sich und das Leben seiner Kameraden.

Wir gingen also den Kobel hinauf, hatten die Stablampen und die kleine Dynamo-Taschenlampe dabei und außerdem eine Strickleiter und ein langes Tau, um uns notfalls in tiefere Keller abseilen oder von dort wiederum emporhangeln zu können, falls einer von uns durch eine Falltüre in ein Verlies stürzen sollte.

Beim Betreten des baufälligen Gebäudes mußten wir aufpassen, daß der Benefiziat oder seine Haushälterin uns nicht zufällig vom Pfarrhaus aus beobachteten oder jemand aus der Kobelkirche käme, wenn wir gerade die morschen Bretter der Türe eindrückten. Deshalb warfen wir vorsichtshalber noch einen Blick in die Kirche und deren Seitenkapelle.

Das Hauptschiff war fast leer. Nur in der ersten Reihe knieten drei ältere Frauen und beteten. In der Seitenkapelle standen jedoch mehrere Leute am Beichtstuhl. Also war der Benefiziat beschäftigt. Wir wollten aber auch ganz sicher sein, daß auch die Haushälterin abgelenkt wäre, und so zogen wir nach dem Verlassen der Seitenkapelle die Gartenglocke und rannten sofort zum alten Vorratsgebäude zurück.

Von dort hörten wir noch, wie der Spitz des Benefiziats kläffte und bellte wie ein Bastard, aber wir befanden uns auf der anderen Seite des Pfarrhauses, als die Haushälterin mit schriller Stimme am Gartentor »Ist da wer?« rief.

Wir blickten uns ein letztes Mal um, stemmten zwei morsche Bretter des verriegelten Holztores einwärts und schlüpften nacheinander in den stockdunklen Raum, wo wir die ersten Stiegen zu den sieben Kellern vermuteten.

Zunächst sahen wir nichts. Wir spürten bloß die Kühle des Raums, denn wir kamen direkt aus der Sonne. Wir rochen den modrigen Hauch aus der Tiefe, als stiege er aus dem siebenten Keller bis hierherauf.

Keiner von uns sagte ein Wort. Jeder lauschte angespannt, ob er aus dem Abgrund ein Geräusch, einen Laut hören würde. Aber nichts schien zu geschehn, und wir alle waren allein mit unsrer gemeinsamen Angst.

Dann hörten wir Schritte, doch von draußen.

Jemand kam von der Wallfahrtskirche näher. Wir sprachen nichts und bewegten uns nicht. Ein Mensch ging um das alte Gebäude, und eine kleine Weile verloren wir ihn aus den Ohren. Wir fühlten uns fast entdeckt. Es war, als wartete der Unbekannte seelenruhig ab, bis wir uns selber verrieten. Dann vernahmen wir die Schritte erneut. Es schien, als würde sich die unsichtbare Person nun schnell entfernen, als liefe sie pfeifend den Kobelweg in Richtung Bahnhofswirtschaft hinab.

Dietger Küng knipste seine Stablampe an. Sie verbreitete einen feuerroten Lichtschein. Der Raum glühte im Filterlicht auf, und wir sahen Spinnweben, allerlei Kisten und Kästen, Gerümpel und abgelegtes Altmaterial.

»Mach das Licht aus!« rief Teilhart Kraft, »ich habe etwas gehört.«

Dietger knipste sofort seine Lampe aus, und wir horchten.

Aber wir hörten bloß unseren eigenen Atem und den dumpfen Herzschlag.

»Du spinnst«, sagte der Meidscher, »oder hörst du Gespenster?«

»Ich geb' dir gleich eine, dann siehst du Gespenster!« antwortete Teilhart.

»Ich für meine Person«, sagte der Meidscher, »habe jedenfalls nichts gehört.«

Weil deine Mutter dir heut früh die Ohren nicht gewaschen hat«, sagte Teilhart.

»Wenn, dann wasche ich sie mir schon allein«, sagte der Meidscher stolz.

»Das bezweifle ich«, erwiderte Dietger Küng, und wir lachten.

»So!« sagte nun der Meidscher, »dann würde mich doch wirklich einmal interessieren, wer von euch etwas gehört hat?«

»Ich«, sagte mein Bruder.

»Und darf man erfahren, was du gehört haben willst?«

»Einen Pfiff!«

»Ha! Einen Pfiff! Daß ich nicht lache! Einen Pfiff! Einen Pfiff!«

»Doch«, sagte mein Bruder todernst, »es klang wie ein Pfiff.«

»So, und wenn Teilhart etwas anderes gehört hätte?« fragte der Meidscher schelmisch.

»Das wäre dann seine Sache«, antwortete mein Bruder.

»Wir können ihn ja fragen«, sagte Dietger, »vielleicht hat er eine weit entfernte Sirene gehört oder das Zischen einer Leuchtrakete.«

»Okay«, sagte der Meidscher, »was war es: eine Rakete, Sirene oder ein Pfiff?«

»Psst!« zischte Teilhart, »psst, jetzt habe ich es wieder gehört.«

Wir lauschten wiederum und hörten wiederum nichts.

»Also los!« sagte der Meidscher endlich, und er sagte es so laut, als wollte er seine eigene Angst überwinden. »Also sag, was es war!«

»Es war«, sagte Teilhart, »es war wirklich ein Pfiff. Aber mir scheint, als wäre er nicht von einem Menschen gekommen.«

»So? Von was denn sonst?« fragte der Meidscher.

»Das werden wir noch herausfinden, wenn du so viel Schneid hast, mit uns in den siebenten Keller hinabzusteigen.«

»Ha!« rief da der Meidscher, »wenn es sein muß, geh' ich allein hinunter und durch den unterirdischen Gang sogar hinüber bis zum Hainhofer Schloß.«

»Gut«, sagte unser Anführer, »alle Anwesenden sind Zeugen. Wir nehmen dich beim Wort und stellen dich auf die Probe. Geh jetzt schon einmal in den ersten Keller hinunter! Und wenn du angekommen bist, gibst du uns ein Zeichen.«

»Jetzt sofort?« fragte der Meidscher.

Wir merkten nun, daß wir die ganze Zeit im Dunkeln gestanden waren, und mein Bruder fragte: »Können wir die Taschenlampen jetzt wieder anknipsen?«

»Meinetwegen«, sagte Teilhart, »sonst fällt uns der arme Wicht noch die Stiegen hinunter und schlägt sich den Schädel ein.«

Wir knipsten die Stablaternen an, und der Meidscher quetschte seine Dynamolampe. Jetzt sahen wir den Raum gut ausgeleuchtet. In einer Ecke lagen alte Wehrmachtsuniformen auf einem Haufen und gleich daneben ein kleiner Berg Gasmasken. Wir prüften sofort die Uniformteile, weil wir annahmen, vielleicht noch seltene Rangabzeichen zu finden. Vielleicht hatten sich ein paar Generäle aus dem Staub gemacht und sich hier ihrer Uniformen entledigt. Wir fanden aber nur allereinfachste Uniformen von gewöhnlichen Landsern, ohne Litzen und Orden. Allerdings gab es ein paar Gürtel, die wir wegen der Koppelschlösser gut brauchen konnten.

Die Gasmasken wollten wir zuerst liegen lassen. Jeder von uns besaß eine eigene Kindergasmaske, die wir bei Fliegeralarm immer mit in den Keller genommen hatten; jetzt lagen diese Dinger auf dem Speicher herum, und wir setzten sie nur zum Spaß manchmal noch auf.

Jetzt fiel uns ein, wie nützlich diese Gasmasken hier sein könnten, wenn wir im siebenten Keller oder auf dem Weg durch den unterirdischen Geheimgang in Atemnot geraten würden.

Unter den Uniformen lagen zehn oder zwölf Wehrmachtshelme, die uns zunächst ebenfalls wertlos erschienen. Doch der Meidscher gab zu bedenken, daß wegen der Baufälligkeit der alten Gewölbe es jeden Moment irgendwelche Mauerteile und Trümmer auf uns herabregnen könnte, so daß es klug wäre, wenigstens den Kopf zu schützen.

»Ich habe gedacht, du setzt nur *Amihelme* auf dein wertvolles Haupt«, sagte Teilhart. »Oder sind dir deine Prinzipien plötzlich gar nichts mehr wert!«

»Die amerikanischen Helme sind zwar besser«, sagte der Meidscher, »aber in der Not –«

»In der Not was?«

»Wenn nichts Besseres vorhanden ist –«

»Dummkopf! Es gibt keine besseren Helme als die von

der Wehrmacht. Frag deine Amis! Die können dir's jederzeit schriftlich bestätigen.«

»So? Und wer hat den Krieg gewonnen?«

»Schwätzer!« rief Teilhart Kraft erregt. »Das war keine Frage der Helme, sondern weil wir zu viele Verräter besitzen, solche Leute wie dich!«

»Ha! Daß ich nicht lache!« rief der Meidscher. »Der Krieg ist eine reine Materialfrage. Die Amerikaner haben erfahrungsgemäß den besseren Stahl. Er ist leichter und härter zugleich.«

Nach dieser Erklärung warf unser Anführer dem Meidscher einen verachtungsvollen Blick zu. Dann schaute er der Reihe nach uns an, und wir wußten sofort, daß sich der Meidscher maßlos im Irrtum befand.

»Laß dir jetzt ein- für allemal etwas sagen, du elender Zwerg«, sagte Teilhart, »es gibt keinen härteren Stahl auf der Welt als Krupp-Stahl. Das wußten sogar unsre Feinde, die Amis. Deswegen hatten sie so einen Haufen Schiß, daß sie uns nur aus der Luft angreifen wollten. Und als sie dann feige und hinterfotzig von oben alles bereits kaputt geschlagen hatten und wir uns schon gar nicht mehr wehrten, krochen sie zu guter Letzt im Schneckentempo endlich noch an.«

Der Meidscher sagte nun nichts mehr. Aber wir verlangten, er solle sein Versprechen wahrmachen und in den ersten Keller hinabsteigen. Er durfte sogar einen Stahlhelm aufsetzen, obwohl er ihn nicht verdient hatte.

Doch im Moment sahen wir nicht, wo es hinabging. Nach einigem Suchen fanden wir eine morsche Klapptür im Boden. Wir stemmten sie hoch. Da schlug uns ein kühler Modergeruch entgegen. Keiner von uns hätte Lust gehabt, allein die feuchten Steinstufen hinunterzulaufen.

Aber der Meidscher hatte sich vorher so aufgespielt, daß wir ihn jetzt zwangen, seinen Mut zu beweisen.

»Worauf wartest du noch?« fragten wir.

»Wer kommt mit?« fragte er.

»Feigling!« riefen wir. »Geh allein!«

»Weh euch, ihr macht die Klapptür über mir zu!« rief er.

»Wir leuchten dir sogar hinterher«, sagten wir.

Also faßte er Mut und stieg langsam die Treppen hinab. Unterdessen bediente er eifrig seine Dynamo-Taschenlampe, und wir bündelten die Strahlen unsrer Stablaternen. Also hatte er genug Licht und kam sicher nach unten. Er sprach überhaupt nichts. Wir hörten bloß das Surren des Dynamos.

»Wie sieht es drunten aus?« fragten wir.

Er aber schwieg, wie um sich zu rächen.

»Wenn du nicht sprechen willst, schließen wir die Klapptür.«

Er sagte noch immer nichts.

»Hallo, Meidscher, lebst du noch?«

»Ja, es geht mir gut.«

»Was siehst du?«

»Dieses und jenes.«

»Hörst du etwas?«

»Ja.«

»Was hörst du?«

»Euch.«

»Sonst nichts?«

»Doch.«

»Was?«

»Meine Dynamolampe.«

»Ist das alles?«

»Verrate ich nicht.«

»Du Hurenhund, sag, was du siehst! Sonst klappen wir die Tür wirklich zu.«

»Euer Nachteil!«

»Sprich endlich, sonst wirst du es büßen.«

»Wenn ihr kommt, seht ihr es mit eigenen Augen.«

Wir merkten, daß es unmöglich war, von ihm im Augenblick etwas Genaueres herauszubekommen. Also setzten wir uns die Stahlhelme auf und gingen nacheinander die Stufen hinab. Wir sahen nichts, was uns auf den ersten Blick hätte wichtig erscheinen können. Nur eine Unmenge Altpapier lag in Stapeln auf dem Boden umeinander. Es interessierte uns momentan kaum, denn wir suchten nach Dingen, die wir brauchen oder tauschen konnten. Auch wäre es zu kompliziert gewesen, dieses feuchte, vermoderte Papier mühsam hinauf ans Licht zu schleppen, um es vielleicht irgendwo abzuliefern. Außerdem war noch nicht einmal klar, ob überhaupt jemand uns diese braunstichigen, bedruckten Bündel in der jetzigen Zeit gerne abgenommen hätte, und so ließen wir einfach alles erst einmal liegen.

Unser Ziel lag viel tiefer. Wir hatten uns vorgenommen, bis in den siebenten Keller hinabzudringen, und wenn es ihn – tief unter uns – wirklich gab, mußte auch ein Weg dahin führen. Also suchten wir eine ganze Weile herum, bis wir dachten, die nächste Falltür müsse unter den Altpapier-Bündeln liegen.

Also waren wir doch gezwungen, den ganzen Kram beiseitezuräumen: Papiere, Briefe und amtliche Schreiben. Wir hatten keine Lust, darin herumzuschnüffeln, denn es war Altpapier der allerschlechtesten Sorte. Freilich war das meiste wohlgeordnet und mit einfachen

Schnüren verknotet. Diese Packen ließen sich leicht beiseite schaffen. Anderes war einfach in hölzernen Biertragen abgelegt, einiges in Pappkartons, ja es gab sogar einen Stapel bester Aktenordner, worin jemand irgendwelche Mitteilungen, Anweisungen oder Befehle abgeheftet hatte.

Wäre dies alles verschlossen gewesen, und hätten jene Leute, die es betraf, alles feinsäuberlich eingepackt, so wären wir jetzt nicht durch Zufall darauf gestoßen und hätten die schwerwiegenden Überreste einer im eigenen Schriftverkehr erstickten Verwaltung dem allmählichen Verfall überlassen, bis alle Erinnerung in Muff und Moder verfault und zerfallen wäre, ohne unser Wissen und Zutun.

So aber lagen einige Akten in losen Stapeln da, und wir mußten sie beiseite rücken, wenn wir tiefer vordringen wollten. Es waren kurze amtliche Schreiben. Ich erinnere mich, daß die maschinengeschriebenen Buchstaben blasse und defekte Zeilen bildeten und daß Ausrufungszeichen fast jeden Absatz abschlossen. Am unteren Briefende prangte ein Siegelabdruck, der uns sehr vertraut vorkam. Es war dasselbe Hoheitszeichen, das sich auf der Rückseite unsrer nach wie vor gültigen, wertlosen Münzen befand: jener hagere Adler, der seine Schwingen ausgebreitet hatte und mit spitzen Krallen ein kleines Hakenkreuz umklammert hielt. Wir stießen uns nicht an diesem Siegel samt Adler und Hakenkreuz, denn sonst hätten uns auch die Reichspfennige und R-Mark-Scheine stören müssen, die selbst den guten Amerikanern anscheinend so wenig mißfielen, daß sie sie allen – Großen und Kleinen – bis auf weiteres als Spielgeld überließen.

Neben dem Briefsiegel standen jedoch zwei Wörter, vor denen wir sehr erschraken. Sie standen in schwarzen

Druckbuchstaben unter jenen Briefen und bedeuteten den Gruß des Teufels.

Unser Gruß hieß »Grüß Gott!«, doch wußten wir, daß es in den letzten Jahren oft Menschen gegeben hatte, die sich nicht mehr im Namen Gottes begrüßten. Wir wußten zwar auch, daß das Hakenkreuz auf den Münzen und Scheinen das vom Satan verbogene Kreuz der Kirche war, doch war das Geld Teil dieser Welt, wo dem Teufel von Gott höchstpersönlich einige Macht zugestanden wurde. Aber sich nicht mehr im Namen Gottes, sondern mit dem teuflischen Gruß zu begrüßen, war ein Frevel, den Gott nicht ungestraft lassen würde. Die meisten Menschen in unserer Gegend hatten freilich Gott mehr gefürchtet als alle Teufel der Welt und ihr altes »Grüß Gott« beibehalten, aber es hatte den Gruß des Teufels auch hier gegeben, so wie es das satanische Kreuz nach wie vor überall gab.

Jetzt aber standen wir Kinder hier, keine hundert Schritte von der Kobelkirche entfernt, im ersten Keller des alten Bierlagerhauses, nahmen jene Schriftstücke zur Hand und lasen die Worte »Heil Hitler!«.

Da erschraken wir. Wir glaubten etwas entdeckt zu haben, was es wenigstens bei uns nicht gegeben haben durfte. Und hier im ersten Keller des wegen Baufälligkeit verbotenen Gebäudes lagerten, wie wir meinten, geheime Dokumente der vergangenen Zeit. Auf der Suche nach fernen Vergangenheiten stießen wir auf unsre Gegenwart.

Aber wir hatten jetzt keine Zeit, uns in altes Papier zu vertiefen. Wir suchten nur den Zugang zum nächsttieferen Keller und mußten zu diesem Zweck das verdammte Papier beiseite räumen. Also sahen wir nur die obersten Schriftstücke. Es waren Durchschläge von Mitteilungen der Gemeindeverwaltung.

Über den meisten Schriftstücken stand das gesperrt gedruckte Wort ›Bekanntmachung‹. Die Papiere trugen neben dem teuflischen Gruß die Unterschrift des Ersten Bürgermeisters, aber seltsamerweise machte der Bürgermeister keine Höllengeheimnisse bekannt, sondern ziemlich irdische Probleme. Er sprach von der Streupflicht der Anrainer von Gehwegen bei Schnee- und Eisglätte, von der vorübergehenden, wetterbedingten Verminderung der Lebensmittelrationen und die demnächst erfolgende Neuverteilung zweckmäßigerer Lebensmittelmarken, von der allgemeinen Verdunkelungspflicht, der Anmeldefrist zu freiwilligen Erste-Hilfe-Ausbildungskursen, dem strikten Verbot von Schwarzschlachtungen jeglicher Art, stundenweisen Wasser- und Stromsperren, vom Verhalten bei feindlichen Tieffliegerangriffen während der Tageszeit, vom freiwilligen Verzicht auf die den Einzelfamilien zustehenden Heiz- und Schürmaterial-Zuteilungskontingente, und er wies hin auf die demnächst zur Durchführung kommende Haus- und Straßensammlung für das Winterhilfswerk.

Ich fragte mich, was an diesen Mitteilungen so teuflisch wäre, und hatte keine Erklärung. Aber dann fiel mir ein, daß es ja die Hölle auf Erden wirklich gab, und mir kam der Verdacht, die Höllengeister verständigten sich in hochgestelztem Amtsdeutsch schriftlich mit- und untereinander.

Nun machten wir uns an die Arbeit und räumten die Altpapierstöße nach und nach beiseite. Es war eine Heidenarbeit, denn dieses Papier schien uns schwerer als gewöhnliches. Schon oft hatten wir Papierflieger segeln und Papierdrachen steigen lassen. Also wußten wir, wie leicht Papier sein kann, leichter als Luft.

Doch jetzt stellten wir das genaue Gegenteil fest. Dieses Papier wog sehr, sehr viel, vielleicht mehr als Blei oder Eisen. Wir suchten nach einem logischen Grund und meinten, es wöge wegen der aufgesogenen Feuchtigkeit so viel. Aber die Feuchtigkeit allein erklärte nicht alles. Deshalb überlegten wir, ob es vielleicht mit der Erdanziehung zusammenhänge. Doch wir verwarfen diesen Gedanken sogleich wieder, als Dietger Küng uns den Nachweis erbrachte, daß die Erdanziehung zum Erdinneren hin immer mehr abnehme, ja abnehmen müsse, da es ansonsten – logischerweise – keinen Erdmittelpunkt geben könne, der bekanntlich in sich selber ruhe, also keiner weiteren Anziehung unterliege, statt dessen jedoch eine gigantische Fliehkraft besitze, weswegen die noch tätigen Vulkane immer wieder Magma ausspien, die infolge der größeren Erdanziehung außerhalb des Erdinneren, das heißt in der Atmosphäre, sprich: Luft, sogleich wieder an Schwerkraft zunehme und an den Berghängen ins Tal hinabfließe.

»Und die Sonne?« fragte ich. »Weshalb stürzt die Sonne nicht auf uns herab?«

»Weil sie selber ihre ureigene Schwerkraft besitzt.«

»Und der Mond?«

»Ebenso der Mond.«

»Und warum stürzt die Erde nicht auf den Mond oder auf die Sonne?«

»Weil die Schwerkräfte von Sonne, Mond und Erde einander aufheben und folglich im Gleichgewicht halten.«

Dietgers wissenschaftliche Darlegungen leuchteten ein, und wir frugen nicht weiter. Trotzdem hatten wir noch keine plausible Erklärung für das geradezu unglaubliche Gewicht dieses Altpapiers hier.

Wir fluchten, während wir Packen um Packen zur Seite schoben und schleppten. Und vor allem rätselten wir herum, was bei einkalkuliertem Wassergehalt trotz abnehmender Schwerkraft dieses Altpapier so schwer machte.

»Ich weiß es!« rief plötzlich mein Bruder. »Ich hab's! Das Papier ist magnetisch!«

»Magnetisch?«

»Ja, hochmagnetisch.«

»Das mußt du beweisen!«

»Ganz einfach: die Schwerkraft nimmt zum Erdinneren hin zwar ab, aber nur für gewöhnliche Stoffe. Ist ein Material magnetisch aufgeladen, nimmt die Erdanziehung zu, und zwar entgegengesetzt-proportional zum spezifischen Gewicht. Das heißt, je leichter das ursprüngliche Gewicht des jeweiligen Stoffes ist, also seine natürliche Fliehkraft, desto größer muß seine Schwerkraft sein, sobald er magnetisch aufgeladen ist.«

»Und warum?«

»Wegen des Magmakerns im Erdinneren!«

Ich bewunderte in diesem Moment meinen Bruder, weil seine wissenschaftlichen Grundkenntnisse bereits so absolut waren. Mir war einfach schleierhaft, wo er so viel Fachwissen erworben hatte, da er doch bis vor kurzem noch ein Erstenbätzler gewesen war. Nie hatte er mit mir über solch grundlegende Weltprobleme geredet, und ich schämte mich, von so wichtigen Dingen keine Ahnung zu besitzen. Ich tröstete mich aber mit dem Gedanken, daß auch Teilhart Kraft, unser Anführer, sobald derartige wissenschaftliche Fragen erörtert wurden, den Mund hielt und das Wort Dietger Küng überließ. Er mußte es als Fachmann schließlich wissen, da doch sein Vater bei Messerschmitt gewesen war, wo die Beantwortung solcher Fragen zum kleinen Einmaleins gehört hatten.

Und wieder ergriff Dietger das Wort.

»Johannes«, sagte er zu meinem Bruder, »deine Idee ist faszinierend und wäre genial. Aber leider hat sie einen Haken. Soviel ich nämlich weiß, ist Papier kein Metall. Aber nur Metall ist magnetisch. Also kann deine Theorie niemals stimmen.«

»Woher weißt du, daß nur Metall magnetisch sein kann?« wollte unser Anführer wissen.

»Ich weiß es von meinem Vater«, sagte Dietger.

»Und woher weiß es dein Vater?«

»Aus Erfahrung!«

Dagegen konnten wir nichts sagen. Denn sein Vater hatte schließlich das erste Überschall-Flugzeug mitentworfen und war folglich ein technisches Genie. Es war klar, daß er von Erdanziehung und Fliehkraft etwas mehr verstand als wir alle miteinander.

Mir tat mein Bruder leid, denn seine Erklärung erschien mir noch immer so logisch, daß ich ihm gern zu Hilfe gekommen wäre, wenn ich nur von so komplizierten Dingen überhaupt etwas verstanden hätte. Ich überlegte hin und her. Dann fiel mir etwas ein.

»Ich weiß, woran es liegt«, sagte ich.

»So?«

»Ich hab' das Geheimnis.«

»Gut, dann verrat es uns!«

»Nicht das Papier ist magnetisch, sondern die Schrift!«

»Ha! Etwas ganz Neues! Eine tolle Theorie!«

»Ja«, sagte ich, »die Buchstaben sind mittels Schreibmaschine auf das Papier übertragen. Und die Druckerschwärze enthält Blei, also schwerstes Schwermetall.

Nicht das Papier ist magnetisch, sondern jedes Wort. Deshalb erscheint uns das beschriebene Papier jetzt so schwer.«

»Was sagst du zu diesem phantastischen Vorschlag?« fragte unser Anführer den Fachmann.

»Gar nicht so übel«, antwortete Dietger.

»Was heißt da ›gar nicht so übel‹? Entweder es stimmt oder es ist falsch.«

»Es könnte stimmen. Es könnte aber auch falsch sein.«

»Das heißt: Du hast keine Ahnung!«

»Bei einem so komplizierten Problem«, sagte Dietger Küng, »muß ich erst meinen Vater fragen.«

»Dann frag deinen Vater!« sagte Teilhart.

Endlich, nachdem wir etwa ein Zehntel der Papierbündel umgeschichtet hatten, entdeckten wir im Boden die gesuchte Tür. Wir stemmten sie hoch und blickten in den dunklen Raum unter uns. Das Licht unsrer Taschenlampen reichte gerade aus, den ersten Keller zu beleuchten. Vom zweiten sahen wir lediglich die obersten Steinstufen, die im darunterliegenden Dunkel versanken, als löste sich die Stiege im schwarzen Abgrund auf, als führte der Weg direkt ins lichtlose Nichts, als fiele, wer auch nur die obersten, gerade noch sichtbaren Stufen beträte, direkt ab in die ewige Bodenlosigkeit, tauchte ein ins unterirdische All, als liefen wir hier beim ersten Fehltritt Gefahr, abzustürzen in eine unendliche Unterwelt, die wir in diesem Moment nur ahnten, von der wir aber nicht wissen konnten, daß es sie gab.

Keiner von uns hatte angesichts solch maßloser Nacht den Mut, ein paar Schritte weiter abwärts zu tun. Wir stellten uns vor, daß so farblos und fahl das Tor zur Hölle aussehen könnte, und wenn die Hölle unter uns war, so konnte das Höllentor überall sein, selbst in nächster Nähe unseres Dorfes.

Es kam uns natürlich vor, daß sogar vom Kobel, dem heiligen Berg, ein Weg in die ewige Finsternis hinabführen konnte, und wenn Gottes Geist oben in der Wallfahrtskirche ›San Loreto‹ Tag und Nacht seelenruhig vor sich hinschwebte, dann war es fast logisch, daß der Zugang zum Reich des Satans näher lag, als uns lieb war.

In jenes unbekannte Dunkel starrten wir ängstlich und unschuldig hinein, beinahe erwartend, aus dem Nichts etwas Sichtbares auftauchen zu sehn, einen Geist oder Ungeist, einen Kobold, eine hämisch feixende Fratze, ein Licht oder Irrlicht, den Widerschein einer unerlösten, ruhelos wandernden Seele, irgendeine jenseitige Erscheinung oder ein zwischen den Welten hin- und herpendelndes Gespenst.

Als wir noch gaffend vor dem scheinbar jenseitigen Abgrund standen, hörten wir aus derselben Tiefe plötzlich Laute, wie kleine Stiche im Ohr, fast Morsezeichen, eine Blitzbotschaft aus dem Nichts, die Stille durchzischende, schrille, winzige Pfiffe, ein Aufritzen totgeglaubter Unendlichkeit.

Wir befürchteten, daß böse Geister sich da einen Spaß mit uns machten und uns foppen, erschrecken, verwirren wollten, indem sie durch die hohlen Knochen ihrer Gerippe pfiffen.

»Huh, huh! Wer seid ihr?« riefen wir. »Gebt euch zu erkennen!«

Dann lauschten wir wieder. Und wiederum hörten wir die kurzen, schrillen Pfiffe wie vorher. Dann ein Rascheln und Trappeln, und nun flitzte es aus dem Dunkel die

Stufen empor, flink an uns vorbei, zur nächsten Treppe und hinauf ins Parterre: eine Ratte.

Wir lachten wie verrückt. Auf einen Schlag entlud sich unsere Spannung. Mit allen Unmöglichkeiten hätten wir gerechnet, aber hier ausgerechnet eine Ratte auftauchen zu sehn, überstieg jede Erwartung. Jetzt schien es uns ganz logisch, und plötzlich glaubten wir wieder an die sieben Keller im Berg.

Nachdem wir uns alle Beklemmung aus dem Leib gelacht hatten, hörten wir ähnliche Geräusche, und schon sauste ein ganzes Rattenrudel an uns vorbei die Treppen hinauf.

Nun, dachten wir, könnte sich einer von uns in den zweiten Keller hinabwagen. Den Meidscher wollten wir allerdings kein zweites Mal auf die Mutprobe stellen.

Da sprach Teilhart Kraft: »Also, ich begebe mich jetzt in den zweiten Keller. Wer kommt mit?«

Zunächst schwiegen wir alle.

»Hat keiner Schneid?« fragte er nun.

»Doch, ich!« sagte mein Bruder, und dann meldeten sich auch alle anderen freiwillig, zuletzt ich.

»Nein!« sagte Teilhart. »Zuerst gehn nur Johannes und ich hinunter. Ihr andren habt mir zu lange gezögert.«

Dann stiegen sie vorsichtig die Treppen zum zweiten Keller hinab, während wir im ersten Keller auf Horchposten waren.

Sie waren vielleicht nur eine Minute drunten. Dann stürmten sie wild die steile Treppe herauf. Sie waren kreidebleich, und Teilhart schrie: »Sofort die Kellertür zu!«

Wir befolgten seinen Befehl, ohne zu fragen. Dann, nach einer gewichtigen Pause, sagte mein Bruder: »Wir haben etwas Fürchterliches entdeckt.«

Teilhart Kraft schwieg. Mein Bruder fragte ihn: »Können wir es ihnen verraten?«

»Schwört, daß ihr keiner Menschenseele auch nur ein Sterbenswort davon erzählt!«

Wir schworen auf der Stelle, und unser Anführer sprach: »Der sei des Todes, der seinen heiligen Schwur bricht.«

Wir schworen daraufhin doppelt und dreifach, und sie erzählten uns, was sie entdeckt hatten.

»Sieht es sehr schlimm aus?« fragten wir noch.

»Das darf nicht interessieren«, sagte Teilhart, »denkt an euren dreifachen Schwur!«

»Und was machen wir jetzt?« fragte ich.

»Jetzt verlassen wir sofort das verbotene Haus«, sagte Teilhart, »und gehn auf schnellstem Weg ins Lohwaldviertel zurück. Und wenn einer von euch je unser Geheimnis verrät, ist auch er des Todes.«

XVII

Als wir aus dem Tunell traten, sahen wir die drei Fiedler-Söhne vom Heuweg heraufkommen. Sie gehörten nicht zu unserer Bande, denn sie fühlten sich zu dritt stark genug. Wir ließen einen jeden von ihnen in Ruh', um nicht mit allen in Streit zu geraten.

Ihr Vater war Steinmetz. Seine einzige Arbeit bestand darin, Grabsteine zu meißeln. Aber obwohl es jetzt überall viele Tote gab, hatte Herr Fiedler nicht übermäßig viel zu tun, weil die wenigsten Toten einen ausgefeilten Grabstein bekamen. Trotzdem arbeitete Herr Fiedler hart vor sich hin und legte in seinem Garten einen großen Vorrat an Grabsteinen an. Eines Tages, sagte er sich, werden alle Toten wieder so beerdigt, wie es sich gehört, und die Verwandten werden die notdürftigen Holzkreuze durch echte Grabsteine ersetzen. Dann, dachte er, werde ich schon so viele Grabsteine gemeißelt haben, daß sich das Geschäft letzten Endes für mich gelohnt haben dürfte. Viele Tote waren Kriegsgefallene und entweder in fremder Erde begraben oder irgendwo als Unbekannte verscharrt. Doch die Verwandten daheim ließen zur Erinnerung einen Gedenkstein meißeln, um wenigstens den Anschein eines Grabes zu haben, wohin sie zu Allerseelen und Allerheiligen hinpilgern könnten. Es kam jedoch vor, daß manch Totgeglaubter oder amtlich für tot Erklärter plötzlich als Lebender auftauchte und wie aus dem Nichts wiedererschien. Als leibhaftiger Geist oder lebender Leichnam lief nun der bereits abgeschriebene Mensch durch die Staßen und Türen und hatte etwas gespensterhaft Unwirkliches für alle anderen, die sich mit seiner Verschwundenheit bereits abgefunden und an sein Totsein allmählich gewöhnt hatten. Er aber schien die Stirn zu haben, dem ihm zugedachten Schicksal zu trotzen und sich wie ein wanderndes Denkmal seiner selbst unter die Menschen zu mischen.

Jedenfalls hätten die Fiedlers von den Grabsteinen nicht leben können. Also hielten sie sich eine kleine Schafherde im Garten. Tagsüber spazierten die Schafe zwischen den halbfertigen Grabsteinen umher und fraßen das saftige Gras, und abends wurden die blökenden Tiere in den Keller gesperrt, um nicht von Wachposten oder Nachbarn gestohlen zu werden. Jeden Morgen molk Frau Fiedler ihre Schafe und gab ihren drei Söhnen die noch warme, nahrhafte Schafsmilch zu trinken. Aus der Schafswolle strickte sie Handschuhe, Socken und dicke Pullover für die ganze Familie, und wenn die Fiedler-Söhne ihre Pullover anhatten, sahen sie noch stärker und kräftiger aus als sie waren, und wir zogen es vor, lieber nicht gegen sie zu kämpfen.

Alle drei wollten wie ihr Vater Steinmetz werden, und deshalb mußten sie beizeiten ihre Muskeln stählen, damit sie härter wären als Stein. Sahen die Fiedler-Söhne am Wegrand einen großen Quaderstein, hoben sie ihn sicher auf und stießen ihn in die Gegend. Meistens kamen sie zu dritt daher. Aber selbst wenn einmal ein Fiedler Sohn allein auf der Straße ging, ärgerte ihn keiner gern, um nicht die Rache der übrigen auf sich zu ziehn. Alle drei hatten denselben Spitznamen, nämlich »Poppel«. Zur Unterscheidung sagten wir bloß »der ältere Poppel«, »der mittlere Poppel« und »der jüngere Poppel«.

Jetzt kamen alle drei Poppel daher. Sie hatten ihre Wollpullover an und sahen wieder ziemlich kräftig aus.

»Wollen wir's mit den Schafsköpfen aufnehmen?« fragte der Meidscher.

»Ich fürchte mich nicht«, sagte Dietger Küng.

»Ich auch nicht«, sagte mein Bruder.

»Ich schlage der Reihe nach jeden von denen einzeln k.o.«, sagte der Meidscher.

»Ich hau' sie mit einer solchen Riesenwucht auf den Schädel, daß ihnen das Hirn aus dem Arsch spritzt«, sagte Dietger Küng.

»Und du?« fragte mich Teilhart Kraft. »Was machst du?«

»Ich trete jedem so vor das Schienbein«, sagte ich, »daß er auf der Stelle zusammenbricht und ›Mama‹ schreit.«

»Ich sehe schon«, sagte Teilhart Kraft mit überlegenem Lächeln, »daß ihr alle miteinander Großmäuler, Aufschneider und Schlappschwänze seid. Vor allem du, Meidscher, bist nicht viel besser als deine Amifreunde, die Kaugummisoldaten, die sofort umfallen, wenn man sie anbläst.«

»Sag mir, wer von den dreien *mir* gehört«, sagte der Meidscher, »und ich schlag' ihn in der ersten Runde k.o.«

»Du schlägst keinen k.o.«, sagte Teilhart, »weil du ein Federgewicht bist und ein Floh im Vergleich zu dem Kleinsten von denen.«

»Wenn wir schon nicht gegen sie kämpfen dürfen«, sagte Dietger, »dann sollten wir sie wenigstens in eine Falle locken.«

»In was für eine Falle denn?« fragte Teilhart.

»Beispielsweise in die niedrige Abwasserröhre neben dem Tunell, und wenn sie wieder herauskommen, könnten wir uns jeden einzeln vorknöpfen.«

»Und wie, denkst du, kriegst du die da rein?«

»Indem wir einfach behaupten, wir hätten beobachtet, wie mit dem Abwasser etwas sehr Wertvolles da hineingeschwemmt worden sei.«

»Wenn du sagst ›etwas sehr Wertvolles‹, wird es dir keiner glauben. Du mußt dir schon etwas Besseres einfallen lassen.«

»Gut! Sagen wir: Kriegsbeute!«

»Das genügt immer noch nicht.«

»Patronen der Wehrmacht . . .«

»Sie werden sich biegen vor Lachen. Patronen im Abwasser! Sie werden dir erwidern: Das Pulver ist naß geworden und hat keinen Wert mehr.«

»Also, was sage ich dann?«

»Das ist deine Sache.«

»Gut, sagen wir: alte Münzen aus der Römerzeit.«

»Wäre nicht schlecht, ist aber unwahrscheinlich. Niemand wird es dir glauben.«

Während Teilhart und Dietger miteinander sprachen, liefen wir ein paar Schritte die Von-Rehlingen-Straße hinauf, bis zu den ersten wilden Apfelbäumen. Der Wegrand fiel zu einem grasüberwucherten Abhang ab, in dessen Mulde der Zaun einer Gärtnerei verlief. Dort zwischen Zaun und Abhang wollten wir die drei Poppel abpassen.

Wir rannten den kleinen Abhang hinab, und einer von uns stieß aus Übermut mit dem Fuß gegen einen Baumstamm. Da merkten wir, wie etwas vom Baum herabfiel. Als wir hinliefen, um es genauer anzusehen, erkannten wir einen jungen, noch nicht ganz flüggen Vogel, der offenbar aus seinem Nest gefallen war und nun piepsend vor uns lag.

»Wir müssen ihn in sein Nest zurücklegen«, sagte mein Bruder.

»Das wäre das Dümmste, was du tun könntest«, sagte Teilhart, der Wüstenfuchs.

»Und warum?«

»Weil die Vogeleltern ihr Junges verstoßen, sobald es mit einem Menschen in Berührung gekommen ist.«

»Und wie wäre es, wenn wir das Tier mitnehmen und selber aufziehen würden?« fragte ich.

»Damit würdest du ihm einen Bärendienst erweisen.«

»Soll ich es einfach zertreten?« fragte der Meidscher.

»Wieso willst du es zertreten?«

»Damit es nicht so viel leiden muß, wenn es verhungert.«

»Nein«, sagte Teilhart, »ich habe eine viel bessere Idee!«

Er nahm das hilflose Tier in die Hand und ging damit bis zur Unterführung zurück. Inzwischen waren die drei Poppel herangekommen. Teilhart stellte sich ihnen in den Weg. Der ältere Poppel schaute ihn streng an und fragte: »Willst du was?«

»Ich will mit dir wetten«, sagte Teilhart.

»Wetten?«

»Ja, wetten.«

»Um was?«

»Wetten, daß du nicht so viel Mut hast, einem lebendigen Vogel den Kopf abzubeißen!«

»Das kommt ganz darauf an«, sagte der ältere Poppel.

»Auf was kommt es an?« fragten wir.

»Es hängt davon ab, was ich dafür kriege.«

»Ich gebe dir fünfzig Pfennig.«

»Laß sehn!«

Teilhart zog nun aus seiner Hosentasche ein Fünfzig-

Pfennig-Stück aus Aluminium, warf es wie zum Beweis in die Luft, um es mit großer Geste sogleich wieder aufzufangen, verfehlte es jedoch, so daß es neben die Straße ins Gras fiel.

Da lachte der ältere Poppel, doch Teilhart blieb ernst und sagte: »Dir wird gleich dein blödes Lachen vergehn, wenn ich es nämlich wiederfinde, mein Geld.«

»Dann streng dich an und such es!« sagte der mittlere Poppel. »Wir haben es nämlich eilig.«

Wir alle waren an der Wette sehr interessiert und suchten die Münze gemeinsam. Währenddessen lachten uns die Poppel unentwegt aus, und der ältere sagte: »Ich zähle jetzt leise und ganz langsam bis fünfzig. Wenn ihr bis dahin eure Münze nicht gefunden habt, schmeiße ich das Tier an die Wand des Tunells, daß davon nichts mehr übrigbleibt.«

»Gib es sofort zurück«, riefen wir, »es gehört dir nicht!«

»Es gehört weder mir noch euch, aber ich habe es jetzt, und wenn einer es haben will, muß er es mir schon abnehmen.«

Der ältere Poppel blieb ganz ruhig. Nach einer Weile lächelte er und sagte: »Übrigens: Ich zähle bereits und bin schon bei zwanzig.«

»Du weißt ja noch gar nicht, ob die Wette überhaupt gilt«, rief Teilhart, »wir haben noch nicht einmal eingeschlagen.«

»Also!« rief der ältere Poppel. »Wetten wir jetzt oder wetten wir nicht?«

»Ich werde einschlagen, wenn die Zeit reif ist«, sagte Teilhart.

Wir suchten eifrig nach dem Geldstück, und der ältere Poppel bewegte seine Lippen, als würde er wirklich leise bis fünfzig zählen. Ab und zu schwang er die Faust mit dem Vogel durch die Luft, als wollte er seine Drohung wahrmachen und ihn tatsächlich gegen die Wand des Tunelleingangs schmettern.

»Feigling!« rief Teilhart Kraft ihm zu. »Du willst den Vogel bloß gegen die Wand schmeißen, weil du dich eigentlich doch nicht traust, ihm den Kopf abzubeißen.«

»Du wirst ja sehn, was ich tu'.«

»Ja, das wollen wir sehn.«

»Gut«, sagte Teilhart, »jetzt bin ich zum Wetten bereit.«

»Ich wette erst, wenn ihr das Geldstück gefunden habt«, sagte der ältere Poppel und zählte weiter: »dreiundvierzig, vierundvierzig, fünfund–«, doch schon wurde er langsamer und machte zwischen jeder Zahl eine längere Kunstpause: »sechs–und–vierzig, sie–behen–und–viehierzig, aaacht–uhund–viehierzihig, nohin–, nohin–, nohin– uhund–.«

Fürchterlich war jetzt die Spannung, denn der ältere Poppel ruderte mit seinem linken Arm so wild durch die Luft, daß wir Angst bekamen, er würde den armen Vogel im nächsten Augenblick gegen die Steinwand schmettern.

»Nohin-«, wiederholte er jetzt, »nohin-uhund-viehhier-zihig, und eins ist, ist, ist –«.

»Da liegt die Münze«, rief ich, »ich hab' sie gefunden.« Sie lag tatsächlich direkt vor mir im Gras, und ich wunderte mich, daß ich sie nicht früher gesehen hatte.

»Also«, sagte Teilhart rasch, »jetzt kannst du beweisen, daß du kein Feigling bist. Ich für meine Person bin bereit zu wetten.«

»Dann schlag ein, bevor es zu spät ist!« rief der ältere Poppel.

Sie schlugen mit der rechten Hand ein, und mein Bruder trennte die eingeschlagenen Hände. Von jetzt an war die Wette gültig.

»Also her mit dem Geld!« rief der mittlere Poppel.

»Erst wenn dein Bruder dem Spatz seinen Kopf abgebissen hat«, riefen wir.

Es war nach allem Hin und Her logisch, und auch die drei Poppel mußten es einsehn. Wir beobachteten den älteren Poppel aufmerksam. Er blickte auf den ängstlichen Spatz in seiner Hand. Dann führte er die Hand zum Gesicht, steckte den piepsenden Spatzenschädel zwischen die Zähne und biß kräftig zu. Dann warf er den Leib des Vogels ins Gras und spuckte den blutigen Kopf hinterher.

»Bravo!« rief Teilhart, »bravo! Das hätte ich dir, ehrlich, nicht zugetraut.«

Doch der ältere Poppel sagte, ohne eine Miene zu verziehen: »Los! Her mit dem Geld!«

Teilhart gab es ihm sofort, und er steckte es ein.

Aber dann hustete er doch, würgte und spuckte mehrmals ins Gras, wo der zuckende Rumpf und der abgebissene Kopf des Spatzen lagen. Wir waren blaß vor Ekel, und einige mußten sich beherrschen, um nicht zu kotzen. Keiner wollte sich jedoch etwas anmerken lassen.

»Hat's geschmeckt?« fragte als erster Dietger Küng.

»So was mach' ich euch zu jeder Brotzeit«, sagte der ältere Poppel.

»Wenn du es noch einmal machst«, sagte nun der Meidscher, »dann kannst du von mir einen echten Kupfer-Zent bekommen.«

»Wer's glaubt, wird selig!« rief der jüngste Poppel, und der mittlere sagte: »Zeig ihn uns!«

Der Meidscher fischte tatsächlich eine kleine Münze aus

seiner Hosentasche. Sie war etwa so groß wie ein Fünf-Pfennig-Stück.

»Was sagst du jetzt?« fragte er.

»Hm!« antwortete der ältere Poppel, »die Münze ist mir zu klein.«

»Zu klein!« rief der Meidscher. »Habt ihr das gehört! Zu klein, sagt der Kerl, zu klein! Weißt du überhaupt, wieviel dieses Geldstück wert ist?«

»Sag's!«

»Die ist mehr als fünfzig Pfennig wert, mindestens fünf Mark.«

»Ha! Da lacht ja meine Urgroßmutter im Grab.«

»Okay, wenn du's nicht glaubst, steck' ich mein Geld wieder ein.«

»Also gut, laß sehn!«

Der Meidscher zeigte allen den Kupfer-Cent, und außer den drei Poppel-Brüdern durfte ihn jeder von uns einmal in die Hand nehmen.

»Woher soll dieser Kupfer-Zent überhaupt stammen?« fragte der ältere Poppel skeptisch.

»Aus Amerika natürlich, du Arschloch!«

»Ha! Die Amis haben doch den Dollar!«

»Ganz richtig«, sagte der Meidscher, »sie haben Dollar und Zent.«

»Und woher willst ausgerechnet *du* das Amigeld haben?«

»Von meinem Vater«, sagte der Meidscher.

»Von *deinem* Vater?«

»Allerdings!« sagte der Meidscher stolz.

Jetzt durften auch die drei Poppel die Münze anfassen und genauer betrachten. Der ältere Poppel drehte das Geldstück lange zwischen den Fingern hin und her und lachte plötzlich laut auf: »Haha! *Mich* legst du mit so etwas nicht rein!«

»Wieso?«

»Ohne Zent! Ohne Zent! Das ist ja amerikanisches Spielgeld! Wertloses Spielgeld für Amikinder! Mir drehst du so was nicht an.«

»Dummkopf!« rief daraufhin der Meidscher. »*One* heißt auf amerikanisch nicht *ohne,* sondern hundert!«

»Quatsch!« rief Teilhart dazwischen. »Hundert heißt auf amerikanisch Hund-red, und tausend heißt Sau-send!«

»Die Amerikaner sagen nicht *Hund-red*, sondern *Handrett*«, verbesserte der Meidscher, »außerdem spricht man *one* nicht *ohne* aus, sondern *wann*, so daß es *wann send* heißt, was du in deiner Hand hältst.«

»Und dieser *wann send* wäre fünf Mark wert? Das glaube ich nie!«

»Das könnte gut sein«, sagte Teilhart, »wenn du bedenkst, daß du für fünf Mark kaum etwas kriegst.«

Der ältere Poppel begutachtete den Cent noch einmal genau, schloß plötzlich die Hand und sagte: »Einverstanden! Ich nehme es und werde es daheim überprüfen. Und wenn es stimmt, was ihr da behauptet, bin ich so frei und beiße morgen einem anderen Vogel den Kopf ab.«

»Gib her, du Schuft!« rief der Meidscher wild. »Gib mir sofort meine Münze zurück!«

Da fingen die drei Brüder wie auf einen heimlichen Wink zu rennen an und versuchten, in den Heuweg zu fliehn. Aber der ältere Poppel war etwas langsamer, wir holten ihn ein und nahmen ihm, obwohl er die Faust verkrampft hielt, das amerikanische Geldstück ab, noch bevor seine Brüder ihm zu Hilfe kommen konnten.

Wahrscheinlich wäre es jetzt zu einer wüsten Rauferei

gekommen, wenn nicht im selben Moment ein seltsames Lebewesen von der Nudelfabrik her die Lohwaldstraße herab direkt auf uns zu gelaufen wäre. Es war furchtbar häßlich, hatte spitze, kaum den Gehörgang einfassende Ohrmuscheln, kugelrunde, vorspringende Frosch- oder Fischaugen, eine mit blonden Stoppeln überwucherte, blaßrosa schimmernde, stumpfe Schnauze, ein in schmutzigem Graubraun getupftes, räudiges Fell, rannte auf dürren Beinen linkisch den staubigen Straßenrand entlang und sah aus wie eine Mischung aus kleinem Ferkel, winzigem Reh und halb enthäutetem Hasen. Es war wirklich ein Untier, ein verhextes Fabelwesen, eine ungewöhnlich mißratene Kreatur, gehetzt, verfolgt und verflucht, und trotz allem war es kein Geist, kein Nachtgespenst, keine jenseitige Erscheinung, sondern bloß ein rares, absonderliches Getier, ein mehr als lebendiges Wesen, das auf flinken Beinchen einherflitzte und laufend mit ängstlicher Heiserkeit kläffte, lauthals vor sich her, wie um alle Welt vor sich selber zu warnen. An diesem krächzenden, ächzenden Kläffen erkannten wir, daß dieses absonderliche Tier eigentlich ein Hund war, ein abscheulicher, gräßlicher Straßenköter, der niemand gehörte und den gewiß kein Mensch haben wollte.

Als das wüste Tier uns erspähte, rannte es auf uns zu, hörte plötzlich zu kläffen auf und blieb neugierig schnuppernd stehn. Wir wollten es anfangs außer acht lassen und einfach übersehn, doch mein Bruder, der alle Tierstimmen nachahmen konnte, kläffte zum Spaß wie dieser Köter, so daß wir lachten und die mögliche Streiterei um das Geldstück vergaßen.

Das Untier nahm das Bellen meines Bruders als freudige Begrüßung auf, näherte sich ein paar Schritte unserer

Gruppe, blieb dann stehn und witterte etwas. Dann rannte es ein Stück am freien Feld entlang, wühlte plötzlich mit seiner stumpfen Schweinsnase im Gras umeinander, und als es den unförmigen Kopf hob, sahen wir, daß es den abgebissenen Vogelkopf im Maul hatte.

»Schau, Poppel, schau!« riefen wir, »was dieser Sauköter frißt.«

Als hätte der Köter ihm persönlich etwas geraubt, nahm der ältere Poppel einen schweren Stein vom Wegrand auf und warf damit in Richtung des Tiers. Er verfehlte es, allerdings knapp. Der Hund war geschickt ausgewichen und verschlang nun – in gutem Abstand zu uns – den Kopf des Vogels. Anscheinend wurde dadurch der Appetit des ekligen Köters erst richtig angeregt, denn er kehrte sogleich wieder um, schnupperte nochmals im Gras, fand tatsächlich auch noch den Rumpf des toten Vogels und trug die Beute in sichere Entfernung.

Wir alle rannten jetzt johlend hinter dem Straßenköter drein, um ihn zu verscheuchen oder um wenigstens zu erleben, wie er aus Angst seine Beute flink würde fallen lassen, aber das mutige Untier lief lediglich etwas mehr als einen einzigen Steinwurf weit weg und fraß dort seelenruhig vor unsren Blicken den Spatzenrumpf auf. Dann hüpfte es freudig im Kreis herum und kläffte wie zu Beginn, geradeso als wollte es Teil unsrer Bande werden und uns allen Freund sein.

Der jüngere Poppel hatte jetzt einen kleineren Stein aufgeklaubt, rannte dem Hund entgegen und warf. Doch auch er verfehlte ihn knapp wie zuvor sein älterer Bruder.

Das Tier hörte und sah den Stein neben sich aufspringen, hüpfte mit einem Satz hinterher und nahm ihn ins Maul, um ihn uns zu apportieren. Stolz lief es uns entgegen. Doch einige von uns hatten weitere Steine vom Ackerrand aufgehoben und warfen sie dem ahnungslosen Wesen entgegen, das, von einem Stein halb getroffen, stehnblieb, seinen Stein aus dem Maul fallen ließ und uns alle voll Wut und Enttäuschung ankläffte. Die drei Poppel und die anderen bückten sich sofort nach neuen Steinen, die drunten am Wegrand haufenweise lagen. Sie warfen sie wie Schneebälle nach dem sich sträubend zurückziehenden Köter, der jetzt seine spitzen Zähne bleckte und klagend aufheulte wie ein tollwütiger Fuchs oder Wolf.

Wir wollten es jetzt genau wissen und einander beweisen, daß keiner von uns Angst hatte vor diesem mißratenen, räudigen, kläffenden Scheusal, und so rannten wir hinter dem fliehenden Tier drein, den Fußweg zu unserem Garten hinauf, am Bahndamm entlang.

Über unserem Garten hatten wir das Tier fast eingeholt. Immer wieder blieb es keuchend und zähnefletschend stehn, und einige von uns sprangen über den Graben auf den Bahndamm hinüber, um neben dem ersten Schienenstrang Schottersteine aufzuklauben. Dann bombardierten sie den armen Hund damit, als wären es Schneebälle.

»Hört auf! Laßt ihn laufen!« rief ich. »Er hat uns doch nichts getan!«

Aber niemand hörte auf mich, und alle besorgten sich neue Schottersteine, sogar mein eigener Bruder. Wir rannten an den Obstgärten entlang und folgten dem häßlichen Hund auf seiner Flucht. Einmal versuchte das Tier, zum Bahndamm hinüber zu gelangen, um vielleicht über die Gleise zu fliehn. Aber meine Freunde waren schon drüben, als es die Böschung hinaufspringen wollte, und drängten es mit einem Steinhagel auf den schmalen Fußweg zurück.

Dann versuchte das elende Geschöpf mehrmals zwischen verschiedenen Zaunlatten hindurchzuschlüpfen, um in einen der Gärten zu entweichen und sich dort unter Beerensträuchern zu verbergen. Doch die Latten standen zu dicht, und das Tier war zu unförmig und zu dick. Also verlor es bei jedem Versuch, in einen Garten zu gelangen, nur kostbare Zeit und wurde mehrmals von einem fliegenden Stein getroffen.

Wir hatten den Hund so gut wie eingekreist. Links war der Weg von Gärten begrenzt, rechts zwischen Pfad und Bahnböschung verlief ein tiefer Graben. Wir kamen von Süden her über Pfad und Bahndamm, so daß dem Tier bloß noch der Fluchtweg nach Norden übrigblieb.

»Laßt den armen Köter doch endlich in Ruh'!« wiederholte ich. »Er hat ja schon aufgegeben und ist nicht mehr gefährlich.«

Aber alle schienen wahnsinnig taub, als hörten sie keins meiner Worte.

»Johannes!« rief ich. »Johannes!«

»Was fehlt dir?« fragte mein Bruder.

»Mach nicht mit, Johannes, es ist eine Sünde!«

Er aber überhörte es und starrte mit glasigen Augen vorwärts, wie um das Ende der Treibjagd mitzuerleben.

»Da, nimm auch einen Stein!« sagte mein Bruder. Ich nahm ihn aus seiner Hand und rannte mit, um bis zuletzt alles mit meinen eigenen Augen zu sehn.

In diesem Augenblick flogen wieder mehrere schwere Schotterbrocken durch die Luft, und ich sah, wie mein Bruder mit freudigem Lachen einen schweren Stein gegen den Hund warf – und traf.

Sein Stein hatte den Hund sehr schwer getroffen, denn das verwundete Tier heulte auf wie ein verletztes, wehrloses Kind, und es schien, als sei ein Knochen des Vorderlaufs gebrochen. Der Köter hinkte und humpelte jetzt und suchte auf drei Beinen endlich zu entkommen.

»Warum tust du so etwas!« schrie ich meinen Bruder an. »Was hat er dir getan?«

»Siehst du denn nicht, wie häßlich dieses Stinktier ist?« fragte mich Teilhart Kraft mit vorwurfsvoller Stimme.

Er hatte recht. Das Tier war häßlich und wüst, ein schmutziger, unförmiger, gräßlicher, stinkiger Köter. Trotzdem tat er mir leid. In seiner jetzigen Schwäche, seiner Verfolgtheit, seinem ganzen Unglück.

»Ja«, sagte ich, »es stimmt, was du sagst, es ist ein ekliges Wesen, aber doch ein richtiges Lebewesen, ein Gottesgeschöpf.«

»Und?« fragte mein Bruder.

»Und so hat es auch eine Seele«, behauptete ich.

»Daß ich nicht lache!« rief Teilhart. »Tiere und eine Seele!«

Ich zweifelte nun selber an meiner schnellen Behauptung. Doch selbst wenn dieses unwesentliche Wesen keine echte Seele besaß wie wir Menschen, so verdiente es, dachte ich, trotzdem unser Erbarmen.

Wenigstens mein Bruder sollte sich an dieser Hetzjagd bis in den Tod nicht beteiligen. Zumindest ihn wollte ich davor retten, sich heute mitschuldig zu machen.

Er aber sagte nur: »Du hast doch gehört: Das Biest hat keine Seele.«

»Es ist ein Stinktier, ein Höllenhund, ein Bastard!« rief Teilhart Kraft, und meine Freunde johlten und kamen dem humpelnden Tier näher und näher.

Gegenüber dem Stellwerk verlief ein Gartenzaun schräg zum Bahnpfad und ließ etwas Platz für eine winzige Wiese. Dorthin rettete sich der wimmernde Hund in seiner Not. Doch es war seine Falle. Der Zaun endigte genau an der Ecke eines Bienenhauses, das bis zum Pfad heranreichte, und zwischen Zaun und Bienenhaus gab es kein Schlupfloch, keinen Fluchtweg und kein Entkommen.

Als das kleine Tier seine aussichtslose Lage erkannte, versuchte es in einer letzten übergroßen Anstrengung am Bienenhaus entlang zu entkommen. Doch meine Freunde waren schneller, versperrten ihm den letzten Ausweg und drängten es in die äußerste Ecke der winzigen Wiese zwischen Bienenstock und Gartenzaun.

Da versuchte der arme, geschundene Hund mit seiner unverletzten Vorderpfote den Boden vor sich aufzuscharren, als wollte er doch noch unter dem Zaun hindurchschlüpfen oder sich unter der Erde vor allen verbergen. Doch alles war zu spät.

Ein Gewitter aus Schottersteinen ging auf die armselige Bestie nieder, und ich sah, wie sie sich tot stellte, um dem sicheren Tod durch einen Trick zu umgehn.

Wie verhext schienen mein Bruder und unsere Freunde. Wie im Rausch warfen die die letzten Steine auf das blutende, röchelnde Stück Fleisch.

Da merkte ich, daß ich den Stein, den mein Bruder mir besorgt hatte, noch immer in der Hand hielt. Ich warf ihn in Richtung Bahngleis zurück. Im selben Augenblick raste ein Schnellzug vorbei, und der Stein schlug gegen eines der eisernen Räder des letzten Waggons.

XVIII

Als mein Bruder seine ersten Großen Ferien bekam, fuhren wir mit unserer fränkischen Großmutter nach Erlangen.

Sie war in diesem Jahr viel länger bei uns geblieben als sonst. Im Frühjahr hatte sie erfahren, daß Flüchtlinge und Evakuierte im Erlanger Haus zwangseinquartiert worden waren, und meine Großmutter befürchtete, als alleinstehende Witwe von den ungerufenen Mitbewohnern schikaniert zu werden.

Wir nahmen einen Zug in Richtung Würzburg, und als wir in Erlangen ankamen, war alles noch schlimmer als meine Großmutter es sich vorgestellt hatte.

Die beiden Parterrezimmer samt Küche waren von einem älteren Ehepaar belegt, und im gesamten ersten Stock hauste eine etwa vierzigjährige Berlinerin mit ihrem vielleicht fünfzehnjährigen Sohn. Alle Einquartierten hatten keine eignen Möbel und benutzten einfachheitshalber das Inventar meiner Großmutter.

Wir stiegen zunächst über die steile Holztreppe ins erste Stockwerk hinauf, wo meine Großmutter ihr Schlafzimmer hatte und sich auch sonst meistens aufhielt. Doch als wir die Räume betreten wollten, stellte sich uns die Berlinerin frech in den Weg und sagte: »Mein Name ist Kietzke. Ich und mein Sohn haben Ihre Wohnung übernommen. Sie haben bis auf weiteres hier keinen Zutritt!«

»Aber es ist doch *meine* Wohnung«, wagte meine Großmutter zu sagen.

»Das haben Sie sich im Traume gedacht«, sagte Frau

Kietzke. »Nun können Sie bestenfalls sagen: *Es war meine Wohnung gewesen*!«

»Aber ich habe doch all meine Sachen in der Wohnung: die Möbel, die Wäsche und das gute Geschirr!«

»Alles beschlagnahmt!« rief Frau Kietzke.

»Das kann doch nicht sein!« rief meine Großmutter.

»Beschlagnahmt«, wiederholte Frau Kietzke, »mit ausdrücklicher Genehmigung der Wohnraumbehörde.«

»Und wo bleibe jetzt *ich* mitsamt meinen Enkeln?«

»Wo waren Sie denn bislang?«

»Bei meiner Tochter in Schwaben, wenn Sie gestatten.«

»Wunderbar!« rief Frau Kietzke. »Fahren Sie einfach wieder nach Schwaben zurück!«

»Sie sind eine unverschämte und anmaßende Person!« rief nun meine Großmutter erregt, ohne auf den Gedanken zu kommen, sich von der Berlinerin den Wohnberechtigungsschein vorlegen zu lassen.

Stattdessen stieg sie mit uns die Stufen wieder hinab und klopfte bei den Leuten im Parterre.

Die Küchentür ging einen Spalt auf, und wir sahen ein altes Weib, das uns mit süßlichem Lächeln hereinwinkte.

»Ich bin so frei«, sagte meine Großmutter verlegen, und wir betraten schüchtern die Küche im Parterre.

Die Alte ging am Stock, trug ein blaues Kopftuch und eine roteingesäumte Küchenschürze. Auf dem Kinn hatte sie eine bräunliche Warze, auf der einige schwarze Borsten wuchsen. Auch auf der Überlippe sprossen einige Schnurrhaare, die sie offensichtlich von Zeit zu Zeit stutzte, denn sie schienen stumpf und waren verschieden lang. Am meisten fiel uns jedoch ein verwachsener Eckzahn auf, der dem alten Weib schief aus der unteren Zahnreihe empor- und in die Oberlippe hineinragte.

»Sie schaut aus wie eine Märchenhexe!« flüsterte mein Bruder, und wir lachten verstohlen.

»Ihr zwei Lausbuben! Was gibt es zu feixen?« rief das alte Weib mißtrauisch und blickte uns drohend an.

»Wir haben gerade nur an etwas denken müssen«, sagte ich.

»Ich wette: Sie heißt ›Hexenzahn‹«, flüsterte wiederum mein Bruder.

Da ging die Alte auf ihn zu, zupfte ihn am Ohr und sprach, als hätte sie seine Worte erraten: »Soso! Ihr habt euch etwas über mich gedacht. Und nun sag mir schön, was du deinem Bruder soeben heimlich zugewispert hast!«

»Wir haben nur gedacht«, sagte mein Bruder, »wir haben gedacht, daß Sie viel netter und freundlicher sind als die freche Frau da droben im ersten Stock.«

»Hast du das wirklich gedacht, du Frechdachs?« sagte darauf die Alte, kicherte kurz und ließ endlich das Ohr meines Bruders los. »Nun, ausnahmsweise will ich es euch noch einmal glauben. Aber wehe, wenn es nicht stimmt!«

»Doch, doch!« rief ich, »es stimmt! Genau das hat er gesagt.«

Meine Großmutter kam nun mit dem alten Weib ins Gespräch, und sie verstanden einander von Anfang an gut.

»Stellen Sie sich nur vor, was die unverschämte Berlinerin von mir verlangen würde! Daß ich zu meiner Tochter nach Schwaben zurückfahre!«

»Eine bodenlose Frechheit ist das«, sagte die Alte mit geheuchelter Entrüstung. »Woher nimmt sich diese Person überhaupt das Recht, Sie in ihrem eigenen Haus so herumzukommandieren?«

»Ich weiß es nicht«, sagte meine Großmutter, »aber sie

behauptet, die Wohnraumbehörde habe ihr das gesamte erste Stockwerk zugewiesen.«

»Das stimmt nie und nimmer«, meinte das alte Weib, »drei Zimmer und Küche für anderthalb Leute, das gibt's überhaupt nicht.«

»Und was soll ich jetzt tun?«

»Jetzt gehn Sie einfach hinauf und lassen sich den Wohnberechtigungsschein vorlegen.«

Also stiegen wir wiederum die Treppe hinauf, und meine Großmutter klopfte mehrmals höflich an der Tür ihres eigenen Schlafzimmers. Als niemand antwortete, klopften wir etwas lauter. Nun hörten wir die Stimme der Berlinerin, die rief: »Ist da jemand?«

»Ja, ich bin es noch einmal«, antwortete meine Großmutter, »es tut mir sehr leid, wenn ich Sie ein weiteres Mal stören muß.«

»Sie stören uns in der Tat!« rief die Berlinerin schrill.

Wir hörten jetzt von der anderen Seite her Schritte. Dann wurde die Tür der oberen Küche ein wenig aufgemacht, und der Sohn der Berlinerin fragte: »Was wollen Sie denn nun schon wieder?«

»Ich möchte noch einmal mit deiner Frau Mutter sprechen.«

»Meine Frau Mutter hat sich just in diesem Moment zu Bette begeben, um für ein Stündchen zu ruhen.«

»Es ist aber sehr wichtig, um nicht zu sagen: dringend.«

»Sie können ruhig alles mir mitteilen. Ich werde es meiner Frau Mutter hinterbringen. Und wenn Sie nach einer Stunde wiederkehren wollen, werde ich Sie von der Antwort meiner Frau Mutter in Kenntnis setzen.«

»Nein, nicht in einer Stunde, sondern jetzt sofort!« rief meine Großmutter in einer Aufwallung von Mut. »Ich will auf der Stelle den Wohnberechtigungsschein sehen!«

»Moment mal!« sagte der Sohn der Berlinerin rasch und ließ die Küchentür zuschnappen.

Wenig später kam Frau Kietzke persönlich an die Schlafzimmertür. Ihr Haar war offen und sie trug nur ihren seidenen Morgenmantel über der nackten Haut. Sobald sie uns sah, schrie sie: »Sehen Sie nicht, daß ich im Moment niemanden empfangen möchte?«

»Mit Verlaub: Ich muß leider ihren Wohnberechtigungsschein sehn«, sagte meine Großmutter.

»Jawohl, leider!« rief die Berlinerin und machte uns die Schlafzimmertür vor der Nase zu.

So standen wir eine ganze Weile droben auf dem Gang im Treppenhaus und warteten. Wir dachten nämlich, Frau Kietzke sei nur hineingegangen, um den Wohnberechtigungsschein zu suchen. Aber drinnen rührte sich nichts, und wir hörten weder Stimmen noch Schritte. Da gaben wir auf, denn es war bereits später Nachmittag, und wir mußten allmählich überlegen, wo und wie wir uns in der ersten Nacht einrichten würden.

Zum Glück gab es unter dem Dach zwei kleine Kammern. Allerdings hatten sie weder elektrisches Licht noch Öfen und waren außerdem voll mit Gerümpel, Kleiderresten, alten Büchern und Papieren unsres vor zwanzig Jahren gestorbenen Großvaters.

In einer der beiden Kammern stand auch ein altes, mottenzerfressenes Sofa, und hinter der Klapptür der Stiege lehnten zwei faltbare Feldbetten, die unser Großvater als Erinnerungsstücke oder Beute aus dem Ersten Weltkrieg mitgebracht hatte.

Während der nächsten Stunde räumten wir die beiden Kammern so weit aus, daß wir wenigstens einen Zugang zum Sofa bekamen und Platz für die Feldbetten hatten. Anschließend gingen wir noch einmal zu Frau Hexenzahn, die in Wirklichkeit Glotz hieß, und fragten, ob wir in den nächsten paar Tagen ihre Küche mitbenützen dürften.

Später besuchten wir die Familie Neinlein, die auf der anderen Seite des Fußwegs in der Nachbarschaft wohnte. Abgesehen von dem schmalen Backsteinhaus meiner Großmutter standen in der Gegend um den Eichenwald viele Villen von Professoren und Geschäftsleuten. Auch hier waren alle besseren Häuser von den Amis beschlagnahmt, nur die Neinleins hatten vor Garten- und Haustor ein ›Off-limits‹-Schild, weil Herr Neinlein, wie meine Großmutter sagte, als Freimaurer gegen Kriegsende politisch verfolgt und erst von den Siegern aus den Händen der Gestapo befreit worden war. Außer ein paar weitläufigen Verwandten wohnten bei den Neinleins auch keine Einquartierten, denn Herr Neinlein besaß selber sechs Kinder und benötigte den vorhandenen Wohnraum für seine eigne Familie.

Wir gingen zu ihnen hinüber, weil sie einen privaten Telefonanschluß hatten und meine Großmutter ein dringendes Ferngespräch führen wollte. Als Herr Neinlein hörte, was im Haus meiner Großmutter los war, versprach er sofort seine Hilfe. Schon am nächsten Morgen würde er sich mit der Wohnraumkommission in Verbindung setzen, damit diesen untragbaren Zuständen ein Ende gesetzt werde.

Nach anderthalb Stunden wurden wir mit Westheim verbunden.

»Ich bin bestürzt!« rief meine Mutter und kündigte an, auf schnellstem Weg zu uns zu kommen.

Zwei Tage später erschien sie.

»Wo ist diese impertinente Person?« rief sie bereits laut durch den Eichenwald. »Wo ist sie? Ich muß sofort mit ihr sprechen! Das wäre ja noch schöner, wenn wir jetzt auch schon in unserem eigenen, unter so vielen Entbehrungen zusammengesparten Häuschen keine Rechte mehr hätten!«

Sobald wir im Haus waren, ließ sie uns im Parterre stehn und stampfte allein die Treppen zum ersten Stockwerk hinauf. Sie versuchte, ohne Anklopfen die Wohnung meiner Großmutter zu betreten, doch sowohl Küchen- als auch Schlafzimmertür waren von innen verriegelt.

»Hallo! Öffnen Sie unverzüglich die Wohnung!« rief meine Mutter.

Aber niemand antwortete.

»Hören Sie! Ich weiß, daß Sie anwesend sind und fordere Sie hiermit auf, mir unverzüglich Zugang zu unserer Wohnung zu verschaffen. Sie halten die Räumlichkeiten widerrechtlich besetzt. Ich warne Sie ein- für allemal: Wenn ich die Türen mit Gewalt aufbrechen muß, werden wir Sie für alle in diesem Zusammenhang entstehenden Schäden zur vollsten Verantwortung ziehn!«

Dann hörten wir Schritte. Die Berlinerin schien diese Sprache wohl verstanden zu haben, denn nunmehr öffnete sie wortlos eine der Türen. Meine Mutter stellte sich vor und verlangte sogleich den Wohnberechtigungsschein, und Frau Kietzke holte das gewünschte Papier auf raschestem Weg.

Jetzt hörten wir wieder die Stimme meiner Mutter.

»Wie ich sehe«, sagte sie, »haben Sie sich hier Rechte angemaßt, die Ihnen nicht zustehn. Ihnen wurden lediglich die beiden kleineren Zimmer im ersten Stock zugebilligt, sowie die Benutzung der Küche. Sie aber halten darüber hinaus seit geraumer Zeit Schlafzimmer und Durchgang zur Küche willkürlich besetzt. Erklären Sie mir bitte, wer oder was Sie zu einer solchen Handlungsweise befugt hat!«

»Ich dachte«, erwiderte kleinlaut Frau Kietzke, »es wäre durchaus im Interesse Ihrer Frau Mutter, wenn wir in der Zeit ihrer langen Abwesenheit sämtliche Räumlichkeiten in Schuß halten würden.«

»Doch jetzt ist sie, wie Sie gemerkt haben dürften, wieder in ihr eigenes Haus zurückgekehrt und somit anwesend! Also sagen Sie mir, welche Gegenstände in diesem Schlafzimmer Ihnen selber gehören!«

»Nichts«, antwortete Frau Kietzke.

»So darf ich Sie ausdrücklich auffordern«, sprach meine Mutter amtlich, »augenblicklich diesen Raum zu verlassen!«

Frau Kietzke gehorchte aufs Wort und ohne Widerrede. Wir aber gingen nun in den ersten Stock hinauf und durchschritten gemeinsam die ganze Wohnung. Die Berlinerin und ihr Sohn schwiegen während unseres Rundgangs. Meine Großmutter holte Geschirr und Bestecke aus dem Eßzimmerbuffet und trug alles ins Schlafzimmer hinüber, wo sie es auf dem Toilettentisch abstellte.

Eigentlich hätten die Berliner die Küche nur mitbenützen dürfen, doch meine Großmutter fürchtete Frau Kietzkes Dreistigkeit und verzichtete von sich aus auf eine gemeinsame Bewirtschaftung.

»Diese Person ist mir zu großgoschert«, sagte sie.

»Und wo willst du kochen?« fragte meine Mutter.

»Mir reicht es, wenn ich am Ausguß drüben mein

Wasser holen kann. Ich richte mir den Durchgang als Küche her.«

Am nächsten Tag fuhr meine Mutter nach Westheim zurück, und Frau Kietzke faßte wieder Mut, mit uns zu sprechen. Sie schien nun viel freundlicher geworden und lächelte meinem Bruder und mir auf Schritt und Tritt zu, geradeso als wäre sie uns von Anfang an wohlgesonnen gewesen.

Wir begegneten ihr drunten im Garten und auf dem Weg vom Eichenwald her, oder auch, wenn wir am Ausguß drüben unsre Hände wuschen oder Wasser für unsre Großmutter holten. Außerdem sahen wir sie manchmal vor dem Lokus, am Treppenabsatz im ersten Stock.

Es gab nur diesen einen Lokus im ganzen Haus, und er befand sich direkt neben der Küche im ersten Stockwerk. Also war der Lokus der einzige gemeinsame Ort für alle Hausbewohner, egal ob sie sich riechen konnten oder nicht.

Es war ein vielleicht zwei Quadratmeter großer Raum, an dessen Ende ein von Wand zu Wand reichender brauner Holzkasten stand, in dessen Dach ein runder Holzdeckel saß, der bis an den vorderen Rand des Holzkastens reichte. Der Holzdeckel bedeckte das eigentliche Klo, und wer es benutzen wollte, mußte den Deckel wie von einem Kochtopf vom Holzkasten abnehmen und seitlich abstellen.

Das Klo war kein Plumpsklo herkömmlicher Art, denn Pisse und Kacke fielen nicht senkrecht in die Kloake hinunter, sondern rutschten und rannen durch eine breite, geschwungene Betonröhre hinab in die stinkende, stickige Tiefe. Diese Konstruktion sollte den Vorteil haben, daß die Kot- und Urindämpfe nur durch die Betonröhre aufsteigen konnten.

Von Zeit zu Zeit schütteten wir einen Kübel Wasser in die Betonröhre hinab, um den klebrigen Kot hinunterzuspülen, doch zu viel Wasser durften wir nicht nachschütten, weil das Haus nicht an die städtische Kanalisation angeschlossen war, und meine Großmutter wünschte, daß möglichst alles im Sandboden versickerte.

Im Winter, wenn bei strengem Frost der gesamte Dreck einfror, war das alte Klo praktischer als jedes Wasserklosett, doch im Frühjahr, wenn der gesamte Winterkot von oben her auftaute, kroch der Gestank durch alle Ritzen bis in die Küche hinüber.

Jetzt im Sommer hatte die Betonröhre jedoch den Nachteil, daß manchmal große Würmer und fette Maden an der klebrigen Wand emporkletterten und jeden, der eine Sitzung abhielt, um sein Geschäft zu verrichten, leicht bei der nötigen Andacht störten.

Diese Besonderheit jenes Aborts muß auch Frau Kietzke tief beeindruckt haben, denn als sie einmal aus dem Lokus kam und meinen Bruder und mich im Treppenhaus traf, behauptete sie mit seltsamem Lächeln um den Mund, in Berlin seien die Leute viel gescheiter und klüger als in Süddeutschland.

»Das glaube ich nicht«, sagte ich, und mein Bruder fügte hinzu: »Die Berliner sind höchstens siebengescheit und neunmalklug.«

»Warst du schon mal in Berlin?« fragte sie.

»Nein, wozu?« sagte mein Bruder.

»Siehst du«, sagte Frau Kietzke, »sonst würdest du wissen, daß es in Berlin in jedem anständigen Haus Klosetts mit Wasserspülung gibt, nicht solch vorsintflutliche Abtritte wie hier.«

»Ha!« rief da mein Bruder. »Wir haben in unserem Haus

sogar zwei Wasserklosetts, und wir wohnen ganz im Süden.«

»Dann habt ihr wohl auch eine Badewanne?« fragte Frau Kietzke.

»Natürlich!« rief mein Bruder stolz.

»Und wie oft badet ihr in eurer Wanne?«

»Einmal pro Woche.«

»Nur einmal pro Woche?« rief Frau Kietzke entrüstet. »Ihr seid mir eine saubere Familie! Wenn ich eine Badewanne hätte, würde ich täglich baden.«

»Wahrscheinlich haben Sie's auch nötig!« sagte mein Bruder.

»Du ungezogener Lausejunge!« rief nun Frau Kietzke. »Da hast du eben den Unterschied zwischen zivilisierten Menschen und Hinterwäldlern. Ein zivilisierter Mensch badet, wenn er Gelegenheit hat, jeden Morgen. Ein Hinterwäldler hingegen kann die schönste Badewanne besitzen und empfindet trotzdem kein Bedürfnis, sich gründlich zu waschen.«

»Außen hui, innen pfui!« erwiderte mein Bruder.

»Was heißt das nun schon wieder?« fragte Frau Kietzke. »Ist wohl ein bairisches Schnadahüpfl?«

»Das heißt, daß jemand, wenn er sich andauernd waschen muß, weil er sich dreckig und speckig vorkommt, schon seine Gründe haben wird.«

»Und die wären?«

»Daß er seine Haut so lang abreibt, bis sie glänzt, als wäre sie lackiert. Aber darunter versteckt er seine kohlrabenschwarze Seele!«

»Hahahaha! Hast du eine Seele?«

»Natürlich! Sie vielleicht nicht?«

»Du bist wohl katholisch?«

»Ja, wir sind alle katholisch«, sagte mein Bruder, »Gott sei Dank!«

»Na, dann ist mir alles klar! Ihr seid katholisch und habt eine Badewanne. Aber weil ihr eine reine Seele habt, müßt ihr euch nur einmal pro Woche waschen.«

»Und was sind Sie?« fragte mein Bruder. »Vielleicht evangelisch?«

»Wir sind gar nichts«, sagte Frau Kietzke, »und haben auch keine Seele.«

Es hatte wenig Zweck, mit einer so heidnischen, gottlosen Person, die alles Heilige in den Dreck zog, weiter zu sprechen. Also gingen wir in den Garten hinab, wo Herr Hexenzahn arbeitete. Er harkte, jätete und grub um. Sein Leben lang war er als Gärtnergeselle beschäftigt gewesen, hatte es aber nie zu einer eigenen Gärtnerei gebracht. Dafür hatte er sich sofort nach der Einquartierung im Frühjahr unaufgefordert um die brachliegenden Gemüsebeete im Garten hier gekümmert, Kartoffeln eingebuddelt, winzige Tomatenstauden gepflanzt und allerlei Samen in die Erde gesteckt.

Neben dem Haus befanden sich auch einige Spargelbeete aus dem letzten Jahr, und bis Ende Juni hatte Herr Hexenzahn auch besten Spargel gestochen und ab Juli die Pflanzen auswachsen und wuchern lassen. Doch Frau Kietzkes Sohn schlich nachts noch immer heimlich in den Garten hinab und riß die nachwachsenden Spargel mitsamt den Wurzeln aus der Erde. Einmal hatte Frau Hexenzahn ihn sogar auf frischer Tat ertappt und ihm die Diebesbeute entwendet. Solche Geschichten erzählte sie meiner Großmutter.

Tagtäglich aßen wir grüne Bohnen. Zur Abwechslung hätten wir aber auch einmal gerne gelbe Rüben gegessen.

Da schaute unsre Großmutter uns bös an, weil wir so verwöhnt waren und nicht jeden Tag dasselbe essen wollten. Die Bohnen waren völlig verkocht, hatten viele Fäden und schwammen immer in der gleichen Mehlschwitze.

»Nicht alle Kinder haben es so gut wie ihr«, sagte unsre Großmutter.

Oft und gern ließ sie sich bei Frau Hexenzahn über uns aus:

»Meine Enkelsöhne sind verwöhnte Bürschlein. Das haben sie von ihrem Vater, der jeden Tag ein anderes Gericht auf dem Tisch sehen möchte. Sie müssen nämlich wissen: Mein Herr Schwiegersohn ist ein Herr Doktor, dem das Beste gerade gut genug ist.«

»Ist ihr Schwiegersohn ein richtiger Arzt?«

»Ja. Er hat eine Praxis in Schwaben. Tag und Nacht ist er unterwegs. So viel hat er zu tun. Deswegen wünscht er auch, daß man ihn entsprechend achtet und bevorzugt. Sie können sich ja denken, wie sie sind, die ›feinen Leute‹!«

»Ist Ihr Herr Schwiegersohn ein Spezialist?«

»Er ist auf alle Krankheiten spezialisiert und betreut alle Fälle von der Wiege bis zur Bahre. Die Leute schätzen seine ärztliche Kunst sehr.«

»Da könnte er sicherlich auch meinen Hexenschuß kurieren, wenn er Sie einmal besucht.«

»Gewiß, gewiß«, sagte meine Großmutter, »manchmal zieht er sogar Zähne, weil die Leute ihm mehr vertrauen als dem Dentisten in der Stadt.«

Wir mußten plötzlich lachen, und da wir dicht vor der Tür standen, hinter der die beiden ihr Gespräch geführt hatten, verrieten wir so unsre Anwesenheit.

Frau Hexenzahn riß die Tür auf und rief: »Ihr Lausbuben! Ihr habt uns belauscht!«

»Jawohl!« rief mein Bruder. »Wir haben alles haargenau mitgehört, was du, Oma, über unsre Familie gesagt hast.«

»So? Was willst du denn gehört haben?«

»Daß wir verwöhnte Bürschlein seien und unser Vater ein feiner Pinkel, dem das Gute nicht gut genug wäre.«

»Du lügst. So etwas habe ich niemals gesagt.«

»Doch. Wir haben es zu zweit mit unsren eigenen Ohren gehört.«

»Nun«, sagte darauf meine Großmutter, »der Horcher an der Wand hört seine eigne Schand!«

»Ich werde alles meinen Eltern erzählen, wenn wir wieder daheim sind«, sagte mein Bruder, »alles, darauf kannst du Gift nehmen!«

»Erzähl es ruhig!« rief meine Großmutter. »Ich bin schon froh, wenn ihr wieder abfahrt, ihr frechen, verwöhnten Bürschlein!«

XIX

Mitte August kehrten mein Bruder und ich nach Schwaben zurück.

Inzwischen waren in unserer Gegend noch fünf weitere Verwandte aus Schlesien eingetroffen. Sie bewohnten einige Räume im ersten Stock einer ehemaligen Lechhauser Gastwirtschaft und kamen gerade noch rechtzeitig, denn Hilla und Scheggi hatten die Absicht, möglichst bald zu heiraten.

Doch vorher mußten sie noch einige Ehehindernisse ausräumen. Scheggi gehörte einer jener tausend amerikanischen Sekten an, die wir nicht unterschieden, weil sie in unseren Augen allesamt gleich waren. Sogar Hilla wußte nicht genau, ob Scheggi Methodist oder Mennonit war. Fest stand: Er war nicht katholisch getauft. Dies sahen wir ungern. Hilla beteuerte zwar, sie würden in der katholischen Kirche heiraten und ihre Kinder einmal in unserem Glauben erziehn, aber schlimm war es trotzdem.

»Warum wird Scheggi nicht einfach katholisch?« fragten wir. Aber anscheinend war es viel schwerer, katholisch zu werden als es von Anfang an zu sein.

»Scheggi muß zuerst mit seinen Eltern darüber reden«, sagte Hilla, »aber eines Tages wird er sicher katholisch wie wir.«

Also gaben wir uns zufrieden, da wir wußten, was meine schlesische Großmutter immer gesagt hatte: Scheggi ist ein guter Mensch.

Nachdem wir Hilla erlaubt hatten, Scheggi zu heiraten, kam dieser mit einem zusätzlichen Problem. Er mußte nämlich bei seinen militärischen Vorgesetzten eine Sondergenehmigung beantragen, eine Deutsche zur Frau nehmen zu dürfen. Zu diesem Zweck hatte er den Nachweis zu erbringen, daß Hilla aus einer anständigen Familie stammte.

Demnach durfte Hillas Mutter, meine schlesische Großmutter, im Dritten Reich keiner Nazi-Organisation angehört haben. Und wirklich: Meine Großmutter hatte keiner solchen Organisation angehört. Also erhielt auch Scheggi von seinen amerikanischen Vorgesetzten die Heiratserlaubnis.

Die Trauung fand in Lechhausen statt. Scheggi erschien in Uniform, und Hilla trug ein richtiges Brautkleid mit langer Schleppe. Alle größeren Nichten und Neffen durften die Schleppe halten: mein Bruder Johannes und ich, unsre Schwester Christine, Horst und Helga, sowie Franzl, unser neuer Cousin.

Folgsam liefen wir hinter dem Brautpaar in die Kirche hinein, zogen und zupften an der Schleppe, wurden von übereifrigen Müttern und Großmüttern ermahnt, die Braut nicht zu bremsen, damit nicht die Haube vom Haupt gezerrt würde, und wenn wir Schritt hielten oder den Abstand verkürzten, streifte die Schleppe die Fliesen der Kirche, und die Frauen hatten wiederum Mühe, daß wir nicht auf den Tüll traten und die weiße Schleppe beschmutzten. Wir folgten dem Brautpaar fast bis zum Altar und hielten uns während der Trauung bei unseren Müttern auf. Der Pfarrer hielt eine lange Messe und predigte so kurz wie möglich, Scheggi zuliebe, der von allem nichts verstand.

Mütter und Großmütter weinten, als Hilla und Scheggi einander die Ringe ansteckten. Mein Vater hüstelte, um keine Gefühle zu zeigen. Am meisten weinten meine schlesische Großmutter und die neuen Verwandten. Meine Großmutter tupfte sich dauernd die Tränen von Wimpern und Wangen, und ihre popelige Nase war schnapsrot vor lauter Erregung. Meine Mutter weinte, weil die Tränen ihre Gefühle abkühlten, und Tante Hedwig, weil es sich schickte. Selbst Onkel Waldemar, der unselige Krieger, hatte heimlich Tränen im Blick, und als sich das Brautpaar endlich umdrehte, sahen wir, daß sogar dem großen Amerikaner das Wasser aus den Augen lief. Nur Hilla weinte nicht mit. Sie zwang sich, nüchtern zu bleiben, da sie sich etwas genierte.

Scheggi hatte für das anschließende Hochzeitsmahl Lebensmittel und Getränke aus dem PX-Laden besorgt.

Wir feierten im Kolpingsaal, und es gab ein großartiges Menü: original amerikanische Nudelsuppe (soviel jeder wollte), Rostbraten mit Röstkartoffeln, Erbsen und gelbe Rüben in Butter, Kopfsalat; zum Trinken für die Erwachsenen Dosenbier oder Wein, und für uns Kinder Grapefruitsaft oder das süße amerikanische Gesöff, eiskalt. Als Nachtisch wurde original amerikanisches Eis mit Vanillesoße serviert. Hernach spülten die Erwachsenen alles mit Whisky, einer Art Weinbrand, hinunter, und wir Kinder erhielten zum Ausgleich je ein Täfelchen Schokolade, ein Päckchen Kaugummi und eine Rolle bunter Drops.

Der Bruder meines Vaters, unser neuer Onkel Leo, hatte sich eigens eine Hochzeitszeitung ausgedacht mit vielen lustigen Geschichten und Witzen, die er nun zum besten gab. Alle lachten, kicherten, kreischten freudig keuchend auf, prusteten und husteten vor innerer Erregung, ihr Zwerchfell war doppelt und dreifach gebürstet, und die Tränendrüsen spritzten jetzt Freudengüsse über die blaugeplusterten Backen.

Mein Vater hüstelte nunmehr erheitert, die anderen lachten sich krank, nur Scheggi lächelte verlegen, da er kein Wort von allem verstand. Er hatte in den anderthalb Jahren seiner Anwesenheit keine Gelegenheit gefunden, Deutsch zu lernen, denn mit Hilla sprach er einfachheitshalber Englisch, und bei uns hatte er sie als Dolmetscherin. Auch jetzt versuchte sie, ihm die deutschen Witze zu übersetzen, aber offensichtlich verloren sie im Englischen ihre Pointen, denn es schien, als lächelte Scheggi nur aus Höflichkeit oder Mißverständnis.

Nachdem wir das Essen ein bißchen verdaut hatten, ging Tante Hedwig in den Nebenraum und holte die Hochzeitstorte. Es war ein herrliches Meisterwerk ihres Mannes, der nun zum ersten Mal nach dem Krieg seine fast verloren gegangene Fähigkeit vorführen durfte. Alle Zutaten hatte Hilla durch Scheggi besorgen lassen, und für Onkel Waldemar war es keine übermäßige Kunst, daraus eine weiße Buttercremetorte zu zaubern.

Alles war schön mit Zuckerguß überzogen, und auf dem Zuckerguß klebten zwei große, ineinander geschlungene Ringe aus Goldpapier. Im gemeinsamen Segment dieser Ringe steckte ein kleines Fähnchen mit den amerikanischen Farben, ein wahrhaftiges Sternenbanner in Kleinformat. Am Tortenrand aber tummelten sich verschiedene Glücksbringer aus Marzipan und Zuckergelee: Putten, Zwerge und winzige Schweine mit kaum sichtbaren vierblättrigen Kleeblättern in Maul oder Schwanz.

Jeder bekam ein schmales Stück, und so reichte die Torte zur Not für uns alle. Und noch einmal gab es Kaffee und Kakao.

In kürzester Zeit lag auf dem Tortenteller zwischen den umgefallenen Marzipanschweinchen bloß noch das Miniatur-Sternenbanner. Da zog sich das Brautpaar zurück. Die Gesichter der Hochzeitsgäste waren vor lauter Anstrengung rosarot angelaufen wie jene Marzipanschweinchen, die wir nunmehr verlosten. Mein Bruder wollte jedoch unbedingt die kleine amerikanische Flagge haben, und weil er so laut und lang darum bat, bekam er sie schließlich geschenkt.

Hilla und Scheggi waren inzwischen zum Kaiserhof gefahren, der unzerstört war und seit Kriegsende als amerikanisches Gästehaus diente. Dort blieben sie einige Tage und bereiteten ihre Abreise vor.

Dann – es war ein regnerischer Vormittag – kamen sie noch einmal in unser Haus in der Lessingstraße, holten noch einen Koffer und eine Tasche von Hilla ab, und wir standen alle oben am Gang zwischen Kinderzimmer und Küche.

Da sagte Hilla: »Also, wir fahren!«

Meine Großmutter zog ein Taschentuch aus dem Ärmel der Bluse und fing an zu weinen. Wir waren alle sehr traurig, und ich fragte: »Wo fahrt ihr denn hin?«

»Nach Amerika natürlich!« sagte Hilla und lächelte.

»Wann?«

»Jetzt.«

»Jetzt gleich?«

»Ja, jetzt gleich.«

Der Abschied war kurz. Sie gingen die Treppe hinunter, und meine Eltern begleiteten das Paar bis hinab in den Hof. Wir anderen gingen zum Küchenfenster, um zu winken, und sahen nun, wie Scheggi an derselben Stelle, wo er vor anderthalb Jahren als Soldat vom Jeep gesprungen war, zusammen mit Hilla ein amerikanisches Taxi bestieg, das auf sie gewartet hatte.

Und dann fuhren sie einfach davon.

Meine Großmutter erzählte, daß sie mit dem Zug nach Bremerhaven, von dort per Schiff nach New York fahren und dann mit dem Flugzeug weiter nach Kansas City fliegen würden. Und in ein paar Wochen würden wir von ihnen gewiß Post bekommen, amerikanische Luftpostbriefe mit seltenen Sonderbriefmarken. Für Scheggi sei der Militärdienst jetzt zu Ende und er habe einen guten Beruf, wo er gutes Geld verdiene, wofür man in Amerika allerhand kaufen könne. Zuerst würden sie sich selbstverständlich ein großes, breites Auto kaufen, weil es in Amerika weder Fahrräder noch richtige Eisenbahnverbindungen gebe. Die Entfernungen seien riesig, und von einem Ort zum anderen brauche man selbst mit dem Wagen einen halben Tag. Hernach würden sie sich ein Haus kaufen und, sobald alles hübsch eingerichtet wäre, sich auch einige Kinder anschaffen.

XX

Damals waren wir noch immer große Sammler. Wir sammelten alles, was wir fanden, und konnten alles brauchen.

Im Mai hatten wir Maikäfer gesammelt, sie in alte Schuhkartons gesperrt und mit Kastanienblättern gefüttert, um sie bei Gelegenheit den Erwachsenen heimlich an Ärmel und Krägen zu hängen oder den Junghennen zum Fraß vorzuwerfen oder auch wieder fortfliegen zu lassen. Dann sangen wir dazu:

Maikäfer flieg!
Der Vater ist im Krieg.
Die Mutter ist in Pommerland.
Pommerland ist abgebrannt.
Maikäfer flieg!

Ebenso hatten wir im Juni Junikäfer gefangen, und wenn an den Lohwalder Weihern und am Altwasserarm der Schmutter Tausende von Laubfröschen mit allabendlichen Quakkonzerten den Sommer feierten, und bis in die Nacht hinein die Grillen im Gras zirpten, gingen wir in den Garten hinunter und jagten winzige Glühwürmer in Johannis- und Stachelbeersträuchern.

Zum Schulbeginn im September wurden alle Klassen statt in den Unterricht auf die Kartoffeläcker geschickt. Die Schüler hatten die Aufgabe, Kartoffelkäfer und Larven von den Stauden zu klauben.

Ich begleitete meinen Bruder, der jetzt sehr stolz darauf war, kein Erstenbätzler mehr zu sein.

Jedes Kind bekam ein kleines Glas, in dessen Deckel eine kleine Öffnung war, durch die wir die Kartoffelkäfer einwarfen. Im Glas befand sich eine besondere Flüssigkeit, die jeden Käfer in kurzer Zeit erstarren ließ. Es tat mir leid, die kleinen Kartoffelkäfer töten zu müssen, denn mit ihrer goldgelb-schwarzen Zebrastreifung waren sie eigentlich viel schöner als die braunen Mai- und Junikäfer. Doch es war notwendig, weil sie als Schädlinge in großen Mengen über die Kartoffelpflanzen herfielen und die Blätter ganz und gar abfraßen, so daß die Kartoffeln nicht ausgereift wären und wir im nächsten Winter hätten hungern müssen.

Also sammelten wir die netten Käfer samt ihren rötlichen Larven, und wenn wir das Glas voll hatten, schütteten wir den gesamten Inhalt in einen am Ackerrand stehenden Eimer und bekamen zum Lohn von einer dort aufpassenden Lehrerin fünfzig Reichspfennig aus Leichtmetall, für die wir uns nichts kaufen konnten.

Unsre Eltern sammelten weiterhin Amikippen und steckten sie in dreieckige, braune Papiertüten. War eine Tüte voll, lösten sie den Tabak aus dem Zigarettenpapier der Kippe und schütteten ihn in die alte Blechdose.

Sie besaßen hauchdünnes, gefalztes Zigarettenpapier und zwei kleine Zigarettendreher. Wenn genug ausgelöster Tabak in der Dose war, setzten sie sich unters Kruzifix an den Eßtisch in der Stube und drehten sich aus dem süßsauren, saftigen Amitabak farikneue Zigaretten Marke Eigenbedarf.

Oben zwischen den beiden Enden des Zigarettendrehers verliefen parallel zwei dünne Metallrollen, über die eine feine Gummihaut gespannt war, die sich beim Zuklappen zu einer Mulde vertiefte. In diese Mulde legten sie ein gefalztes Zigarettenpapier, streuten den würzigen Tabak in die Papierfalte, befeuchteten leicht den Rand des Papiers, klappten den Apparat zu und drehten.

Sie drehten eine kleine Weile, klappten sodann die Rollen entzwei, und auf der gespannten Gummihaut lag, wie neu, eine echte Zigarette.

Diese Zigaretten waren billig und kostbar. Der Tabak war gratis, denn die Amis qualmten unentwegt, falls sie nicht Kaugummi kauten, und warfen ihre Glimmstengel nach wenigen Zügen weg. Sie wußten bereits, daß eine Zigarette mit jedem Zug schädlicher wird und daß es gesünder ist, zwanzig Zigaretten nur anzurauchen oder ein einziges Mal an jeder Zigarette zu ziehn, als an einer einzigen zwanzigmal oder sie gar zu Ende zu rauchen.

Also zündeten sie sich eine Zigarette an, zogen einmal daran, warfen sie weg, zündeten sich eine zweite an, zogen einmal an der zweiten, warfen auch diese weg, dann eine dritte, ein Zug und weggeworfen, dann eine vierte und fünfte, und immer so weiter, bis sie alle zwanzig Zigaretten ihrer Packung angeraucht und weggeworfen hatten.

Und nach jedem Päckchen machten sie eine Kaugummipause.

Hernach brachen sie sogleich ein neues Zigarettenpäckchen an. Und da es bei einer solchen Geschwindigkeit nicht genügte, einige wenige Päckchen Zigaretten in den Taschen bei sich zu haben, und es bei uns ja nirgends Zigaretten zu kaufen gab, mußten sich die Amerikaner, wenn sie mit dem Jeep über Land fuhren und nach Fräuleins Ausschau hielten, vorher in ihrem PX-Laden in der Stadt mit einigen Stangen Zigaretten versorgen.

Es gab Amis, die rauchten vielleicht an die fünfhundert Zigaretten pro Tag. Aber es war überhaupt keine Kunst, denn sie rauchten all diese Zigaretten lediglich an und nicht bis zum bittersüßen Ende.

Anfangs dachten wir, sie täten es der Zivilbevölkerung zuliebe. Und was ein echter Deutscher war, lief, sobald irgendwo ein Amerikaner auftauchte, heimlich hinter ihm drein, um alle hundert Meter eine dieser langen Kippen vom Boden aufzuklauben. Er durfte sich jedoch dabei keinesfalls beobachten lassen, sonst wäre der Amerikaner fuchsteufelswild geworden vor lauter Wut und rasch herbeigeeilt mit seinen breiten, bequemen, weinroten Schnürstiefeln, um die glühende Kippe auf der Stelle zu zertreten.

Die Amerikaner wollten einfach nicht, daß sich die Zivilbevölkerung selber vergiftete, denn schließlich waren sie von weither zu uns gekommen, um mit der Zeit selbst aus uns anständige Menschen zu machen und zu retten, was noch zu retten wäre.

Jeder von uns sammelte Briefmarken. Ausländische Briefmarken waren rar, und die deutschen gab es mit und ohne Überdruck. Die Marken ohne Überdruck hatten nur noch Sammlerwert und waren, da sie auf Briefen und Postkarten ungültig und auf keinem Postamt mehr zu kaufen waren, wertvoller geworden. Die jetzt gültigen waren dieselben alten Briefmarken, bloß daß bei den Marken mit Überdruck die Worte »Deutsches Reich« oder »Großdeutsches Reich« mit einem schwarzen Balken überstempelt waren und über der Marke wie auf einem Kuchenblech voller Weihnachtsgebäck viele kleine Posthörnchen in gleichmäßigen Reihen nebeneinander lagen.

Dietger Küng jedoch hatte – wie durch ein Wunder – ein Album mit den allerseltensten Briefmarken der Welt.

Er zeigte sie uns. Es waren Marken aus Kongo, Togo, Niger, Senegal und Madagaskar.

»Woher hast du sie?« fragten wir ihn.

»Von meinem Vater.«

»Und woher hat sie dein Vater?«

»Das verrate ich euch erst an meinem Geburtstag.«

Zu Dietgers Geburtstag kamen alle Freunde aus dem ganzen Lohwaldviertel. Er bekam alles mögliche: alte, ausgelesene Bücher, selbstgebastelte Pfeile samt Bogen, einen Harzuller mit eingeschmolzenem Edelweiß, Lamettastreifen, eine halbe Konservendose Sprengnieten, ein hölzernes Schwert, einen Blechkasten mit halbverbrauchten Wasserfarben, eine Bierfilzsammlung, einen roten Teufelskopf für das Kasperletheater und jede Menge sonstigen Krimskrams.

Wäre es mein Geburtstag gewesen, so hätte ich mich am meisten über das Taschenkino gefreut. Es bestand aus hartem Altpapier, dessen einzelne Seiten am oberen Rand von einer Klammer zu einem Block zusammengestanzt waren. Auf jedem Blatt dieses Blocks befanden sich winzige Zeichnungen von Figuren und Gegenständen, und wenn man mit der einen Hand den Block am oberen Rand festhielt und ihn gleichzeitig mit dem Daumen der anderen vom unteren Rand her durchblätterte, bewegten sich die Figuren aufeinander zu, begrüßten einander sehr herzlich, gerieten wegen nichts in Streit und schlugen plötzlich wie wild aufeinander ein. Je rascher man die Seiten aus dem Daumen springen ließ, desto heftiger und schneller verprügelten sich die Männlein. Aber man konnte das Ganze auch gut in Zeitlupe ablaufen lassen und sehn, wie sie sich ruckartig aufeinander zubewegten, in regelmäßigen Abständen Hiebe und Gegenhiebe verteilten und wie jedes Männchen einen Augenblick zu zögern schien, bevor es seinem Gegner mit voller Wucht auf den Hut schlug.

Mein Bruder und ich hatten fünf oder sechs harte Eier mitgebracht. Es wären ganz gewöhnliche Hühnereier gewesen, wenn meine Mutter sie nicht in Köpfe verwandelt hätte. Sie hatte ihnen Mund und Augen aufgemalt, Nasen und Ohren angeklebt, mit Watte und Wollfäden Bärte und Haare umgebunden und aus einigen Stoffresten Hüte und Kopftücher angepaßt.

Das wertvollste Geschenk hatte Teilhart Kraft mitgebracht. Seine Mutter hatte ein riesiges Glas Pflaumenmarmelade geopfert, und Teilhart trug es wie eine Monstranz herein und stellte es mitten auf den Geburtstagstisch. Dann blickte er alle der Reihe nach an und wandte sich endlich dem Geburtstagskind zu:

»Dietger!« sagte er. »Meine Eltern und ich gratulieren dir herzlich zu deinem Ehrentag. Als besonderen Ausdruck unserer Wertschätzung habe ich dir dieses Glas Pflaumenmarmelade mitgebracht. Natürlich muß es dir nicht gefallen. Du bist ganz frei, zu sagen, was du denkst. Aber schau dir alle Geschenke der Reihe nach an und sag mir, welches in deinen Augen das schönste und beste ist.«

Wir sahen sofort, daß Teilharts Geschenk das größte, wertvollste, schönste und beste war, und es stand außer Zweifel, daß Dietger sich für das Marmeladenglas entscheiden mußte. Er aber ließ sich Zeit, nahm jedes Geschenk eigens in die Hand, sah verheißungsvoll in die Runde und stellte schließlich alles an seinen Platz zurück. Dann räusperte er sich und sagte: »Die Eierköpfe sind das schönste Geburtstagsgeschenk!«

Teilhart Kraft wurde blaß vor Wut.

»Die harten Eier?« rief er. »Die paar lumpigen Eier?«

»Ja, die Eier«, sagte Dietger mit ruhiger Stimme.

»Du spinnst! Das kann doch nicht dein Ernst sein! Weißt du überhaupt, wieviel mein Marmeladenglas wert ist?«

»Egal!« sagte Dietger. »Du hast mich gefragt, welches Geburtstagsgeschenk mir am besten gefällt, und ich habe es dir gesagt.«

»Wenn es so ist«, rief Teilhart, »dann nehme ich mein Geschenk wieder an mich und gehe sofort nach Haus.«

»Nein!« sagte mein Bruder. »Geschenkt ist geschenkt!«

In diesem Augenblick kam Frau Küng mit einer Biskuitrolle ins Zimmer herein. Da mußte Teilhart Kraft wohl oder übel bleiben, sonst hätte er sich vor allen blamiert und als Spielverderber gegolten.

Die Biskuitrollen waren so aufgeschnitten, daß jedes Kind eine Scheibe bekam. Da Frau Küng weder Milch noch Kakao daheim hatte, tranken wir hausgemachte Limonade aus Himbeersirup und Leitungswasser. Wir hatten alle unheimlich viel Durst und einen noch größeren Hunger. Also holte Dietgers Mutter noch Zwieback aus der Speisekammer und bestrich die Zwiebackscheiben hauchdünn mit Teilharts wertvoller Marmelade.

Hernach fingen wir an, »Mensch-ärgere-dich-nicht!« zu spielen. Aber wir waren zu viele Kinder, und einige ärgerten sich maßlos, weil sie nach den Spielregeln zu kurz kamen oder verloren. Deshalb gab es Geschrei, und Frau Küng schlichtete unseren Streit und schlug vor, Dietgers Briefmarkensammlung anzuschaun. Jetzt erinnerten wir uns, daß Dietger uns noch die Antwort schuldig war, von wem sein Vater die afrikanischen Marken hatte.

»Eigentlich wollte ich euch das Geheimnis«, sagte er,

»erst zum Schluß meines Geburtstages verraten. Aber nun, da ihr so drängt und da es sowieso einmal herauskommen muß, sag' ich es jetzt lieber gleich: Wir, meine Eltern, meine Brüder und ich, wandern aus!«

»Nach Amerika?« riefen wir alle.

»Nein«, sagte Dietger, »wir verlassen Deutschland für immer und gehen nach Frankreich.«

Er sagte es ganz ruhig, geradeso als würden sie nur in eines unsrer Nachbardörfer umziehn, nach Vogelsang oder Hammel, aber ich glaubte zu sehen, daß er sehr traurig darüber war.

Trotzdem wollten wir es nicht glauben, weil es unmöglich schien, daß jemand mit seiner Familie einfach nach Frankreich umzog. Es gab manchmal welche, die nach Frankreich flohen, um in die Fremdenlegion einzutreten, doch wurden sie in ferne Länder geschickt, und selten kam einer zurück.

In jenem kühlen Herbst verloren wir allmählich ganz die Lust, noch weiter Soldaten zu spielen. Teilhart Kraft hatte von seinem toten Bruder eine Masse dicker Karl-May-Romane geerbt. Er hatte schon mindestens zwanzig gelesen und erzählte uns die tollsten Geschichten von tapferen Indianern. Er selbst ernannte sich alsbald zu Winnetou, unserem Oberhäuptling, und wußte bis ins kleinste über das Leben der Rothäute Bescheid.

Aber eines Morgens fuhren die Küngs tatsächlich ab. Sie nahmen nur ihre Koffer mit sich und bestiegen in der Stadt einen direkten Zug nach Paris.

Herr Küng war guter Dinge. Er hatte seit Kriegsende, um irgend etwas zu schaffen, kleine Holzstücke zu Engels-, Krippen-, Heiligen- und Sagenfiguren zurechtgehobelt und geschnitzt. Mit Hilfe eines Lötkolbens hatte er

Ränder und Rillen gebräunt, um die Wirkung der kleinen Kunstwerke zu steigern. Dann hatte er sie bei den Bauern auf dem Land gegen Lebensmittel eingetauscht, um seine Familie zu ernähren. Seine Zukunftsaussichten als Flugzeugingenieur waren für alle Zeiten dahin, weil in Deutschland niemals mehr Flugzeuge gebaut würden. Doch jetzt wurde er plötzlich in Frankreich gebraucht und durfte seinen alten Beruf wiederaufnehmen. Und über Nacht war alles vergessen.

In unserem Dorf und in der Gegend ging alles so weiter wie bisher, als würde unser Leben stillstehn und eine fremde Welt sich im Kreis um uns herum drehen wie ein Karussell auf dem Plärrer. Mein Vater kurierte weiter seine Kranken, und meine Mutter half in der Praxis mit. Mein Bruder und ich waren alle Nachmittage in freier Natur und kamen Punkt sieben Uhr abends nach Haus. Vor und nach jedem Essen wurde bei Tisch gemeinsam gebetet, und bevor ein frisches Brot angeschnitten wurde, bekreuzigten wir die Unterseite des Brotlaibs mit der Messerspitze dreimal. Brot war uns heilig, und nie wären wir auf den Gedanken gekommen, einen Brotrest wegzuwerfen.

Nach dem Essen saßen wir noch etwas beieinander und sprachen, oder meine Mutter setzte sich ans Klavier, und wir standen im Halbkreis herum und sangen gemeinsam.

Oder wir gingen mit unserer schlesischen Großmutter ins Dachgeschoß hinauf, legten unsre Kissen auf den Fenstersims und schauten nach Westen in den Abendhimmel hinein. Wir beobachteten, wie die Wolken vom Schwäbischen Himmelreich hinter Hainhofen über Garten und Haus heraufzogen, aus den nachtblauen Wäldern über die braunen Äcker und grasgrünen Schmutterwiesen in die bläßliche Luft. Wir sahen, wie sich dicke Haufenwolken aufblähten und ausbreiteten und über Kopf und Dach ostwärts abzogen, und, wie sich weiße und graue Wolkenballen, von den letzten Strahlen der Abendsonne beleuchtet, allmählich gelb, rosa und blau verfärbten, wie die Wolkengebilde aufeinander zu- und voneinander wegstrebten, wie sie sich trafen, ineinander verschmolzen, sich trennten, wiederum fanden, miteinander verbanden oder sich spalteten und voreinander flüchteten. Wir verfolgten, wie sie sich an- und abstießen, vermischten, aufplusterten, oder wie sie – in sich selbst zerrissen – zerfielen und sich auflösten. Wir unterschieden die sich verändernden Formen und Farben, und wir erkannten Berge, Täler, Felsenriffe und Wogen unendlicher Meere. Wir sahen, wie alles ruhig abgehoben durch den Abendhimmel trieb oder sich plötzlich beschleunigte und zusammenstürzend zerstob und zu nichts zerfiel.

Dies alles war gut sichtbar, und jeder hätte es so oder so ähnlich gesehn.

Unsre Großmutter aber sah noch mehr. Sie entdeckte inmitten der ungetümen Himmelslandschaft Höllengesichter und Gestalten dies- und jenseitiger Wesen: Teufelsfratzen und Engelsköpfe, Schädel düsterer Riesen und Scharen verkrüppelter Zwerge. Sie erblickte fliehende Pferde, Stiere mit gewaltigen Hörnern, Kühe mit prallen Eutern, Wildschweine, Hirsche, Hasen, Hunde, Füchse, Vögel und fliegende Fische.

Mein Bruder und ich hätten dies alles glatt übersehn, doch unsre Großmutter sah es so deutlich, daß sie es uns zeigen und erklären konnte, bis auch wir es erkannten und endlich glaubten. Wir machten unsre Augen weit auf und sahen nun den Abendhimmel bevölkert von abertausend wilden Tieren, Geistern, Gnomen, wunderschönen Feen und Märchenprinzessinnen. Wir erkannten in den Wolken Mammuts, Nashörner, Büffel, Seekühe, Krokodile, Giraffen, Löwen und Eisbären, und dazwischen gepanzerte Ritter und dahinschwebende Elfen. Im Nu nahmen wir Schneekönige, Heinzelmännchen und Gartenzwerge wahr, und darüber alle möglichen Helden und Heilige, selige Jungfrauen, Märtyrer und endlich sogar die Zwölf Apostel.

Da glaubte – in einer besonders großen, dräuenden Gewitterwolke – mein Bruder urplötzlich Gott zu erblicken. Er schaute Gottvater, den allmächtigen, allgegenwärtigen. Doch unsre Großmutter bremste seine Vision und behauptete, Gottvater sei unsichtbar und schwebe über den Wolken. Dafür zeigte sie uns rasch ein besonders liebliches, rosarotes Wölkchen und sprach: »Seht euch das an! Was seht ihr?«

»Ein Schweinchen!« wollte ich schon rufen, doch mein Bruder war schneller und hatte es schon richtig erraten. Es war das sanfte Gesicht der Muttergottes, das uns einen Augenblick strahlend zulächelte, bis es von einem Wildbüffel verschlungen wurde.

Allmählich wurde es dunkel, und unsre Großmutter wollte zu Bett gehn. In diesem Moment erblickte ich plötzlich zwischen all jenen Wesen und Unwesen die Armen Seelen. Ich sah genau, wie sie einzeln oder aneinandergekettet versuchten, in die höchsten Höhen des Himmels zu hüpfen. Sie waren durchsichtig wie Fensterglas und farblos wie Regentropfen. Sie waren sehr klein und kreisrund und hatten in der Mitte einen grauen Punkt, so daß jede Arme Seele wie ein winziges blasses Auge aussah. Viele Seelen versuchten, gemeinsam in den

Himmel zu kommen und hatten sich zwischen parallele, vielfach geknickte, ebenso farblos-wäßrige Schienen geklemmt, und nun hüpften sie wie Kaulquappen rückwärts den Himmel empor, bis das Gewicht ihrer Sünden stärker war als der Wunsch, das Ewige Leben zu erlangen, und sie schließlich hinter den Horizont hinabfielen und im Fegefeuer versanken. Die Armen Seelen, die es einzeln versuchten, schienen mehr Ausdauer zu haben, denn sie kamen oftmals höher hinauf als die vielen, zwischen den Schienen aneinandergeketteten; aber auch sie erreichten niemals die höchste Höhe des Himmels und fielen hernach desto tiefer hinab.

Ich fragte meine Großmutter und meinen Bruder, ob auch sie bereits einmal die abertausend Armen Seelen entdeckt hätten, doch meine Großmutter behauptete wiederum, ebenso wie Gottvater seien auch die Armen Seelen für menschliche Augen unsichtbar, und was ich zu sehen glaubte, seien Luftspiegelungen.

Mein Bruder lachte mich aus, denn es war ihm schon schwer genug gefallen, die ganze Zeit so viele Ungeheuer und Engelsfiguren dicht nebeneinander zu sehn und auseinanderzuhalten.

Ich aber hatte die Armen Seelen an jenem Abend erstmals über den westlichen Horizont in die Nacht hineinhüpfen sehn, und ich hätte sie gern jedem gezeigt, der dafür ein Auge besitzt.

Damals im Herbst lagen wir an vielen Abenden droben im Fenster und schauten nach Westen, und unsere Großmutter erklärte uns, daß weit hinter dem Horizont Amerika liege und unsre Wolken von dorther kämen, und daß Hilla und Scheggi in diesem Augenblick vielleicht zu den Sternen hinaufblickten und an uns dächten.

Im November kam endlich ein Brief. Hilla schrieb: »Hier in Amerika ist alles so wundervoll, daß ich es euch mit Worten überhaupt nicht schildern kann. Es gibt die wunderbarsten Dinge zu kaufen, so daß einer gar nicht genug Geld verdienen kann. Gott sei Dank habe ich Jacky stets dabei, der mich noch rechtzeitig bremst, sonst würde ich jeden Cent ausgeben, nur um all die vielen schönen Sachen zu besitzen. Nur schade, daß ihr dieses Schlaraffenland nicht mit eigenen Augen sehen könnt. Ich bin überglücklich und fühle mich wie im Siebenten Himmel. Leider habe ich gleich in den ersten Wochen so viel in mich hineingefuttert, daß mir alle Kleider zu eng wurden und ich mir neue Röcke kaufen mußte. Ich sehe schon wie eine echte Amerikanerin aus. Ihr würdet staunen, wenn ihr mich so sehen würdet. Wir haben ein paar hübsche Photos in Farbe geknipst. Sobald sie aus dem Labor kommen, schicke ich euch welche.«

Wir versuchten uns Amerika vorzustellen, doch Hillas Brief war zu allgemein, als daß wir daraus klüger geworden wären.

Inzwischen hatten die Amis in der Goethestraße einige beschlagnahmte Häuser freigegeben, und die alten Bewohner durften ihre Wohnung wieder betreten.

Sie erschraken.

Türklinken fehlten oder waren ausgeleiert. Abgebrochene Schlüssel steckten in verbogenen Schlössern. Scharniere lösten sich vom Holz der Türfüllung, und die Türen paßten nicht mehr hinein. Lichtschalter waren abgebrochen, Glühbirnen defekt, Lampenschirme entfernt. Auf Tischen und Wänden standen unaussprechliche Sprüche in englischer Sprache. Auf Fensterbrettern, Holzböden und Teppichen lagen Kippen und Aschenhaufen herum, und die Glut ausgetretener Zigaretten hatte überall Brandstellen hinterlassen. Vorhänge hingen als Badetücher an den Garderobehaken im Gang, Gardinen lagen als schmutzige Wischlappen in Kammern herum, und die meisten Bilder – sogar die Heiligenbilder und Kruzifixe – waren von den Wänden genommen und achtlos in Ecken gestellt, wo sie verstaubten. An den Wänden klebten große Photographien nackter Frauenzimmer und überall, auf Fensterrahmen, unter Stühlen, Tischplatten, auf Bettrahmen, Nachttischen, Spiegeln, Herdplatten, Heizkörpern, Kacheln und Lokusbrillen die harten, hellgrauen Bollen ausgespuckter Kaugummis. Unter den Betten und Badewannen fanden die Hausbewohner Dinge, über die sie lieber nicht sprachen. Aber in den Schränken lagen unangetastet die sorgfältig übereinander geschichteten, handgestickten Tischdecken mit den bekannten Mustern. Fast nichts fehlte, nur das gute Silberbesteck und in der Küche die Schwarzwälder Kuckucksuhr.

Indessen erhoffte meine Großmutter aus Amerika ein großes Paket mit vielen Leckerbissen für die Familie.

Wir warteten die ganze, lange Adventszeit darauf, und Weihnachten ging vorüber, und das große Paket war noch immer nicht da.

An Silvester bekamen wir jedoch eine Mitteilung der Post, und sofort machten wir uns mit dem Leiterwagen auf den Weg zum Postamt, wo ein riesengroßes Paket für uns lag.

Auf dem Packpapier klebten schöne, seltene Briefmarken, und als wir genauer hinschauten, sahen wir, daß das Paket aus Kanada von entfernten Verwandten kam, die uns nur vom Erzählen her kannten, und denen wir niemals im Leben begegnet waren.

Das Paket für meine Großmutter war allerdings unterwegs verlorengegangen. Vielleicht hatte das Christkind es umgeleitet, um ärmeren Leuten eine Weihnachtsfreude zu bereiten. Das behauptete jedenfalls meine schlesische Großmutter.

Mir und meinem Bruder vertraute sie an, daß sie wahrscheinlich nach Amerika auswandern werde, sobald Scheggi und Hilla dort Fuß gefaßt hätten. Dann würde sie eine riesige Hühnerfarm gründen, irgendwo zwischen Missouri und Mississippi. Sie wollte sich ganz auf Hühner spezialisieren, und die Farm würde mindestens zehntausend Leghennen haben.

Natürlich würde ein solches Unternehmen unheimlich viel Arbeit verursachen, und alleine könne kein Mensch so etwas schaffen. Wenigstens zwei junge, tatkräftige Personen würde sie brauchen. Die hätten von früh bis spät das Farmgelände nach frisch gelegten Eiern zu durchforschen. Dann müßten die Eier in großen Körben zum Farmhaus geschleppt und dort gezählt werden.

Sie selber sei zum Einsammeln leider zu alt. Sie würde aber oben auf der freien Farmhausterrasse sitzen, um die vollen Eierkörbe in Empfang zu nehmen und die Eier zu verpacken, in Kartons zu je sechshundert Stück. Gegen Sonnenuntergang würde sodann aus der Kreisstadt ein enormes Lastauto anrollen, um die tägliche Eierernte zu verladen und zu den Großmärkten und Großabnehmern zu schaffen. Und bis in den späten Abend hinein würde sie vor dem Kamin sitzen und das gute amerikanische Geld zählen, lauter taufrische Dollars, für die man sich alles kaufen könne, was es nur gibt auf der Welt.

Wenn aber die Hennen fleißig gelegt hätten, würden die Eiersammler von ihr als täglichen Lohn eine nagelneue silberne Dollarmünze bekommen, so daß jeder nach einem Jahr 365 Silberstücke besitzen würde. Und das wären nach drei Jahren für jeden weit mehr als 1000 Dollar.

Wir fanden den Plan großartig und bettelten, mitkommen zu dürfen. Aber meine Großmutter meinte, so etwas dürfe nicht überstürzt werden. Ein paar Jahre müßten wir uns noch gedulden. Außerdem ginge es nicht ohne die Erlaubnis unserer Eltern, denn die Einwanderungsbestimmungen seien strenger denn je. Auf jeden Fall sollten wir aber jetzt noch niemand etwas verraten, auch den Eltern nicht.

Doch wenn am Ende alles gelingen und wir in der Neuen Welt ankommen würden, dann, ja dann hätten wir alle so viel zu essen, wie wir wollten, und es gäbe rein alles für Geld zu kaufen: Fleisch und Eier, Schinken und Speck, Butter und Fett, Milch und Öl, Zucker und Mehl.

Da hatten wir den Eindruck, daß meine Großmutter leicht übertrieb.